RACHEL LEIGH

JOGOS SELVAGENS

Traduzido por Paula Tavares

1ª Edição

2023

Direção Editorial:	**Revisão Final:**
Anastacia Cabo	Equipe The Gift Box
Tradução:	**Arte de Capa:**
Paula Tavares	Bianca Santana
Preparação de texto:	**Diagramação:**
Marta Fagundes	Carol Dias

Copyright © Rachel Leigh, 2022
Copyright © The Gift Box, 2023

Todos os direitos reservados.
Nenhuma parte do conteúdo desse livro poderá ser reproduzida em qualquer meio ou forma – impresso, digital, áudio ou visual – sem a expressa autorização da editora sob penas criminais e ações civis.
Esta é uma obra de ficção. Nomes, personagens, lugares e acontecimentos descritos são produtos da imaginação da autora. Qualquer semelhança com nomes, datas ou acontecimentos reais é mera coincidência.

Este livro segue as regras da Nova Ortografia da Língua Portuguesa.

CIP-BRASIL. CATALOGAÇÃO NA PUBLICAÇÃO
SINDICATO NACIONAL DOS EDITORES DE LIVROS, RJ
Meri Gleice Rodrigues de Souza - Bibliotecária - CRB-7/6439

L539j

Leigh, Rachel
    Jogos selvagens / Rachel Leigh ; tradução Paula Tavares. - 1. ed. - Rio de Janeiro : The Gift Box, 2023.
    264 p. (Bastardos de Boulder Cover ; 1)

    Tradução de: Savage games
    ISBN 978-65-5636-245-8

    1. Romance americano. I. Tavares, Paula. II. Título. III. Série.

23-82917   CDD: 813
                    CDU: 82-31(73)

*"Não há armadilha tão mortal quanto a armadilha
que você prepara para si mesmo."*
— *Raymond Chandler*

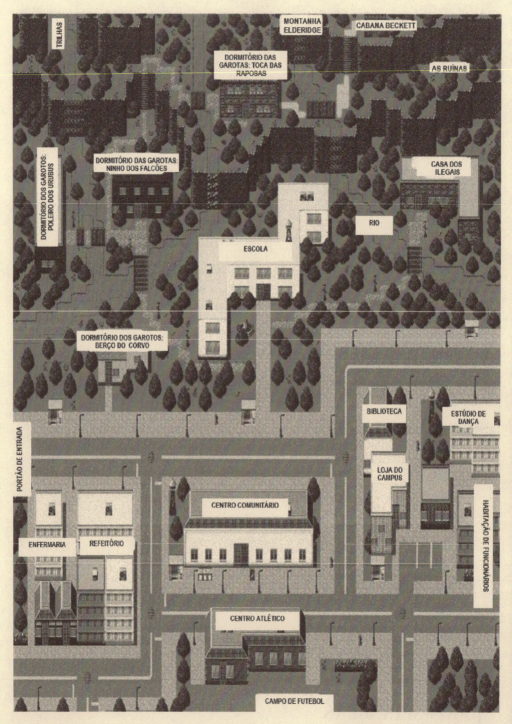

SANGUE AZUL

OS ANCIÃOS

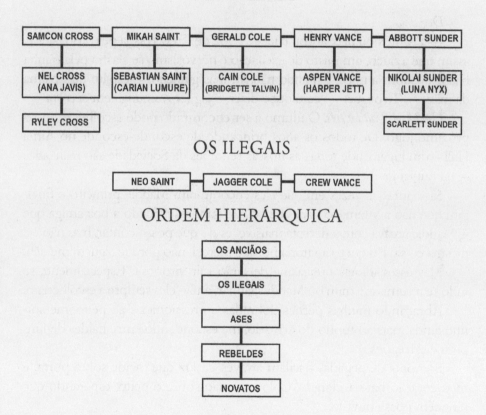

OS ILEGAIS

ORDEM HIERÁRQUICA

JOGOS SELVAGENS

PRÓLOGO

SCARLLET

Dez anos

— Prontos ou não, aí vou eu. — A voz de Crew ressoa pelo corredor e, assim que a ouço, um misto de excitação e nervosismo se alastra pela minha barriga. Cubro a boca, tentando não rir, mas guinchos escapam pela palma da mão. — Te peguei — eu o ouço dizer, e Jagger resmunga em derrota.

Um já foi. Faltam três. O último a ser encontrado pode escolher o nosso próximo jogo. De todos os anos brincando de esconde-esconde no Aima Hall – um lugar onde todas as nossas reuniões da Sociedade são realizadas –, eu nunca ganhei.

São tantas as vezes em que eles encontraram Maddie primeiro e fingiram que não a viram, só para que eu não ganhasse. Sendo a boa amiga que é, Maddie arcava com a derrota mais vezes do que posso contar, mas não é a mesma coisa. Eu quero a vitória porque mereci, não porque alguém me deu.

Mas esses idiotas nunca me deixarão sair vitoriosa. Especialmente se tudo se resumisse a mim ou Maddie ganhar, então eles sempre a escolheriam.

Abraçando minhas pernas dobradas e pressionadas ao peito, me aninho ainda mais ao fundo do armário, me escondendo entre baldes de limpeza e esfregões.

Sombras de pegadas oscilam através da luz que incide sob a porta, e meu coração bate acelerado. Coloco a mão sobre o peito, esperando que ninguém possa ouvi-lo.

Eu sinto como se fosse fazer xixi nas calças, mas, de repente, os caras me ouvirem rir é a menor das minhas preocupações.

— Scar — cantarola Crew —, onde você está?

— Aposto que ela está no porão — diz Jagger.

— De jeito nenhum. Ela é medrosa demais para ir lá sozinha — diz Neo. Eu nem sabia que eles já tinham encontrado Neo. Talvez ele tenha desistido, apenas para ajudá-los a me encontrar.

Nenhuma surpresa nisso.

Mais pegadas atravessam a luz. Indo e vindo. Parando e se movendo. Quando seus movimentos param diretamente em frente à porta do armário, meu estômago retorce.

Eu deveria apenas me entregar agora.

— Aposto que ela está aqui — diz Neo, enquanto os outros pedem que ele abra a porta.

Antes que eu possa me mover – seja para me esconder em outro canto ou para sair do esconderijo – a porta do armário se abre e um feixe de luz invade.

Meu coração está acelerado e estou contraindo os músculos para impedir o que está por vir, mas não adianta. Arfo, chocada, quando o calor escorre pela minha perna.

Ah, não.

Meu corpo inteiro esquenta de vergonha e tudo o que mais quero é desaparecer pela parede lateral e nunca mais voltar.

— Encontrei você. — Crew sorri com entusiasmo. — Você perdeu de novo.

O que eu faço? O que eu faço?

— Sim. Perdi. Você pode ir encontrar Maddie agora.

Crew entra no armário, depois estende a mão e aciona o interruptor. Seus olhos imediatamente pousam na poça abaixo de mim.

Eu me arrepio e tremo todinha, gritando internamente enquanto uma única lágrima escorre pelo meu rosto. Não consigo nem olhar para ele. Em vez disso, enfio o queixo no peito, abraçando os joelhos, e fecho os olhos.

O clique do interruptor me faz abrir os olhos outra vez, percebendo que o armário agora está escuro, apenas a luz do salão clareando o meu esconderijo.

— É. Vamos achar Maddie — diz Crew a eles.

Meu coração incha e dou um sorriso, embora ele não veja, porque já saiu porta afora.

Meu sorriso desaparece na mesma hora quando Neo invade o espaço e acende a luz novamente. Crew tenta agarrar seu braço, divagando sobre encontrar Maddie, mas não adianta.

Neo sabe.

— Vocês têm que ver isso. — Ele ri. — Scar mijou nas calças.

— Deixe-a em paz — Crew o repreende, mas Neo não desiste e continua apontando e rindo.

JOGOS SELVAGENS

Mais lágrimas escorrem e eu gostaria de poder sair daqui e nunca mais olhar para a cara deles, mas não posso me mover porque isso só vai piorar as coisas.

— Eu não fiz xixi! — grito. — O balde tombou. — Neo sabe que é mentira; dá para ver pela maneira como ele está olhando para mim.

— Mentirosa — diz Neo —, você fez xixi nas calças e agora está tentando esconder.

Jagger fica de lado com a cabeça baixa. Não que eu esperasse que ele me ajudasse. Eu nem esperava que Crew tentasse. Enfrentar Neo é algo que nenhum deles faz com frequência, se é que alguma vez já fizeram.

— Me dê seu telefone — Neo pede a Jagger, estendendo a mão.

— Estou sem celular. Estou de castigo por uma semana, lembra?

Neo olha para Crew.

— Você está com o seu?

Crew hesita, olhando para mim, e eu balanço a cabeça. *Por favor, não faça isso.*

— Cara. Me dá o seu telefone. Eu tenho que tirar uma foto disso. — Ele hesita um pouco mais, arrancando um grito de Neo: — Agora!

Olhando para mim, Crew pega o telefone no bolso traseiro da calça jeans.

Tudo o que posso fazer é ficar ali sentada, enquanto Neo usa o flash da câmera do celular na minha cara, rindo muito. Porque Neo consegue o que quiser.

Mas ele é o único a rir. Jagger não faz nenhum barulho e Crew olha para mim e murmura as palavras *"sinto muito"*.

Se eu não estivesse tão sufocada agora, eu diria a Crew que não o perdoo. Porque mesmo que ele tentasse me ajudar, ele sempre se acovarda para Neo – todos eles amarelam –, não dando a mínima para quem se machucasse no processo.

CAPÍTULO UM

SCARLETT

Dezoito anos

Meu estômago se retorce quando abro uma das portas duplas de vidro para a luxuosa clínica de tratamento a longo prazo em que minha melhor amiga mora. Venho aqui duas vezes por semana há mais de um ano, mas nunca fica mais fácil.

O reflexo do sol batendo no lustre de cristal acima me faz piscar para longe dos feixes brilhantes de luz.

— Bom dia, Scarlett — diz Tammy, uma das enfermeiras de Maddie, quando a porta se fecha atrás de mim.

Com meu café na mão, me aproximo dela.

— Como ela está hoje?

Tammy pressiona os lábios com firmeza e balança a cabeça.

— Não está bem. A pressão arterial tem estado bastante alta.

— Ah, não. — Depois da minha última visita, fiquei esperançosa de que ela estivesse dando pequenos passos na direção certa, mas parece que toda vez que ela consegue, ela volta mais dois para trás.

— Quem sabe sua visita a acalme um pouco.

— Tomara — digo, segurando meu café e me concentrando no calor na palma da minha mão. — Estou aqui para me despedir por um tempo. Esta noite partirei para uma escola a três horas de distância.

A culpa tem roído minhas entranhas desde que meus pais decidiram por mim. Odeio ter que fazer isso. Eu não deveria estar deixando Essex. Não deveria estar deixando minha melhor amiga. Se ela pudesse falar, ela me daria um sermão por não discutir com meus pais sobre minha entrada na Boulder Cove Academy. Maddie e eu sempre juramos que ficaríamos juntas na escola pública e nunca nos afastamos de nossa decisão. Até que não tive escolha.

Os olhos de Tammy se arregalam de surpresa.

— Três horas de distância? Uau! Espero que você possa fugir de vez em quando para uma visita.

Mordiscando meu lábio inferior, balanço a cabeça.

— Não até o Natal. Eles são bem rigorosos por lá.

— Bem, aproveite ao máximo hoje, então. Ela estará aqui quando você voltar.

Dou um sorriso singelo.

— Obrigada, Tammy.

Continuo caminhando, passando pela cozinha que tem um cheiro delicioso de rosquinha de canela e biscoitos. Este lugar não é uma típica casa de repouso – é uma casa do tamanho de uma mansão em um condomínio fechado com funcionários muito bem pagos que tratam os moradores como família. Maddie, estando em coma, não requer muito cuidado, mas está confortável aqui.

Bato os dedos na porta aberta, colocando a máscara de um rosto alegre quando entro no quarto de Maddie.

— Bom dia, linda.

Ela não pode me ouvir ou me ver, mas eu a vejo.

Inclinando-me para baixo, beijo sua bochecha e, em seguida, coloco meu café na mesa de cabeceira.

— Ouvi dizer que você teve uma noite difícil.

Se ela pudesse falar, sei que ela me contaria tudo sobre isso. Assim como costumava fazer. Conversávamos uma com a outra sobre tudo.

Enfio a mão no bolso e pego meu telefone para abrir nossa playlist.

— Está pronta?

Aperto o play e *"Bitter Sweet Symphony"*, do The Verve, toca através do alto-falante Bluetooth que coloquei em sua janela quando ela se mudou para cá há mais de um ano. É uma das nossas músicas favoritas de um filme que costumávamos assistir semanalmente.

— O que você acha? Tranças laterais hoje?

Ela não responde, mas, às vezes, finjo que sim. Neste caso, imagino que ela esteja radiante de excitação e gritando em afirmação.

Eu pego uma escova da minha bolsa e puxo os elásticos de cabelo do meu pulso. Acaricio sua cabeça suavemente e separo uma parte do seu cabelo para o lado direito. Não ficará perfeito, mas não se trata de perfeição. É sobre passar tempo com minha melhor amiga.

— Então, eu tenho algumas novidades — começo —, você se lembra quando contei que fui expulsa de Clearwater na última semana de aula? Foi horrível, Maddie. Não havia nenhuma maneira no inferno que eu poderia ter me safado disso. Alguém estacionou meu carro na garagem do diretor Gunther com uma lata de gasolina no porta-malas. De qualquer forma, esbarrei com a filha arrogante dele na semana passada e ela jogou tudo na minha cara. Ela ficou tipo "você tentou botar fogo na minha casa. Blá. Blá. Blá". O que você e eu sabemos que não fiz. Eles fizeram isso para me atingir. Uma garota não aguenta tanta encheção de saco, então dei uma cabeçada naquela cadela e quebrei seu nariz. — Eu rio, mas não é nada engraçado. Toda a situação é pra lá de fodida.

Eu me sinto uma merda por até mesmo repassar essa história, mas é necessário explicar por que estou indo embora. Ainda trançando seu cabelo, chego ao ponto principal.

— Enfim. Duas expulsões escolares em um ano letivo, somadas com todas as outras coisas que armaram para me fazer parecer uma insurgente, e meus pais estão me mandando para a BCA. — Prendo a respiração enquanto as palavras saem da minha boca, as mãos agora imóveis com as pontas finas do cabelo escuro de Maddie enroladas em torno dos meus dedos.

Um de seus monitores fica descontrolado e vejo que sua pressão arterial está alta novamente. Quando o alerta não cessa, largo a trança e apoio a cabeça no ombro dela, tentando acalmá-la.

— Está tudo bem, Maddie. Está tudo bem.

Sabemos há algum tempo que o cérebro de Maddie ainda está funcionando, e enquanto houver a possibilidade de ela estar me ouvindo, eu continuo falando com ela. Conto tudo a ela como se ela fosse meu diário pessoal. Em momentos como este, tenho certeza de que ela ouve o que digo, embora não possamos afirmar realmente.

A máquina continua a apitar à medida que sua frequência cardíaca também aumenta.

— Calma, bebê. — Ando até o outro lado da cama, espreitando a cabeça para ver se uma das enfermeiras está vindo, mas não vejo ninguém.

Entro em pânico, mas não porque estou preocupada em dar o fora dali, e, sim, porque estou preocupada com ela.

Lágrimas brotam nos cantos dos meus olhos conforme observo minha melhor amiga deitada lá sem voz.

Por quê? Por que ela? Por que essa garota meiga, que tinha um futuro brilhante pela frente? Por que não eu?

JOGOS SELVAGENS

Quando me dou conta, Tammy e outro membro da equipe entram correndo no quarto.

— Você precisará sair.

— Posso acalmá-la. Por favor, deixe-me falar com ela.

— Sinto muito, querida. Você pode voltar amanhã e torcer por um dia melhor.

— Mas...

Amanhã já não estarei mais aqui.

Dou um passo para trás, observando enquanto eles ajustam os monitores e o manguito no braço de Maddie. Lágrimas escorregam pelas minhas bochechas e eu morro um pouco por dentro, assim como acontece cada vez que tenho que deixá-la aqui sozinha.

CAPÍTULO DOIS

SCARLETT

— Você tem certeza de que não pode fazê-lo mudar de ideia? — sussurro para minha mãe. Meus olhos estão fixos na parte de trás do banco do motorista, onde meu pai se senta com os dedos agarrados ao volante.

Sua mão aperta a minha de onde ela se senta ao meu lado no banco traseiro, com o polegar roçando meus dedos.

— Faltam apenas oito meses para você se formar, e então o futuro será seu.

— Sim, certo — murmuro, baixinho. O futuro nunca foi meu. Sempre pertenceu aos Sangues Azuis.

Mamãe solta minha mão e enfia meu cabelo atrás da orelha.

— Você vai se sair muito bem aqui, querida.

— Não tenho tanta certeza sobre isso. — Minha voz é suave, como sempre é com ela.

Não importa quantos erros eu cometa, minha mãe está sempre ao meu lado. Papai também, mas é diferente com a minha mãe. Ela é calorosa e gentil de uma maneira que me faz sentir segura e contente.

— Você vai ver como está Maddie, certo? Vai se certificar de que ela está indo bem?

— Claro. Você sabe o quanto amamos Maddie. Ela vai ficar bem, assim como você.

Papai manobra o carro para o estacionamento, apoia a mão na parte de trás do banco do passageiro e se vira para me encarar.

— Você está pronta para isso?

— Não — digo, por impulso —, mas parece que tenho que estar.

— Bem, querida. Você fez suas escolhas, e foi para onde elas te trouxeram. Não posso dizer que sinto muito por isso. Você deveria estar aqui.

A Academia vai remodelá-la e, quando você sair, terá adquirido um novo respeito sobre seu lugar na Sociedade.

Talvez eu queira me remodelar sem esse lugar. Em vez de dizer as palavras, aceno com a cabeça em resposta. Meu destino está selado. Vou sair deste carro, junto com minhas malas, e ficar aqui, não importa o quanto eu não queira estar.

Papai se vira para frente de novo e puxa a alavanca para abrir o porta-malas. Do lado de fora, ele pega minhas malas e as coloca na calçada ao lado do carro. Mamãe aperta minha perna e me dá um sorriso reconfortante antes de abrir a porta e sair, então eu faço o mesmo.

Estou encarando o enorme prédio, depois os menores que o cercam quando mamãe estende a mão.

— Telefone, Scarlett.

Com tristeza, encaro sua mão aberta.

— Sério, mãe?

— Regras são regras. Nós dissemos a você muitas vezes que celulares não são permitidos.

Pego o aparelho no meu bolso traseiro da calça jeans, e o coloco em sua palma.

— Quem fez a estúpida proibição de telefones? Como alguém nos dias de hoje pode sobreviver sem um telefone ou a internet? — Não que isso importe. Eu coloquei meu próprio telefone não rastreável para emergências em uma das minhas malas. De jeito nenhum ficarei nesse lugar desolado sem um.

— Isso mudou logo após o período em que eu e sua mãe frequentamos aqui. — Os dois se entreolham, e o ar fica meio carregado, como se eles estivessem compartilhando um segredo não dito. — É melhor evitar a comunicação externa durante a sua estadia. — Seu tom muda abruptamente quando ele agita os braços em direção ao campus. — Quero dizer, olhe para esta beleza natural. Você não precisa da internet quando tem isso no seu quintal.

Nisso ele tem razão; é uma vista impressionante. Colinas e picos afiados que beijam o céu. Uma mistura de tons verdes, enquanto as cores outonais de vermelho ardente e laranja se manifestam à distância. É algo direto de um cartão postal, mas a Academia em si não é nada sobre o que eu queira escrever para enviar para casa. Portanto, resmungo com suas palavras.

Um cara interrompe o discurso de papai sobre esse lugar estranho, juntando-se a nós com um largo sorriso no rosto. Ele tem aproximadamente a mesma altura que Crew e Jagger – cerca de 1,83m – com uma estrutura menor. Não é magricelo, mas também não é musculoso. Ele parece jovem, e suponho que é um estudante aqui, já que está vestindo uma camisa polo azul-petróleo com o logotipo da Boulder Cove Academy bordado no bolso.

— Boa noite — diz ele, estendendo a mão para meu pai —, eu sou Elias e serei o guia de Scarlett.

Na mesma hora, balanço a cabeça em negativa enquanto mamãe me dá um olhar para que eu pare com isso.

— Eu agradeço, mas vou ficar bem.

—Scarlett — papai zomba —, você realmente deveria ter alguém para te mostrar o lugar. É fácil se perder aqui.

— Pai — resmungo, com desprezo no meu tom —, vou ficar perfeitamente bem. Além disso, tenho uma colega de quarto e tenho certeza de que ela me mostrará o caminho por todo o lugar.

Papai bufa, exasperado.

— Faça como quiser.

Elias assente com a cabeça em resposta, sobrancelhas levantadas.

— Okay, então. Acho que vou apenas levar o carrinho e deixar suas coisas fora do seu dormitório.

— Muito obrigada, Elias — digo, gentilmente.

Abraçando-me, olho em volta e assimilo tudo. É muito mais frio do que pensei. Imagino que a temperatura seja por conta da abundância de árvores e montanhas escondendo o sol. Está escuro aqui, quase assustadoramente.

Calafrios descem pela minha coluna assim que a porta do carro se fecha. Em seguida, sinto uma pressão sufocante no peito.

Nunca tive a intenção de frequentar a Boulder Cove Academy, muito menos me matricular aqui no meu último ano do ensino médio. A maioria das crianças que vem para cá o fazem durante o primeiro ano. Eu sempre fiz as coisas de trás para frente, então, por que seria diferente agora?

— É aqui que nos despedimos. — Mamãe me puxa para um abraço, uma lágrima escorrendo por sua bochecha e pingando no meu ombro, umedecendo minha camiseta preta do Led Zeppelin.

Eu adoraria mais do que qualquer coisa que eles viessem até o meu quarto e me ajudassem a me acomodar, mas é contra as regras – nada de comunicação com ninguém de fora da Academia durante a nossa estadia.

JOGOS SELVAGENS

Essa é apenas uma da longa lista de regras ridículas. Tenho certeza de que vou quebrar algumas durante o meu tempo aqui. A quem quero enganar? Vou acabar quebrando todas e fazendo com que eu e minha família sejamos abolidos de toda a maldita Sociedade.

Isso, sim, é uma ideia.

Mamãe dá um passo para trás, e eu coloco minhas mãos em seus ombros, olhando-a nos olhos.

— Vou ficar bem. — Não tenho certeza de a quem estou tentando convencer, ela ou a mim mesma.

Ela ergue a cabeça e assente, limpando a umidade de seus olhos.

— Você vai, sim. E como seu pai disse, isso é uma coisa boa. Você vai sair mais forte do que nunca. — Seu olhar se desvia para meu pai, que está ajudando Elias a acomodar minhas malas em um carrinho de bagagem. Balançando a cabeça para a esquerda, ela pega minha mão e me puxa para a parte de trás do carro. — Ouça, Scarlett. — Seu tom abafado é enervante. — Encontre sua turma. Fique com eles. Nunca deixe os dormitórios sozinha à noite. Respeite os funcionários e... — Ela para, com os lábios franzidos.

O desdém em seu tom, juntamente com sua expressão preocupante, me tira a paciência.

— E o quê?

— Desconfie dos Ilegais. Não importa que você os conheça fora da Academia, eles não serão as mesmas pessoas aqui. Os tempos mudaram desde que seu pai e eu participamos, mas os Ilegais conhecem seu poder e o usam a seu favor.

Quase dou risada. Os tempos mudaram? Não, querida mãe, os tempos não mudaram tanto quanto você gostaria de pensar. Os novos Ilegais – também conhecidos como Crew, Jagger e Neo – sempre souberam que assumiriam o trono na BCA, considerando que seus pais também estavam no topo da hierarquia da Sociedade, junto com meu pai. Todos os nossos pais cresceram juntos, da mesma forma que Crew, Jagger e Neo fizeram. Eu sempre fui a garota atrapalhando o caminho deles. Até Maddie foi aceita por eles – bem, ela faz parte da família Saint –, mas, por algum motivo, eles sempre me viram como uma ameaça.

Ao longo dos anos, seus egos só inflaram. Eles também são a razão pela qual lutei com todas as forças para evitar este lugar. Até que eles fizeram tudo o que estava ao alcance para me trazer até aqui. Infelizmente, eles conseguiram o que queriam.

— Não se preocupe comigo, mãe. Eu posso lidar com os Ilegais.

Um sorriso curva seus lábios.

— Eu não duvido disso por um minuto. Você é uma das garotas mais fortes que conheço, Scarlett, e está destinada a grandes coisas.

Se ao menos isso fosse verdade. Quando você é feita para ser algo que não é e todo mundo acredita nisso, você começa a acreditar nisso também.

Crew, Jagger e Neo são a razão da minha derrocada. Eles tinham esse plano diabólico de me levar para a Academia, para que pudessem me sacanear. Eles nunca gostaram de mim por causa do ciúme deles da minha amizade com Maddie – mesmo quando éramos crianças, eles encontravam maneiras de provar que eu estava abaixo deles, especialmente Neo. A lealdade de Maddie estava comigo, e ele odiava isso. Após o acidente dela, seu ódio por mim se espalhou e cresceu como uma erva daninha invasora, se acomodando em cada rachadura e fenda da minha vida.

Mesmo a quilômetros de distância, Neo tentou ferrar comigo, usando seus lacaios para fazerem seu trabalho sujo. O pior de tudo começou com uma folha de cola das nossas provas, no meu segundo ano do colegial, que eles compartilharam nas minhas redes sociais. Quando minha punição por isso não foi boa o suficiente, eles bateram mais forte. Algumas semanas depois, três mil dólares em objetos roubados, que eram propriedades da escola, foram encontrados no meu armário. Essa foi a minha primeira escola de ensino médio, a que frequentei com eles e Maddie. Fui expulsa no dia seguinte. Quanto ao processo policial, meus pais lidaram com isso.

Em questão de dias, passei de socialite a mosca-morta. A coisa é que eu meio que gosto de insetos mortos, e ninguém nunca mudará quem sou ou o que pretendo me tornar.

Minha segunda expulsão, no final do meu terceiro ano, foi o incêndio – que me trouxe até aqui.

Papai volta e pega minha bolsa com equipamentos de *snowboard* no porta-malas.

— Pegue isso.

Nego com um aceno de cabeça.

— Não vou precisar disso.

Ele tenta de novo.

— É só pegar. Você nunca sabe quando poderá precisar dela. As montanhas aqui são um sonho para alguém com suas habilidades nas pistas.

Meu olhar está perdido nas montanhas além de seu ombro. Elas podem ser um sonho, mas não são o meu sonho. Não mais.

JOGOS SELVAGENS

Papai larga a sacola no chão e respira fundo, antes de se afastar.

— Vou sentir sua falta — mamãe diz, enlaçando meu pescoço para um último adeus.

— Vou sentir sua falta também.

Papai e eu nos despedimos, e ele pede desculpas novamente por não me colocar em um dormitório melhor. Aparentemente, como estou chegando tarde, os quartos estavam cheios e, não importava o tamanho da doação que ele poderia fazer, minhas acomodações não puderam receber um upgrade. Vou ficar em um dormitório simples, muito parecido com esses de faculdade, com um banheiro comunitário e cozinha.

Antes que eu perceba, estou lá sozinha, em frente ao enorme prédio, sentindo que o chão poderia me engolir e ninguém saberia que eu tinha ido embora.

Estou perdida. Estou aqui há vinte minutos e já estou perdida pra caralho.

Apertando o mapa entre as mãos, tento identificar minha localização, mas é inútil. Não sei o que isso significa. A Toca das Raposas é o dormitório das meninas em que ficarei – que eu deveria ter encontrado pelo menos quatrocentos metros atrás.

Uma gota de umidade atinge minha bochecha, e eu amaldiçoo a Mãe Natureza.

— Porra! — Chuto folhas e pedras com meu tênis Converse preto, em um pequeno acesso de birra.

Está tudo bem. Eu tenho isso sob controle.

Okay. Passei pelo Ninho dos Falcões, o outro dormitório das meninas, que mais se parece a uma mansão luxuosa. Eu permaneci no caminho como o mapa me instruiu a fazer. Depois virei à esquerda.

— Filho da puta. — Dou alguns passos à frente até ver outro dormitório. Só que a placa de madeira na frente não diz Toca das Raposas. Em vez disso, diz Poleiro dos Urubus, um dos dormitórios masculinos.

Não era para eu ter ido para a esquerda. Eu deveria ter virado para a direita. Caramba, eu deveria ter aceitado a ajuda de Elias.

Maldito, maldito campus em formato de labirinto!

Girando para retornar e tentar novamente, fico cara a cara com duas garotas usando saias xadrezes azul-petróleo com camisas polos combinando e meias até o joelho.

— Já está perdida? — sonda a loira alta, abrindo um guarda-chuva. Ela parece ter saído diretamente de uma revista de moda. Pelo menos três centímetros mais alta do que eu, pernas bronzeadas e pele impecável em torno de seus olhos azuis brilhantes.

— Eu... sim, acho que estou. — Entrecerro os olhos. — Eu conheço vocês?

— Não. Mas nós conhecemos você. Todo mundo conhece. Você é Scarlett Sunder. Perdoe-me pela falta de educação. — Ela estende a mão. — Eu sou Melody, e esta é minha melhor amiga, Hannah.

Dou um aperto sutil em sua mão enquanto meus olhos vão de Melody para Hannah. As duas meninas são como noite e dia. Uma alta e loira, a outra baixa e morena, mas ambas estão usando o mesmo uniforme esquisito que eu mesma usarei em breve.

— Como você sabe meu nome?

— Todo mundo está esperando por você, Scarlett. Quando se espalhou a notícia de que um novato da Seção Aima estava chegando atrasado, ficamos todos surtados. Uma garota que conhece os Ilegais de perto e pessoalmente. — Ela bate palmas, com animação. — Estamos todos esperando por alguns segredos suculentos.

— Ah. Eu não os conheço bem, então não há nada para contar. — É mentira. A verdade é que os conheço muito mais do que gostaria de admitir. Como não poderia? Crescemos na mesma seção e participamos dos mesmos eventos.

Eu sei que Jagger é um viciado em adrenalina e sempre procura uma emoção, seja escalar a montanha mais alta ou ficar com a garota que atirou nele – não que isso aconteça com frequência. Ele é um colírio aos olhos da população feminina.

Crew é aquele para quem todos gravitam, porque ele é espirituoso e fofo – pelo menos é nisso que ele quer que todos acreditem. Eu costumava pensar que ele era legal, mas ele provou que eu estava errada.

Então temos Neo – sombrio, misterioso e o mais babaca do grupo.

Nossa Sociedade é composta por mais de cem seções em todo o país. Cada seção tem de uma a três dúzias de famílias. Nossa seção, Aima, é em menor escala, mas uma das mais conhecidas, considerando que o fundador da Sociedade era um Aima.

JOGOS SELVAGENS

Melody me lança uma olhada, como se eu estivesse retendo informações pertinentes.

— Ah, tenho certeza de que você tem algumas histórias para contar. — Ela ajusta sua bolsa no ombro enquanto segura firmemente o guarda-chuva que ela nem se incomoda em oferecer a sua amiga. — Temos que ir, mas vamos vê-la hoje à noite?

Espano a chuva que cai sobre meus braços.

— Hoje à noite?

— O Encontro — ela diz as palavras como se eu devesse saber do que diabos ela está falando. Quando balanço a cabeça em negativa, ela continua: — A festa anual de começo do ano letivo nas Ruínas. Todos comparecem.

— Ah — estalo a língua no céu da boca —, eu passo, com certeza. Grandes multidões não são realmente a minha praia.

— Scarlett — ela arrasta meu nome com um largo sorriso no rosto —, você precisa ir. É a oportunidade perfeita para conhecer sua tribo. Afinal, é disso que se trata este lugar. — Seus olhos dançam ao redor da floresta. — Abraçar nossos privilégios como Sangues Azuis. Aprender todos os detalhes para liderar a próxima geração.

Abraçar nossos privilégios? Mais como ser empurrado para um poço de chamas. Eu não pedi por isso. Estou aqui porque meus pais me obrigaram. Sei que meu futuro está nas mãos da Sociedade, mas isso não significa que estou pronta para abraçá-lo – ou que algum dia estarei.

Desistindo da discussão, digo à menina o que ela quer ouvir. Tudo o que quero fazer é encontrar meu quarto, arrumar minha cama e me deitar nela pelos próximos oito meses.

— Acho que te vejo mais tarde, então.

— Maravilha. — Ela se vira para ir embora, com Hannah logo atrás. — Ah — ela grita por cima do ombro —, a Toca das Raposas é por ali. — Aponta um dedo na direção oposta a que eu estava indo.

Dobrando o mapa na minha mão, eu digo:

— Obrigada.

Ela parecia simpática. A morena, quero dizer. Meninas 'quietas' são o meu tipo. A loira era tão falsa quanto o sorriso que plantei no meu rosto. Agora vamos torcer para que minha nova colega de quarto também esteja no lado antissocial e que o ano letivo seja tranquilo.

RACHEL LEIGH

CAPÍTULO TRÊS

SCARLETT

Respiro aliviada quando vejo um grande prédio semelhante ao principal onde meus pais me deixaram. Assemelha-se mais a uma catedral romana do que a um dormitório no campus, mas eu sinto a energia. Vinhas de hera sobem pelas laterais do prédio de cinco andares e há vitrais espalhados por toda parte, cada um gravado com seu próprio design. Uma placa de madeira na frente tem as palavras *"Toca das Raposas"* entalhadas.

Lar doce lar.

Subo os quatro degraus de tijolos até a grande porta de madeira e puxo a maçaneta em forma de U. É uma porta pesada, e fico grata por não ter que carregar minhas malas até aqui.

Assim que entro, olho em volta, contemplando o amplo espaço. Da parede de caixas de correio de aço inoxidável à esquerda, à grande escadaria à frente, até as cinco varandas internas. Os tetos abobadados ocupam uma claraboia de vitrais que permite entrar apenas uma pitada de claridade devido aos ramos que pairam acima do edifício.

Estou subindo para o segundo andar, quando algumas meninas descem correndo as escadas. Elas estão todas vestindo os mesmos uniformes da BCA que Melody e Hannah usavam. Definitivamente, levarei algum tempo para me acostumar com essas saias. Eu acho que não uso um vestido ou saia desde que tinha uns sete anos de idade.

Todas as garotas param simultaneamente e olham para mim como se eu fosse um alienígena invadindo seu espaço. Eu paro também, levantando uma sobrancelha e silenciosamente perguntando se elas têm algo a dizer.

No entanto, eles não dizem absolutamente nada. Até que continuo subindo os degraus e os sussurros começam. Eu as ouço em alto e bom som.

— É ela. A nova garota.

— Você viu o que ela está vestindo?

— Talvez ela seja lésbica.

Cacarejo. Cacarejo. Cacarejo.

Eu sopro alto um relincho, zombando delas sem sequer me virar para olhar para suas expressões. O que as cala imediatamente.

Que se foda o que elas pensam. Eu tenho meu próprio senso de estilo e gosto disso. Prefiro sapatos usados e jeans rasgados. Camisetas de banda de rock e nenhuma maquiagem. Não tenho medo de sujar as mãos ou correr pela calçada com os pés descalços. Meu ponto é: não sou uma garota feminina e nunca serei. Nenhuma quantidade de insultos jamais mudará isso.

Chego ao segundo patamar e saio da escada. Enquanto ando pelo corredor, procuro minhas malas que deveriam estar do lado de fora da porta.

Os quartos são distantes, o que me leva a crer que são espaçosos. Algumas das portas são decoradas com pequenos capachos fofos do lado de fora. Eu já posso identificar quais quartos pertencem a líderes de torcida por causa dos pompons de papel colados na porta.

Chego até uma porta que está enfeitada de rosa. Tipo, muito rosa. Parece que um unicórnio teve um puta acesso de diarreia no cômodo e explodiu por toda a porta. Há uma dúzia de pequenos flamingos cor-de-rosa espalhados de cima para baixo, corações recortados brilhantes e... bocas. Passo o dedo sobre uma delas, limpando um resíduo seboso. Ah, não. Alguém realmente beijou a porta umas vinte vezes com batom rosa-choque. Isso é doentio.

Limpo os dedos na calça jeans e continuo andando, conferindo os números. Este é o 211. Estou no... 210. Mas as minhas malas não estão lá. Eu me viro e minhas entranhas congelam.

Merda.

Estou na porra do quarto de unicórnio.

Meu estômago se torce em nós. Não sou do tipo meigo. Talvez eu possa mudar de quarto. Simplesmente não tem como eu conseguir...

Minha linha de pensamento é interrompida quando a porta do 210 se abre.

— Oieeeeee. — Uma garota fofa com cachos loiros saltitantes, usando um vestido rosa com uma jaqueta jeans, sai lá de dentro. Em dois segundos, ela está na minha frente. — Você deve ser Scarlett. — Cheiro de algodão-doce inunda meus sentidos e eu me sinto tonta. — Eu sou Riley. Sua nova colega de quarto.

— Eeeeba — falo, arrastadamente. — Então... prazer em conhecê-la. — Dou um passo para trás, oferecendo-lhe a minha mão.

Ela olha para a minha oferta e sorri.

— Bobinha. Somos praticamente melhores amigas agora. — Ela se joga em meus braços enquanto engulo a náusea que subiu.

Ainda envolta em seus braços, como se fôssemos velhas amigas, dou tapinhas suaves em suas costas.

— Okay. — Eu tento me libertar de seu aperto, mas ela só me abraça com mais força. — Tudo bem, então. Sim. Isso é legal.

Tapinha. Tapinha. Tapinha.

Finalmente, Riley dá um passo para trás, mas mantém as mãos nos meus ombros.

— Qual é o nome do seu perfume? Eu tenho que experimentar.

— Hmm. — Engulo a saliva que se acumula na boca. — Sabonete em barra Dove.

Sua cabeça se inclina ligeiramente para a esquerda e ela abre um sorriso.

— Bem, tem um cheiro magnífico.

Isso tem que ser uma piada. Acabou o castigo. Eu aprendi minha lição. Chega de cigarros, chega de maconha e chega de brigas.

— Vamos acomodá-la, colega de quarto. Trouxe suas coisas para dentro para você. — Riley segura minha mão e me puxa em direção ao dormitório, nosso quarto, que dividiremos pelos próximos oito meses. — Temos muito o que conversar. Você tem um namorado? Uma namorada? Porque eu fico totalmente de boa com qualquer um.

— Hmm, não. Sem namorado ou namorada. Nenhum amigo, aliás.

Suas sobrancelhas se juntam enquanto ela me olha em busca de humor.

— Você é engraçada. Nós vamos nos dar muito bem.

Ai, que alegria!

Ela continua me puxando até que estejamos dentro do cômodo. É um tamanho bacana, o que é bom. Metade da sala é decorada com a mesma cor da personalidade de Riley – rosa. Sua cama de solteiro está coberta por um edredom rosa felpudo que combina com o tapete quadrado ao lado. Suas paredes são decoradas com flamingos, que considero serem seus favoritos. Há um grande quadro de cortiça pendurado na parede em cima de uma mesa com fotos dela e do que parecem ser alguns de seus amigos. Todo o espaço parece superfeliz.

Depois, há o meu lado. Cama de solteiro branca com estrutura de madeira e lençol cinza. Em cima estão meus uniformes escolares bem passados. Além da cama, há apenas uma cômoda de quatro gavetas e uma

JOGOS SELVAGENS

escrivaninha simples e branca. Infelizmente, não vai melhorar muito porque meus pertences são mínimos.

Eu me abaixo e pego minha bolsa maior e a jogo sobre a cama, em seguida, tiro alguns dos itens mundanos que trouxe comigo. Uma tapeçaria de caveira em preto e branco para passar e pendurar na parede acima da minha cama. Uma lâmpada de mesa retrô em formato de lua. E um fio de luzes brancas.

— Assim que estiver acomodada, vou fazer um tour e mostrar onde fica o banheiro e a sala comunitária. Há uma pequena cozinha no corredor com micro-ondas e geladeira. Coloque seu nome em tudo — anuncia —, algumas das meninas neste dormitório são cadelas de verdade.

Bem, ela sabe falar palavrão. Legal.

— Então, de onde você é? — Riley pergunta, enquanto retiro minha roupa de cama de uma das minhas malas e afofo o edredom preto na minha cama, deixando-o assentar.

— Essex, aqui no Colorado. A cerca de três horas. Você?

Ela estoura uma bola de chiclete na boca e enrola o invólucro com os dedos.

— Sério? Sou de Verdemont, Seção Osto. Cerca de três horas de Essex.

— Mundo pequeno.

— Muito pequeno. — Riley cruza as pernas e apoia as mãos em seu colo. — Por que você veio durante o último ano? Por que não no ano de calouros como todos os outros?

Aliso meu edredom de cetim antes de jogar minha almofada de *O Estranho Mundo de Jack* na cabeceira da cama.

— É uma longa história. Eu nunca planejei vir, mas meus pais foram persistentes.

— Por que você não planejava entrar? Este lugar ajuda a construir quem nos tornaremos. Como você poderia espontaneamente perder uma parte tão fundamental do nosso futuro?

Não comente. Não reaja. Apenas mantenha a boca fechada.

— Acho que é por isso que estou aqui agora. Abraçar tudo o que a Academia oferece para o meu futuro como Sangue Azul. — Eu me viro para trás e tenho ânsia pela segunda vez desde que cheguei.

— Você está prestes a ter a experiência completa aqui. Os terrenos são de tirar o fôlego. Montanhas, rio, trilhas intermináveis. A única coisa que poderia torná-la melhor é se estivéssemos no Ninho dos Falcões. Seus dormitórios são muito melhores do que os nossos. Os banheiros privativos e cozinhas nos quartos. Mas os mendigos não podem ser escolhidos.

Meus pais mencionaram não ser capaz de me fornecer melhores acomodações devido à minha inscrição tardia, mas estou perfeitamente bem sem os luxos adicionais. Se tem algo que jurei nunca me tornar é em uma menina mimada.

— Falando em abraçar. Há uma festa hoje à noite para dar início ao novo ano letivo. Você tem que ir, real oficial.

Será que ela realmente acabou de dizer 'real oficial'?

— Foi o que fiquei sabendo. Infelizmente, já tenho planos hoje à noite que envolvem a mim e meu novo namorado literário. — Seguro meu *Kindle Paperwhite* e depois me jogo na minha cama recém-feita.

Ela franze a testa.

— Não era uma pergunta, na verdade. Todos comparecem.

Estendo a mão para a minha mala e pego uma foto de família comigo, mamãe e papai em uma estação de esqui em Aspen. Foi um dia bacana.

— É exatamente por isso que não vou. — Eu me viro para enfrentá-la, sentindo-me um pouco culpada por ser tão estraga-prazeres. — Olha, Riley. Você parece uma garota legal e acho que vamos nos dar muito bem, mas sou do tipo solitário. Não leve para o lado pessoal. Eu sou desajeitada pra caralho e troco os pés pelas mãos com frequência demais. É melhor assim. Eu prometo.

Deixo de fora o fato de que socializar comigo de alguma forma só colocará um alvo em suas costas.

— Você ainda está aqui, no entanto. O que diz muito, considerando que no ano passado passei por quatro colegas de quarto antes mesmo de elas desfazerem as malas... em um dia.

Meus olhos se arregalam.

— Um dia?

— Uhum. Aparentemente, eu sou meio *over*. Louco, né? Quero dizer, eu gosto de cores vibrantes e tenho um grito histérico, mas é quem sempre fui. Eu tentei mudar, mas no final, decidi ser apenas eu.

É isso. Eu sou oficialmente uma cadela.

Curvada sobre a mala de roupas, exalo uma respiração pesada antes de endireitar as costas. Passos lentos me levam através do quarto até a cama de Riley, onde me sento ao lado dela.

— Eu não gosto de ruídos altos, grandes grupos ou cores brilhantes,

JOGOS SELVAGENS

mas não mude por ninguém. Especialmente por mim.

Sua boca se curva para cima enquanto ela brinca com o chiclete.

— Eu odeio o silêncio, jeans rasgados, preto e — ela olha para o meu lado do quarto — crânios esquisitos. Mas não acho que você deva mudar também.

Eu sorrio de volta para ela.

— Acho que vamos ficar bem.

Seus braços voam ao redor do meu pescoço antes que eu possa reagir e eu sou espremida com tanta força, que todo o ar expele dos meus pulmões.

— Vamos ficar ótimas. — Ela aperta com mais força, e eu só poderia ser uma grande sortuda por não desmaiar.

— Tudo bem. Já é o suficiente. — Eu suspiro por ar. — É um grande abraço. Okay. Você pode me soltar agora.

Riley me solta e nós duas rimos até que o momento constrangedor é interrompido por uma batida na porta.

Eu pulo da cama de Riley e volto para o meu lado para terminar de desembalar minhas roupas, colocando-as nas gavetas da cômoda.

Riley espreita pelo olho-mágico da porta e murmura:

— Ai, não.

— Quem é? — pergunto, dobrando minha camiseta preta do *Seascape Snowboarding Club* e colocando-a na segunda gaveta.

Estou pegando outra camiseta da mala quando Riley se afasta da porta lentamente.

— Tudo bem. Mantenha a calma. Está tudo bem.

Eu dou risada.

— O que você está fazendo? Basta abrir a porta.

— Scarlett. — Seu tom é inquietante. — São eles. Ou ele. Um deles. Eles nunca vieram ao meu quarto. Por que ele está aqui?

Ela está em modo de pânico total e agora segurando meu braço como se esperasse que eu fosse salvá-la do monstro no corredor.

— Tem alguém aí? — Uma voz masculina paira do lado de fora da porta.

Toc. Toc. Toc.

— O que há de errado com você? — Eu dou risada de novo. — É apenas um menino. — Dou um passo em direção à porta, mas Riley agarra meu braço.

— Não é um menino qualquer. É um deles... dos Ilegais.

Ah. Agora eu entendo. Um dos escolhidos a quem todos devem temer. Foda-se isso. Afasto meu braço de seu agarre e com um sorriso no rosto atravesso o quarto e escancaro a porta.

Frente a frente com um dos meus três inimigos, pressiono a mão na moldura da porta, não permitindo que ele entre – se era esse o plano.

— Que diabos você quer?

— Scarlett! — Riley grita, se arrastando para o meu lado. Seus dedos voltaram a se enrolar em torno do meu braço enquanto ela sorri nervosamente para o nosso convidado. — Ignore. Ela é nova por aqui.

Mais uma vez, afasto meu braço de seu agarre e mantenho a postura, não intimidada de forma alguma pela presença desse idiota.

De pé na minha frente está o infame Jagger Cole. Lindo e bronzeado, com os olhos castanhos mais claros que já vi. Parece que ele andou fazendo mais algumas tattoos desde a última vez em que o vi. Ele agora está ostentando um braço coberto por desenhos pretos com alguns sombreamentos em vermelho. Ele é bonito demais. Mas também é um dos maiores imbecis da face da Terra. Ele é o tipo de cara que vai te chupar com sua boa aparência e charme, depois cuspir e observar todo mundo pisando em você.

— Ora, ora, vejo que você me encontrou.

— Bom te ver de novo, Scar.

— É Scarlett. E eu gostaria de poder dizer o mesmo, mas prefiro um tratamento de canal a qualquer conversa que esteja prestes a acontecer.

Riley dá um passo para trás, analisando a situação.

— Só vim dar boas-vindas a uma velha amiga na Academia. Como membro dos Ilegais, é minha obrigação fazer amizade com todos os que entram.

Solto uma gargalhada de deboche.

— Como se você soubesse o que é um amigo.

— Eu sei. Na verdade, acontece que tenho dois dos melhores. Você se lembra deles, certo? Crew e Neo.

— Ah, eu me lembro muito bem. Como eu poderia esquecer? Afinal, vocês três são a razão pela qual estou neste buraco infernal.

— Vamos lá, gata. — Seus dedos roçam minha bochecha, mas eu afasto sua mão, ainda apoiando minha mão direita na moldura da porta.

— Não encoste em mim! — esbravejo. — E nunca mais me chame de "gata".

— Não é hora de colocarmos o passado no passado? É um novo dia e estou aqui em uma oferta de paz. — Seus olhos cor de mel deslizam pelo

JOGOS SELVAGENS

meu corpo, pousando no meu peito. O canto de seu lábio se levanta em um sorriso, fazendo com que meu estômago embrulhe.

Na mesma hora, afasto a mão da porta e cruzo os braços sobre o peito, sabendo que o V rasgado à mão na minha camiseta mostra mais pele do que eu gostaria que ele visse.

— Obrigada, mas, não, obrigada. Qualquer oferta sua vem com um preço que não estou disposta a pagar.

— Vocês dois se conhecem? — Riley aponta entre nós, ficando de lado enquanto absorve tudo isso.

— Não — disparo ao mesmo tempo em que Jagger diz:

— Sim.

— Eles não me conhecem de jeito nenhum. Não mais. — Estou prestes a fechar a porta, mas Jagger pressiona a mão nela, impedindo-me de continuar.

Seus dedos se arrastam pelos cabelos castanho-claros.

— Há uma festa hoje à noite e sua presença é requisitada.

Engulo em seco, tentando me controlar. Não vou deixar nenhum desses meninos tirar o melhor de mim.

— Ah, é? Por quem? Você?

— Por todos os Ilegais. Tenha em mente que você está em nosso território agora e o que queremos, nós conseguimos.

O riso sobe pela minha garganta, derramando-se mais violentamente do que eu pretendia.

— Bem, você pode dizer ao resto dos Ilegais que eu disse para chupar meu pau.

Jagger bufa uma risada de escárnio, os olhos travados nos meus.

— Você tem um pau?

— Sim, eu tenho. — Sorrio. — Quer ver?

Ele ri ameaçadoramente.

— Não. Vou apenas pedir ao meu bom amigo Crew para confirmar. Ele deve saber.

Minhas bochechas coram na mesma hora, e uma raiva me consome a tal ponto que temo não ser capaz de me conter.

— Saia! — Eu o empurro para longe da porta, fazendo com que ele tropece no corredor. — E não volte a menos que queira que o pau seja enfiado na bunda.

— Aaaah. Isso parece divertido. Vamos ter que tentar. Só que eu dou, não tomo.

— Vá se foder, Jagger. E diga a seus amigos que eu disse o mesmo.

— Eu, com certeza, vou dizer, Scar. — Sua voz se eleva a um quase grito: — Não tenho dúvidas de que eles aceitarão alegremente o convite dessa trepada.

— Ugh — bufo, batendo a porta quando meu sangue atinge o ponto de ebulição. — Deus, ele é tão irritante. — Minhas costas pressionam contra a parede e fecho os olhos, tentando me controlar.

Eu não vou deixá-los tirarem o melhor de mim.

— Ah. Meu. Deus. — Riley arrasta as palavras. Meus olhos se abrem quando ela diz: — Temos muito o que conversar.

Eu me afasto da parede e vou até a minha cama, pegando a necessaire do banheiro. Preciso mudar de assunto, e rápido.

— Que tal aquele tour?

— Você tem certeza de que não precisa de um minuto para esfriar a cabeça e descobrir como vai sair disso? Sei lá, falar com um membro dos Ilegais assim... — Ela para. — Temo que você tenha colocado um alvo nas costas, Scarlett.

Ela parece genuinamente preocupada, o que é fofo, considerando que ela não tem ideia de que esses caras não me assustam nem um pouco.

Endireito as costas e dou um sorriso forçado.

— Não estou nem um pouco preocupada. Banheiro? Por favor?

É óbvio que minha minimização da situação a deixa no limite. Independentemente disso, ela abre a porta devagar. Ela enfia a cabeça pelo vão primeiro, olhando para os dois lados antes de dizer:

— Ele se foi.

— Sabe — eu começo, enquanto o som de nossas passadas no corredor ecoa —, você também não deveria se preocupar. Eles não são tão fodões quanto querem que as pessoas pensem que são. Quero dizer, qualquer um pode fazer brincadeiras cruéis e tratar as pessoas como merda. Isso não os torna superiores.

— Não. Mas a posição deles, sim. Antes de vir pra cá, posso não ter sido tão intimidada. Mas ser uma Novata durante o primeiro ano foi brutal.

— Uma Novata? — *Que porra é essa de Novata?*

Riley olha para mim como se eu soubesse exatamente do que ela está falando.

— Qual é... Você tem que saber como é o primeiro ano aqui. Todos nós assumimos que talvez seja por isso que você pulou fora e entrou depois.

JOGOS SELVAGENS

Viro a cabeça em sua direção, com as sobrancelhas franzidas.

— Eu ouvi falar sobre a escada hierárquica, mas não achei que fosse grande coisa.

A escada hierárquica é supostamente essa coisa secreta entre os estudantes que os Ilegais promulgam. Basicamente, eles criam grupinhos para os mais novos e veteranos, e são idiotas com os calouros. Nunca prestei muita atenção porque não estava aqui no primeiro ano.

— Hmm. Sim — Riley diz, devagar: — É absolutamente real. Os Jogos de Patente são selvagens, e é por isso que a maioria dos estudantes os abdica. Há alguns que optam por jogar, porque as coisas que eles nos obrigaram a fazer como Novatos foram deploráveis. Para aqueles que o fazem, você joga os jogos por uma semana, depois é movido para o status de Rebelde. Não é muito melhor, mas, definitivamente, não é tão ruim quanto ser um Novato. Contanto que você não estrague as coisas, você entra no último ano como um Ás.

— Espere. O que isso significa para mim? Eu sou um Ás, certo?

Riley dá de ombros, sua atenção se desviando para os chuveiros das meninas quando ela aponta na direção. Há uma dúzia de pequenos espaços, cada um separado por uma cortina de vinil branca.

— A água quente não dura muito, então é melhor que seu banho seja rápido. E use sempre chinelo dentro do boxe. Eu prefiro Crocs, mas a escolha é sua.

Ignorando tudo o que ela diz, volto ao tema das patentes hierárquicas:

— Conte-me sobre essas patentes. O que exatamente Novatos, Rebeldes e Ases fazem?

Riley pega um *Skittles* dentro do bolso do jeans. Abrindo a embalagem, ela despeja alguns em sua mão, em seguida, enfia tudo na boca.

— Bem — diz ela, mastigando as balas —, Novatos são como escravos. É brutal. Limpamos tudo depois das festas. Estou falando de vômito, fezes, camisinha usada. Basicamente, o que quer que nos mandem fazer, nós fazemos. É apenas por um mês, no entanto. Contanto que você não arranje confusão, você é automaticamente promovido para a próxima classificação. Os Rebeldes também não podem se aproximar dos Ases e nós somos praticamente as cadelas dos Ilegais. O que quer que eles queiram, nós fazemos acontecer. Neo obriga os Rebeldes inteligentes a fazerem todos os seus trabalhos escolares. Com certeza, o cara nunca fez um único dever.

Riley me oferece alguns *Skittles*, mas recuso.

— Que babaca. Isso não é uma escola. É a porra de uma prisão.

— É uma droga, mas não dura para sempre. No último ano, todos nós começamos como Ases, desde que não tenhamos nenhuma anotação contra nós no ano anterior. Nós fizemos isso em comparação com os juniores.

— Então, quando todos esses rankings se firmam?

— Essa noite. É a razão pela qual todos devem comparecer ao Encontro. Incluindo você.

— E você? Já participou desses jogos?

Riley estremece.

— Sem chance! Prefiro ser a cadela de alguém por um mês do que me submeter a esse nível de crueldade. Pessoas literalmente morreram nesses jogos. Duas, para ser exata. Possivelmente três. Um cara desapareceu, tipo, dezoito anos atrás, e foi considerado morto, embora nunca tenham encontrado um corpo.

— Nunca ouvi falar de coisa mais ridícula na minha vida. No entanto, não estou nem um pouco surpresa. Esses caras farão qualquer coisa para se fortalecerem; mesmo que isso envolva colocar a vida de outras pessoas em risco.

Estas não são apenas mortes acidentais. Se pessoas morreram durante os Jogos de Patente, isso é assassinato. Os Ilegais de todos os anos aqui devem ser responsabilizados por organizar este festival de horror.

— Em defesa deles, não são só eles. Os jogos e as classificações existem há anos. Se bem me lembro, o bisavô de Neo já os fazia.

— Claro que sim, com toda a sua soberania de merda. — O pai de Neo é o ex-prefeito de Essex, e atualmente o governador do estado.

Riley acena com a cabeça, deixando cair mais *Skittles* em sua mão antes de entrar em uma cabine de banheiro. Ela fecha a porta, mas continuo a falar enquanto ela faz xixi:

— Por que meus pais não me avisaram sobre isso?

Sua voz aumenta de volume, então posso ouvi-la mesmo quando dá descarga:

— Na festa desta noite, os Ilegais farão sua cerimônia de boas-vindas, na qual explicarão as regras. Eles também esclarecerão que as classificações não devem ser discutidas fora da Academia. A preocupação é que isso dissuada os alunos de comparecerem. Eles contarão uma história de merda sobre como a hierarquia é necessária para nos preparar para o nosso futuro como Sangue Azul.

JOGOS SELVAGENS

Ela sai da cabine e lava as mãos em uma das fileiras de pias.

— Porra, sim — disparo —, se eu pudesse voltar no tempo e dar algum sentido aos nossos antepassados, eu os golpearia com força.

— É o preço que pagamos pela rede de segurança do nosso futuro.

— Que se dane isso. Eu ficaria perfeitamente contente em controlar meu próprio maldito futuro.

— Mas você faria isso? Pense bem, Scarlett. Não apenas a estabilidade, mas a proteção. Temos privilégios com os quais os de fora só sonham. Um passeio completo para uma universidade privada credenciada. Nenhuma aplicação da lei externa. Estabilidade financeira. Com as conexões feitas pelos Anciãos, somos intocáveis. Nossos filhos serão intocáveis. Quero dizer, você realmente acha que o pai de Neo teria a posição que ele tem agora sem a ajuda da Sociedade?

— Absolutamente, não. Mas há outros empregos. Pessoas normais lutam por seu sucesso. Isso não é normal.

— Normal ou não, é do jeito que é.

Jesus, eles corromperam Riley como qualquer outro estudante neste lugar. Se estivéssemos tão seguros, não teríamos que nos preocupar com o que os Ilegais planejaram para nós. Nós não estaríamos limpando suas bagunças e fazendo seus trabalhos escolares. Somos tocáveis – mas apenas por eles.

CAPÍTULO QUATRO

CREW

— Como foi? — pergunto, ocupando o assento da minha moto com o capacete pendurado na mão.

Jagger balança a cabeça, os dentes cerrados.

— Ela disse para chupar o pau dela. — Ele arranca seu capacete do guidão de sua Yamaha.

— Parece algo que ela diria.

Segurando o guidão, acelero e vou atrás de Jagger. Ele conduz o caminho pela trilha até a nossa casa. Uma das muitas vantagens de ser um dos Ilegais é a privacidade que vem com o fato de termos nosso próprio lugar. Uma casa de dois andares com um porão enorme, uma academia, uma cozinha grande e nossos próprios quartos. Para não mencionar, nossas próprias regras.

É bom ser um rei. A desvantagem: não vai durar para sempre. Uma vez que nos formarmos, seremos apenas Sangues Azuis normais. A responsabilidade entrará em ação e teremos que ganhar nosso lugar como Anciãos, assim como qualquer outra família antes de nós. Até lá, vou me sentar no meu trono ao lado dos meus amigos enquanto os alunos da Boulder Cove Academy ganham o seu direito de existir no nosso mundo.

Estacionamos em frente à casa, bem ao lado da moto de Neo. Não demorará muito e teremos que tirar os trenós e guardar as motocicletas para o inverno.

Eu puxo meu capacete e coloco-o debaixo do braço, seguindo atrás de Jagger.

— Então isso é tudo o que ela tinha a dizer, hein? Chupar o pau dela?

— Praticamente. Você sabe quão irracional ela é.

Eu rio, porque é verdade. Scarlett Sunder é diferente, com certeza.

— Bem, sua boca pode estar suja, mas não tenho nenhum problema em fazê-la comer suas próprias palavras enquanto ela envolve seus lábios em torno do meu pau.

— É isso. A menina é gostosa pra caralho. — Jagger abre a porta da frente. — Me avise quando você terminar com ela e eu vou sujá-la ainda mais antes de passá-la para Neo finalizar.

— Neo foderia seu cadáver antes que pudesse fazer isso com ela viva.

— Hmm. Isso é discutível. Tenho certeza de que ele foderia a garota com vontade, se tivesse uma chance.

Assim que entramos, tiro meus sapatos. Não me surpreende encontrar Neo dormindo no sofá com um travesseiro sobre a cabeça.

— Acorde, porra. — Pego o travesseiro e dou na cara dele.

— Vá à merda — ele resmunga, rolando de lado com os olhos ainda fechados.

Jagger ressurge da cozinha com três garrafas de cerveja. Ele me passa uma e eu tiro o boné, jogando-o na mesa de centro em frente ao sofá.

— Acorde! — Jagger grita para Neo. — Precisamos conversar.

Neo pragueja baixo, mas se arrasta para uma posição sentada.

Eu inclino a cabeça em direção a Jagger enquanto tomo minha cerveja.

— Então eu tenho que ir à merda, mas a ele você ouve?

— Awn — Jagger zomba de mim com uma voz de bebê —, alguém está magoado?

Tomando outro gole da cerveja, mostro meu dedo do meio para ele e me jogo ao lado de Neo, que está exibindo uma aparência de sem-teto com seu rosto desalinhado e cabelo despenteado, vestindo apenas um short de ginástica.

— Você não deveria estar no treino? — Neo me pergunta, passando o dedo pelas gotas condensadas de sua garrafa.

— Matei o treino. Tínhamos coisas mais importantes para fazer enquanto você estava aqui no seu descanso de beleza.

Jagger se senta no chão à nossa frente, os joelhos dobrados.

— Parece que o pequeno raio de sol não tem intenção de aparecer esta noite.

Neo nem levanta os olhos cansados enquanto continua a traçar linhas em sua garrafa.

— Ela estará lá.

— Eu não sei, cara. Ela parecia bem...

— Ela estará lá — Neo ergue o tom de voz, se levantando do sofá. Ele coloca a garrafa de cerveja ainda fechada em cima da mesa e desaparece escada acima.

— Qual é o problema dele? — pergunto.

Jagger dá de ombros.

— Pode ser por causa da última notícia sobre a Maddie. Aparentemente, ela teve alguns problemas com a pressão arterial e os batimentos cardíacos.

— Que merda, cara. — Enfio os dedos pelo meu cabelo. — Isso é realmente péssimo.

— Sim. Tenho certeza de que ela vai se recuperar. Maddie tem uma alma rebelde, mesmo que ela não consiga se sintonizar.

Já se passaram cinco meses desde que vi Maddie, e a culpa de não a visitar me consome por dentro. Eu simplesmente não consigo olhar para ela daquele jeito. Durante toda a nossa vida, Maddie foi a luz em uma sala cheia de escuridão. Aquela para onde todos se direcionavam. Ela contava piadas e nos fazia rir. Eu tinha um amor genuíno pela garota, mesmo que não a amasse da mesma forma que ela me amava. Naquela época, era para Scar que eu tinha olhos, mas sabia que nunca poderíamos ficar juntos. Não com a forma como meus amigos a desprezavam. Maddie era a escolha segura, e acho que é por isso que estive com ela por tanto tempo. Mas mesmo depois de um ano juntos, meus sentimentos por ela nunca evoluíram. E foi exatamente por isso que planejei terminar as coisas com ela naquele dia – o dia em que nossas vidas mudaram para sempre.

— Bem — digo, lentamente, batendo a mão na minha coxa —, tenho um presente esperando por mim lá em cima que precisa ser desembrulhado. — Termino a cerveja em um só gole e bato a garrafa na mesa.

— Se o seu presente ronronar como um gatinho, tenho certeza de que foi aberto.

Esticando o pescoço, prendo a respiração e ouço o silêncio. Silêncio que é quebrado pelo riso de flerte de uma garota.

— Filho da puta. — Eu pulo e vou direto para as escadas. — Neo! — grito —, é melhor você não estar na porra do meu quarto.

Eu atravesso a porta aberta do meu quarto, com as mãos erguidas.

— Que diabos?

Neo pisca para mim com a palma da mão pressionada na nuca da garota.

— Isso mesmo. Enrole seus lábios em volta do meu pau e chupe como um pirulito.

— Cara. Sou totalmente a favor de compartilhar, mas ela deveria ser minha primeiro.

JOGOS SELVAGENS

Seus dedos se enredam no cabelo da garota, forçando seu pau pela garganta.

Agora de pé atrás dela, pressiono a parte de trás de sua cabeça com minha mão, fazendo-a engolir o pênis de Neo.

— Sua falta de paciência me irrita, Emily. Se você tivesse esperado mais alguns minutos, estaria me chupando agora.

Neo sorri, impulsionando os quadris mais rápido. Emily aumenta o ritmo, lutando para acompanhar o comprimento total de Neo em sua boca, graças a mim.

Ela engasga um pouco mais, mas não desiste. De jeito nenhum ela vai desistir e enfrentar a humilhação. É uma honra estar nesta posição, e ela sabe disso.

Neo inclina a cabeça para trás e fecha os olhos.

— Abra a garganta, para que eu possa enchê-la.

Com minha ajuda, ele enfia tão fundo na boca dela que ela gorgoleja, sufocando com o esperma dele. Quando ele se retira, ela cobre boca com a mão.

Meu lábio se contrai com humor.

— Ela vai vomitar. — *Eu sabia que ela vomitaria.*

— Engula. — Neo exige dela. — Não se atreva a vomitar neste chão.

Ele dá um passo para trás, enquanto eu faço o mesmo. Emily abre a boca, ainda fazendo ânsia de vômito.

— No banheiro! — Neo grita, mas antes que ela consiga se levantar, ela começa a vomitar no chão.

Algumas gotas atingem seus pés descalços e eu caio na gargalhada. Neo xinga e sacode o pé, tentando tirar o vômito.

— Você está brincando comigo? — ele berra. — Limpe-se e dê o fora da minha casa.

Eu começo a rir, porque é hilário pra caralho.

— Devia ter esperado por mim, Emily.

Ela se levanta, olhos baixos, passando as costas da mão na boca.

— É Emma. — E desaparece pela porta aberta, me fazendo rir ainda mais.

— Você pode tê-la agora — Neo diz, com os lábios curvados em desgosto.

— Foda-se isso. Não quero aquela boca frouxa nem perto do meu pau. Eu deveria ser o primeiro dela, até que você a arruinou para todos nós.

Ele pega uma camiseta do chão e começa a limpar o pé.

— Pelo bem dela, esperemos que seja a última vez.

Dou de ombros.

— Mendigos não podem escolher.

Neo levanta a mão e joga a camiseta imunda na minha direção. Eu me esquivo ao me inclinar para a esquerda.

— Ei, essa é a porra da minha camiseta.

— E você é a razão pela qual ela está coberta de vômito. Muito obrigado por isso, idiota. — Ele puxa a bermuda para cima, estalando o elástico na cintura. — E para registro, nunca mendiguei na minha vida. Elas imploram e se acham sortudas quando se encontram com os olhos nivelados com o meu pau.

— Com certeza. Claro — resmungo, embora eu saiba que é verdade.

Neo é um dos caras mais procurados do campus. Ele é quieto e misterioso, com cabelo escuro e olhos verdes que encharcam a calcinha de todas as meninas. Um pouco mais alto do que eu e Jagger e mais musculoso. O cara é definido pra caralho. Ele nunca teve uma namorada e não quer uma. O que funciona bem para ele, porque com sua atitude rabugenta, duvido que ele terá uma.

Depois, há Jagger. Cabelo castanho claro que combina a cor de seus olhos. Ele também tem os músculos definidos, mas não tanto quanto Neo.

Eu sou uma combinação dos dois, o que faz um bom estrago – quando estou no humor para isso. A raiva e a ansiedade muitas vezes me tiram do sério, mas eu me desfaço de todas as minhas emoções no campo de futebol. Contanto que não estrague as coisas este ano e vá bem na faculdade, tenho chance de me tornar profissional. Uma das muitas vantagens da Sociedade são as conexões e, dadas as minhas habilidades no campo, tenho certeza de que está no papo. É exatamente por isso que não posso deixar essa garota me afetar.

Neo pressiona o punho na mandíbula, estalando o pescoço.

— Eu tenho que tomar banho. Vou encontrar vocês nas Ruínas.

— Ei, ei, ei. Você não vai deixar sua porra vomitada por todo o meu chão. Limpe essa merda.

Neo continua andando, dizendo ao sair do meu quarto:

— Vou mandar alguém para cuidar disso.

Claro que sim. Por que ele faria qualquer coisa quando ele tem lacaios para fazer isso por ele?

JOGOS SELVAGENS

Dando a volta na pequena poça no meu chão, abro a gaveta da cômoda e pego uma camiseta branca. Estou tirando meu uniforme que consiste em uma polo azul-petróleo e calças de sarja azul marinho quando algo me chama a atenção do lado de fora da janela.

Eu me inclino mais para perto, com as palmas pressionadas no peitoril da janela. Minha mandíbula trava no minuto em que a vejo.

— Que porra ela está fazendo aqui?

CAPÍTULO CINCO

SCARLETT

Depois que Riley terminou de me levar pelo tour, ela ficou na cozinha e fez algo para comer. Enquanto ela estava ocupada, eu saí do dormitório.

Posso viver para me arrepender dessa decisão, mas tenho que colocar o pé no chão. Jagger veio ao meu quarto e tentou me afetar. Eles podem ser os líderes deste lugar, mas esse cômodo se tornará meu santuário, meu espaço seguro. Eles não têm que se meter lá. Não somos amigos e nunca seremos.

Em vez de me curvar aos seus pés, estou vindo ao seu território para tornar a minha presença conhecida – para todos os três.

O tormento termina aqui.

Na verdade, estou muito orgulhosa de mim mesma por não me perder, embora a casa seja enorme e difícil de não achar. Sem nem falar da vista surpreendente. É murada com montanhas e um rio que passa pela lateral da propriedade.

Antes mesmo de eu chegar à porta, ela se abre.

Fico surpresa quando vejo Crew. Não tenho certeza de quem eu estava esperando, mas não era ele. Já se passaram meses desde que estivemos cara a cara, e não tenho certeza de como me sinto ao vê-lo.

O baque do meu coração está confundindo a raiva na minha cabeça. Ele não mudou muito, além da barba castanha em seu rosto. Parece que ele estava se vestindo, considerando que sua camisa está pendurada em torno de seu pescoço e a calça está desabotoada. Provavelmente acabou de trepar com uma menina. O pensamento dá um nó no meu estômago.

Ele estende a mão às costas, sem nunca desviar o olhar, e fecha a porta da casa, antes de avançar agressivamente em minha direção.

Vou até ele, mas Crew ergue a mão para me impedir de continuar. Não sei por que faço o que ele pede, mas paro de me mover. Em um movimento rápido, ele agarra braço, me puxando para perto dele. Sua respiração ardente atinge meu rosto.

— Me solta! — Eu me afasto de seu agarre. — Você não tem o direito de me tocar.

— Você é muito cara de pau em vir até aqui!

— Vocês não me deixaram escolha. Eles me expulsaram de outra escola por causa de seus jogos juvenis.

— Eu não quis dizer à Academia. Nossa casa é o que eu quis dizer. Que diabos você está fazendo aqui?

— Eu vim para esclarecer as coisas.

Crew ergue as mãos antes de baixá-las ao lado do corpo.

— Tudo bem. Acerte as coisas comigo. Diga o que tanto precisa dizer.

— Não só você. Todos os três idiotas. Então — fico na ponta dos pés, espiando por cima do ombro dele —, onde eles estão?

Eu sei que eles estão aqui. Se não estivessem, Crew não estaria tentando me esconder. *Algumas coisas nunca mudam.*

— Lá dentro.

— Vá chamá-los.

— Não dá. Eles estão ocupados se preparando para a festa. Presumo que Jagger a convidou.

— Não, Crew! — disparo. — Um convite lhe dá a opção. Ele exigiu que eu compareça.

— Como ele deveria exigir. Você é uma estudante da BCA e todos os alunos devem participar.

Ele é tão irritante quanto sempre foi.

— Pare com essa besteira, Crew. Você e eu sabemos que não vou fazer uma maldita coisa que vocês me pedirem. Pelo contrário, não vou comparecer só *porque* vocês exigiram.

Seus lábios se curvam.

— Dá para ver que sua teimosia não desapareceu.

— Isso não tem nada a ver com ser teimosa e tudo a ver com todos vocês tentando me destruir.

— Fizemos o que tínhamos que fazer.

Posso sentir a raiva subindo pelo meu corpo e enchendo minhas bochechas com calor insaciável.

— Ah, é? Você só tinha que fazer parecer que eu estava colando em nossas provas? Ou que roubei coisas da escola? — Minha voz se eleva a um grito incontrolável. — Claro, não vamos esquecer o incêndio no galpão da porra do meu diretor.

Sua arrogância está à mostra.

— Você está aqui, não está?

— Sim, Crew. Estou aqui. Então, o que vocês vão fazer agora que estou?

— Não preocupe sua cabecinha bonita. — Ele sorri. — Temos um plano. Nós sempre temos um plano.

Desprezo a forma como a sua presença faz o meu peito estufar e a cabeça tontear. Meu coração quer tanto escavar as memórias de nós dois antes que tudo fosse para o inferno, mas minha cabeça me diz para não ir lá. Ele não é o mesmo cara. Ou talvez seja quem ele sempre foi e eu só esperava ser o suficiente para mudá-lo.

— Sabe de uma coisa? Foda-se isso. Basta dar o recado para seus amigos. Não serei mais maltratada. Se vocês acham que vão arruinar este ano letivo para mim, revirando a merda que fizeram quando eu estava em casa, podem esperar sentados. Estou aqui agora e vou revidar.

— Mensagem recebida e eu vou ter certeza de retransmiti-la.

Por que ele está me dando aquele sorriso travesso? Minhas sobrancelhas se franzem.

— Isso não é engraçado, Crew.

— Nunca disse que era. De fato, concordo. Nada sobre isso é engraçado.

— Estou falando sério. Tudo tem um limite. Eu entendo, vocês me odeiam. O sentimento é mútuo, então vamos passar por esses próximos oito meses e podemos voltar a nos ver apenas nas reuniões trimestrais.

Seu polegar roça seu queixo e ele sorri.

— Eu gostaria que fosse tão fácil, Scar.

— Claro que é tão fácil. É bem simples escolher ser legal.

— Você parece esquecer que o fato de estar aqui significa que pertence a nós agora.

Ranjo os dentes, minhas narinas infladas.

— Eu não pertenço a ninguém.

— Ah, mas pertence. Em pouco tempo, você estenderá sua mão na minha direção, implorando para que eu a ajude. — Ele usa sua presunção orgulhosamente com a postura ereta e dominante.

— Eu morreria antes mesmo de pedir ajuda a vocês, a qualquer um de vocês.

JOGOS SELVAGENS

— Bem, isso não pode acontecer, certo? Precisamos de você viva para te torturar das piores maneiras possíveis.

Ele está ainda pior do que era naquela época, mas suas palavras não são tão profundas quanto costumavam ser. Agora, elas mal roçam a superfície da minha pele.

— Não consigo acreditar que nós já fomos amigos.

— Não fomos. Eu apenas deixei você acreditar que éramos. Mantenha seus amigos por perto e seus inimigos mais perto ainda. Tudo o que fiz e disse foi para ganhar a sua confiança, para que eu pudesse puxar o tapete debaixo de você.

— Você é inacreditável.

Okay. Aquela doeu um pouco. Não estava esperando por isso. Balanço a cabeça de leve durante o breve silêncio antes de respirar, sentindo como se tivesse sido chutada no intestino.

— Sabe de uma coisa, vá se foder.

— Não. Eu passo. Meu pau já te arregaçou o suficiente.

Ele não disse isso!

— Eu te odeio pra caralho, Crew Vance. — Mostro o dedo médio antes de me virar para me afastar.

Eu não chego muito longe antes que seus braços me envolvam por trás, pressionando minhas costas em seu peito.

— Me dê o dedo de novo e vou arrancar essa porra da sua mão e usá-lo para te tocar. Você gostaria disso, Scar? Seu dedo desmembrado fodendo sua boceta?

Seu domínio sobre mim alivia e eu me recuso a dar-lhe mais um segundo do meu tempo. Meus pés não param de se mover enquanto fujo, suas palavras vis se repetindo em minha mente.

— Estúpido. Estúpido pra caralho. — Quebro um galho da árvore ao descer a trilha. *Por que pensei que poderia dialogar com qualquer um desses?* A casca seca de uma árvore fere a palma da minha mão quando a golpeio.

Do nada, Riley salta de trás de um arbusto, me assustando. Em uma reação instintiva, arranco um galho e por pouco não acerto seu rosto.

— Jesus, Riley. Você está tentando se matar?

— Isso dificilmente é uma arma mortal, mas eu poderia perguntar a mesma coisa. O que você estava fazendo na casa dos Ilegais? Você não sabe que precisa de um convite para pisar em sua propriedade? A menos que... — Ela sorri, seu olhar inquisitivo. — Você foi convidada? Puta merda,

Scarlett. Se você pisou um pé lá dentro, você tem que me dizer.

— O quê? N-não — gaguejo, jogando o galho no chão e continuando pelo caminho. — Eles não me convidaram. Foi estúpido. Nunca deveria ter ido.

O arrependimento me consome. Se ao menos eu fosse do tipo que se senta e deixa as coisas acontecerem, eu poderia realmente ser capaz de passar este ano ilesa. Em vez disso, ao aparecer lá, tenho certeza de que piorei ainda mais as coisas para o meu lado. Todo esse tempo, pensei que Neo era o pior de todos, mas Crew acabou de provar que eu estava errada.

Riley caminha comigo pela trilha e ainda não sei por que ela está aqui. Eu nem sequer olho para ela quando pergunto, com medo de que ela veja como estou agitada:

— Você me seguiu?

Ela dá de ombros.

— Eu vi você se esgueirando pelo corredor e a curiosidade tomou conta de mim. Tive a sensação de que você estava indo para lá e queria ter certeza de que estava bem quando fosse embora. Eu sei como esses meninos são cruéis.

— Aprecio sua preocupação, mas posso cuidar de mim.

— Pode mesmo? Quero dizer, é óbvio que você tem algum tipo de história com esses caras, e se houver uma rivalidade, eu preciso saber.

— Por que isso importa?

Riley fica quieta por um segundo e, quando olho para ela, vejo a resposta estampada em sua expressão.

— Porque você acha que ser minha colega de quarto coloca um alvo nas suas costas?

— Bem, sim. Tipo isso. Você pode ser nova aqui, mas não é nova nas regras. Você conhece a atração que esses caras têm e, se você os conhece tão bem quanto acho que conhece, também sabe do que eles são capazes. Ninguém quer estar do lado dos inimigos deles. Especialmente alguém que está apenas tentando se misturar e sobreviver mais um ano aqui.

A última coisa que quero é arrastar Riley para a minha bagunça. Acho que a melhor maneira de evitar isso é manter meu relacionamento com Crew, Jagger e Neo para mim mesma – como fiz durante toda a minha vida.

— Não se preocupe. Somos todos da mesma seção, então eu os conheço desde sempre. Não há rixas.

Antes que eu perceba, chegamos ao Covil das Raposas. O sol está se pondo e há um frio no ar que me faz abraçar meu corpo.

JOGOS SELVAGENS

— Sobre aquela festa hoje à noite — Riley começa. — Acho que você deveria reconsiderar. Vai ser divertido.

— Ah, eu vou.

O sorriso de Riley é tão grande que suas maçãs do rosto praticamente tocam seus olhos.

— De verdade?

— Sim. Eu acho que você está certa. É hora de abraçar tudo o que esta escola tem a oferecer.

Vou viver para me arrepender de outra decisão precipitada? Provavelmente. Eu me importo? Não. Minha vida está cheia de arrependimentos, mas são algumas dessas decisões lamentáveis que me deram a bagagem que tenho hoje. Preciso que eles saibam que não sou afetada por sua crueldade. Assim que perceberem que me atormentar não é tão divertido quanto esperavam, eles vão parar.

Se eu conseguir ficar dois passos à frente dos Ilegais, ficarei bem. Afinal, para eles me vencerem, eles precisam me pegar.

A empolgação de Riley é aparente.

— Então acho melhor irmos encontrar algo bem gracinha para você vestir.

— Não sei quanto a ser uma gracinha, mas acho que tenho a roupa certa para as festividades de hoje à noite.

Quando voltamos ao quarto, Riley e eu paramos, compartilhando um olhar enquanto nos aproximamos da porta.

— Você deixou a porta aberta quando saiu?

Riley nega com um aceno sutil de cabeça.

— Não tranquei, porque não tinha certeza se você estava com a chave, mas definitivamente a fechei.

— Hmm. Esquisito. — Abro a porta e nós duas olhamos em volta antes de entrar. Dou de ombros e ignoro o sentimento estranho dentro de mim. — Não tem ninguém aqui.

— Provavelmente foi Melody. Ela é a líder do grupo e intrometida pra cacete. Não tenho dúvidas de que ela entraria só para bisbilhotar.

— Não acredito que não há câmeras aqui — digo a ela, seguindo até a única mala que ainda tenho que desfazer. Eu a coloco na minha cama e puxo o zíper. Depois de aberta, analiso meus pertences e me certifico de que meu telefone ainda está escondido. Tudo está no lugar como deveria estar.

— Confie em mim, alunos e alguns pais tentaram, mas os Anciãos acreditam que as câmeras arruínam os álibis, caso precisemos de um.

— Essa é a coisa mais idiota que já ouvi. — Jogo minha bolsa no chão e, ao fazê-lo, algo me chama a atenção. Caindo de joelhos, dou uma olhada mais apurada. Quando vejo a etiqueta do resort aparecendo debaixo da minha cama, meu coração se estilhaça. Meus dedos acariciam o papel que foi colocado em minha bolsa na última vez em que embarquei. O remorso me consome. Mas, mais do que isso, a raiva sacode meus ossos. *Como meu pai teve a ousadia de colocar essa bolsa no meu quarto quando ele sabia o quanto eu não a queria?*

— Você está bem? — Riley me assusta quando paira atrás de mim, olhando por cima do meu ombro.

— Hmm. Sim. Estou bem. — Empurro minha bolsa de *snowboard* para debaixo da cama e bato com as mãos no colchão. — Você sabe o que vai vestir?

Riley levanta um dedo.

— Talvez eu precise de sua ajuda. — Sua expressão se contorce. — Se você estiver disposta a isso. Eu sei que seu estilo não é...

Eu rio antes que ela torne a situação ainda mais estranha.

— Está bem. Posso não me vestir bem, mas tenho um olho bom para moda e cabelo. Mostre-me o que você separou.

Riley abre as portas de seu armário que ela deve ter trazido de casa e puxa dois vestidos. Um vestido rosa-chiclete muito curto com estampas florais. O segundo, um vestido de cetim azul-marinho com alças finas trançadas. Eu nem preciso pensar duas vezes antes de dizer:

— O azul.

— Eu sabia que você diria isso, e é por isso que tenho uma terceira opção. — Ela coloca os vestidos na cama e vai até a cômoda. Abrindo uma gaveta, ela pega uma minissaia jeans. — Ou isso com uma regata fofinha.

Meu dedo bate no meu queixo enquanto avalio todas as roupas.

— Vestido azul-marinho com a jaqueta jeans que você está usando e um par de sapatilhas. Se esta festa é tão épica quanto parece, você não quer estar de salto alto.

Riley pisca os olhos.

— Impressionante. Você tem um senso de estilo.

Com um braço na altura do estômago, faço uma mesura graciosa.

— Ora, obrigada.

Riley vai ao banheiro para lavar o rosto enquanto eu me troco. Eu decido por um par de jeans largos, uma regata preta que fica logo acima do meu umbigo perfurado e meus tênis pretos sem cadarço. Eu me curvo

JOGOS SELVAGENS

para baixo e prendo o meu longo cabelo preto em um coque bagunçado.

Quando Riley retorna, ela dá uma olhada para mim e coloca a mão no rosto.

— Essa é a roupa perfeita?

— Ei, eu não ridicularizei você por se vestir como se estivesse indo para uma boate.

— Boate, festa. Dá no mesmo.

— Esta sou eu. É pegar ou largar.

Riley examina meu corpo antes de abrir um sorriso.

— Eu vou pegar. Só se você me ajudar a enrolar a parte de trás do meu cabelo.

— Mas seu cabelo já não é cacheado?

Seus ombros fazem uma pequena dança.

— Eu quero mais. Cachos grandes e saltitantes com muita curvatura.

Sentando-se no banquinho ao lado da cama, ela aplica a maquiagem enquanto eu bato meu dedo no modelador para ter certeza de que está quente o suficiente. Quando queima a ponta do meu indicador, sei que está pronto.

Meus dedos deslizam sob uma mecha fina de seu cabelo e pressiono a alavanca do modelador de cachos. Meu peito se aperta quando prendo o ferro e enrolo em seu cabelo.

— *Você vai arrumar o meu cabelo antes de irmos?*

— *Maddie* — eu rio —, *nós estamos indo para o snowboard, não a um baile.*

— *Eu sei, mas ainda quero estar bonita. Crew estará lá.*

— *Claro. Como eu poderia esquecer? Talvez eu precise convidá-lo todas as vezes, só para colocar você nas pistas. Você será uma snowboarder ávida antes que perceba.*

— *É pouco provável. Eu mal consigo ficar de pé com meus próprios pés, muito menos com os dois juntos como um só. Estou animada para hoje, no entanto. Não vou fingir que estou ansiosa para estar naquelas montanhas frias, mas se Crew estiver por perto, cada parte do meu corpo fica quente.* — *Ela pisca para mim no espelho e nós duas começamos a rir.*

— *Okay. Como você quer?*

— *Hmm. Que tal cachos? Eles podem pular enquanto voo morro abaixo.*

— *Cachos, então.*

— Scarlett? Ei. Você está bem?

Eu rapidamente saio do transe.

— Ah, merda. — Abro o ferro e deixo o cacho fumegante de Riley cair solto em suas costas. — Estamos bem. Não queimou.

— Acho bom. — Riley me olha fixamente através de seu reflexo no espelho.

— Está certo. Um cacho perfeito. — Eu afasto o aparelho como se nada tivesse acontecido enquanto olho para as mechas loiras presas e crepitando na chapinha.

Assim que termino, Riley parece uma rainha do baile. Uma rainha do baile usando um vestido curto que mal cobre sua bunda com um corte em V tão baixo que seus seios saltam, mas ela está deslumbrante mesmo assim.

— Tudo bem — ela sorri, cruzando a bolsa rosa sobre o peito —, vamos festejar.

Eu grito internamente. A ideia de socializar com estranhos me deixa mais nervosa do que ser questionada sobre o incêndio criminoso no galpão do diretor. Nessa situação, fui silenciada pelo meu advogado, que teve o caso arquivado. Desta vez, só eu posso me salvar.

CAPÍTULO SEIS

SCARLETT

Meu coração está na garganta quando nos aproximamos do final da trilha onde estão as Ruínas. Há tantos termos usados aqui, que não tenho certeza de como vou acompanhar todos. Acho que andam de mãos dadas com as regras, das quais também vou me esforçar para lembrar.

Por mais que eu tenha temido minha presença na BCA, tenho que admitir, a atmosfera é intrigante. Estou realmente curtindo toda essa vibração acadêmica sombria. Embora eu prefira explorar de dentro do meu dormitório, na solidão.

— Você está pronta para isso? — Riley pergunta, o forte cheiro de seu perfume preenchendo o espaço entre nós.

— Você é a segunda pessoa que me pergunta isso hoje e minha resposta é a mesma: eu tenho que estar.

Há pessoas em todos os lugares. Embaralhando-se e movendo-se através dos feixes de luz fraca lançados sobre uma parte da área. Pilares estão colocados ao redor da propriedade, com cerca de dois andares de altura, com luzes fluorescentes brilhando. *"High"*, do The Chainsmokers, está vibrando nos alto-falantes que nos cercam.

Meus olhos percorrem a multidão enquanto procuro pelos caras. O próprio Crew disse antes: *mantenha seus amigos por perto e seus inimigos ainda mais perto.*

— Vamos tomar uma bebida. — Riley puxa meu braço ansiosamente, levando-me até um barril que fica ao lado de uma árvore. Há uma multidão ao redor, e ela não perde tempo nos colocando bem no meio dela.

— Na verdade — digo alto, acima da música e do burburinho —, estou bem com a cerveja. — Aponto o polegar por cima do ombro para um aglomerado de pedras grandes. — Eu estarei lá.

— Okay. Mas não vá longe. Precisamos ficar juntas.

Lembro-me do que minha mãe disse conforme volto para as rochas. *Encontre sua turma. Fique com eles. Não saia sozinha à noite.*

Estou encostada em uma rocha, girando meus polegares e vendo as pessoas beberem suas bebidas enquanto seguem a vida e levam o melhor dela. Às vezes, eu gostaria de poder ser despreocupada e desfrutar da simplicidade de uma boa festa. Eu odeio que minha ansiedade me domine em situações sociais a ponto de sentir a necessidade de fugir antes mesmo de dizer olá para alguém.

Falando em dizer olá. Aí vem Melody e sua ajudante, vindo direto para mim.

— Estou tão feliz que você conseguiu, Scarlett. Não que você tivesse uma escolha sobre o assunto.

— Eu soube. — Meu tom é neutro e espero que ela receba a dica de que não estou com vontade de conversar.

— Bem, se você precisar de alguma coisa, me avise. Seja licor, cigarros, balas, pó, maconha. Eu sou sua garota.

Minhas sobrancelhas quase grudam no couro cabeludo, porque eu não estava esperando isso. Melody, definitivamente, não tem cara de traficante.

— Obrigada. Vou manter isso em mente.

Que lugar é esse?

Espano a poeira das minhas pernas, e me levanto. Isso é muito estranho para o meu gosto.

— Vocês duas tenham uma boa-noite.

Os olhos de Melody me seguem.

— Você também, querida.

Eu vejo rostos familiares e algumas pessoas com quem interagi na nossa seção, mas nunca realmente conheci ninguém em um nível pessoal. É seguro dizer que sou a pária aqui. A única pessoa em quem confio e quero ao meu lado durante esta fase da minha vida não pode estar aqui, e isso me mata.

Maddie e eu fizemos uma promessa de viver nossas vidas fora dos padrões da Sociedade, mas aqui estou fazendo exatamente o que jurei que nunca faria – não como se eu tivesse outra opção.

Estou empurrando a multidão enquanto *"Without Me"*, de Halsey, vibra em meus tímpanos. Lembranças do meu último passeio até a Montanha Coy se infiltram em minha mente.

— *Aumente isso. Eu amo Halsey!* — *grita Maddie, acima da música já estridente.*

JOGOS SELVAGENS

51

Ela se levanta no banco traseiro e a metade superior de seu corpo desaparece pelo teto solar do carro de Crew.

— *Você está louca, porra?* — *Agarro suas calças de neve, tentando puxá-la de volta para baixo.* — *Você vê o quão baixos são esses galhos?*

Maddie cai de volta no assento e, ao mesmo tempo, meus olhos se fixam nos de Crew através do espelho retrovisor. Seus olhos se enrugam nos cantos com seu sorriso malicioso. O calor se alastra pela minha barriga enquanto afasto a culpa que ameaça me dominar.

Você não pode tê-lo, Scarlett. Ele já está comprometido.

Foda-se. Sigo direto até o barril, empurrando meu caminho para a frente da fila, enquanto sou xingada e envergonhada por furar. Curvando-me, pego o saco de copos de plástico vermelhos do chão, enquanto os perdidos estão espalhados por toda parte.

— Escuta aqui, novata. Você pode esperar na fila como todo mundo.

— Sim. É isso aí!

— Você me ouviu, puta? Entre no final da porra da fila.

Ignorando-os, eu me concentro apenas em encher meu copo. Eu preciso beber os pensamentos irracionais que tomam conta. Pode ser temporário, mas pelo menos as feridas abertas se fecharão por um tempo.

Estou prestes a pegar a mangueira conectada ao barril quando o cara na minha frente a solta, mas alguém pega antes. Seus olhos escuros penetraram nos meus.

— Eu disse para entrar no final da fila, vadia idiota.

— Ah. — Eu seguro meu copo vazio junto ao peito. — Suas palavras devem me fazer obedecer? — Reviro os olhos e tento pegar a mangueira dele. Antes que eu possa, estou sendo ensopada de chope. A bebida escorre pelo meu rosto, deslizando para dentro da minha camisa e encharcando minhas roupas.

Todos ao meu redor começam a rir, mas tudo o que vejo é vermelho.

— Seu idiota! — Eu avanço na direção dele, batendo meu joelho com muita força no barril. Com um pulo, envolvo minhas pernas em torno dele, tentando tirar a mangueira de suas mãos, mas ele continua a borrifá-la no meu rosto, molhando cada centímetro da parte superior do meu corpo.

Giro a cabeça de um lado ao outro para me esquivar do spray, enquanto meus tornozelos travam com tanta força às suas costas, que um leão não conseguia se soltar do meu agarre.

— Sua puta do caralho.

RACHEL LEIGH

— Ah, agora eu também sou uma puta? — Abro bem a boca, deixando um pouco da cerveja borrifar nela. — Continue mandando. Estou com muita sede.

A próxima coisa que sei é que estou sendo arrancada de cima dele. Não é por um leão, no entanto. É por algo bem pior.

Os braços de Neo envolvem minha cintura e eu sou levantada. O fluxo de cerveja cessa imediatamente, e o cara que me pulverizava agora demonstra um olhar de pânico.

— Ela furou fila — o cara diz, baixinho, uma ampla mudança de seus insultos rugidos apenas alguns segundos atrás.

Neo me coloca de pé no chão.

— Nos túneis — Neo comenta com o cara, com um dedo apontado firme para a trilha.

Todos ao redor do barril estão quietos. O peito do cara sobe e desce sem fôlego quando ele fala:

— Só porque ela é nova não significa que...

— Agora! — Neo grita. O estrondo em sua voz vibra contra minhas costas e estou hesitante em fazer um movimento para fora daqui.

— Eu posso explicar... — O cara começa, mas é imediatamente cortado por Neo.

— Você foi rebaixado. Vamos discutir sua punição no Encontro.

Abaixo a cabeça, incapaz de sequer olhar para o cara. Claro, ele é um idiota, e eu adoraria nada mais do que enfiar a torneira do barril pela sua garganta, mas ele realmente merece ser rebaixado? Se o que Riley diz é verdade, ele está prestes a viver um ano infernal. Poderíamos ter, eventualmente, lidado com essa situação sem a interferência dos Ilegais. Eu daria um soco nele algumas vezes e ele continuaria com sua lista de insultos femininos vis. No final, eu sairia com uma caneca de cerveja e ele graciosamente se curvaria com um lábio ensanguentado.

— Venha comigo — Neo diz, severamente, agarrando meu braço e me puxando para longe, como se ele tivesse o direito de fazê-lo.

— Com licença? — Eu sacudo meu braço, tentando libertá-lo de suas garras sem sucesso. — Ei, oi, olá?

— Não tenho tempo para conversa-fiada, especialmente não com você.

— Nossa, obrigada. — O sarcasmo escorre das minhas palavras. — É bom vê-lo também.

— Nunca é bom ver você, Scarlett. Na verdade, é bem torturante estar na sua presença.

JOGOS SELVAGENS

— Torturante, hein? — brinco, usando o humor como minha válvula de escape. — Isso é porque meu corpo sexy provoca sua mente?

Ele estremece.

— Quem dera. Daí, talvez eu não tivesse o desejo terrível de acorrentar seu corpo sexy a uma árvore e deixá-lo lá apenas para te ver sofrer.

— Então, você está dizendo que sou gostosa?

Seus olhos se estreitam e ele continua me empurrando, ficando irritado com minhas lamúrias.

Assim que nos distanciamos um pouco da festa, Neo me dá um empurrão brusco e me solta.

— Você está aqui há seis horas e já está causando problemas.

— Eu não fiz nada. Esse cara era um idiota de marca maior.

— Talvez sim, mas você caminhou até aquele barril como uma cadela autorizada, o que você não é.

— Você está certo — murmuro. — Eu não sou uma cadela.

— Eu quis dizer que você não tem autorização. Quanto a você ser uma cadela, nós dois sabemos que isso é verdade.

— Posso dizer o mesmo sobre você, Neopolo — enfatizo seu nome de batismo, sabendo que ele o odeia.

Sua mandíbula estala.

— Nunca mais me chame assim!

— Ou o quê? — Inclino o quadril, colocando a mão firmemente sobre ele.

— Faça isso de novo e você verá o que acontece.

— Eu deveria estar com medo? Porque não estou. Pelo contrário, eu gostaria que você tentasse me machucar, apenas para que eu possa mijar em seus planos de arruinar todo o meu ano. Caso você não tenha ouvido, eu me recuso a ser seu capacho.

— Ah, eu ouvi. Crew transmitiu sua pequena mensagem depois que vi vocês dois conversando do lado de fora da minha casa. Você perdeu seu tempo indo lá. Nada do que você faz ou diz vai mudar o fato de que nós possuímos você este ano. Agora seja uma boa garota e vá para os túneis com o resto de seus colegas de classe.

Poderíamos ficar aqui e discutir o dia todo, mas já estou entediada com essa conversa em rodeios. Silenciando-o, passo por ele, que ainda mantém a pose como uma estátua dominadora.

— Tudo bem, eu vou, mas não espere mais a minha conformidade este ano. Você não vai conseguir.

Ele estende um braço, me parando.

— Não brinque comigo, Scar. Ou você vai se arrepender.

Empurro seu braço para longe e continuo meu caminho.

Neo desaparece de volta em meio à multidão e eu passeio os olhos pela área em busca de Riley. *Para onde diabos ela foi?*

Todos seguem na mesma direção, então eu os sigo, na esperança de chegar ao lugar certo. Não tenho certeza de quais são os túneis, mas parece assustador. Nesse caso, estou dentro – eu amo merdas assustadoras.

Meus pais sempre me dizem que preciso ter mais medo porque, sem isso, não tenho proteção. Eu sempre os lembro que não sou destemida, sou apenas rancorosa. Nossos medos estabelecem limites para nós e serei condenada se alguma emoção humana ditar a minha vida.

— Desculpe-me — digo a um menino magro que caminha sozinho. *Espera. Eu conheço esse cara.*

Ele levanta os óculos e me reconhece com as sobrancelhas arqueadas.

— Olá, de novo.

Ofereço-lhe um sorriso.

— Hmm. Oi. Elias, né?

Seus olhos se iluminam, satisfeitos com minha memória.

— Você está correta.

— Oi, Elias. — Volto a dizer. — Você viu uma menina, com uns 1,60 de altura? — Estimo uma medida de sua altura com a minha mão, seguran-do-a até o meu nariz. — Agitada e barulhenta. Atende pelo nome de Riley.

— Desculpe. Gostaria de poder ajudar.

Bem, caramba.

O som distante de um motor acelerado chama a atenção de todos. Sigo a direção de seus olhares, olhando por cima do meu ombro.

Que diabos?

Diretamente na minha frente está uma motocicleta de *motocross* que vem a toda velocidade. O piloto está usando um capacete, então não sou capaz de ver seu rosto, mas ele leva um passageiro atrás com as mãos en-roladas confortavelmente em torno de sua cintura.

— Cuidado! — Elias grita. Sou puxada para trás ao mesmo tempo em que a moto passa voando por mim. O vento faz com que meu cabelo chicoteie contra meu rosto. Meu coração sai do meu corpo quando trombo com Elias e nós dois caímos no chão.

— Aquela é... — *Riley?*

JOGOS SELVAGENS

Ainda estou no chão, observando como a multidão se separa para o piloto e o que parece ser minha colega de quarto. Eu me levanto de um pulo e limpo a sujeira da minha calça jeans.

— Babaca! — grito.

— Acostume-se. Eles andam onde quiserem e não prestam atenção a ninguém em seu caminho. Por outro lado, acho que encontrei sua amiga.

— Sim. — Eu me inclino para a direita, tentando ver para onde eles foram, mas tudo que vejo é uma nuvem de poeira enquanto os alunos se reúnem novamente e continuam em direção aos túneis. — Acho que ela, oficialmente, perdeu a cabeça.

Elias se levanta do chão e me oferece sua mão, que eu aceito.

Estamos de pé sob uma das luzes aéreas, e dou uma olhada melhor nele. Ele empurra os óculos para cima do nariz delgado e noto seus olhos azuis. Eles são tão brilhantes quanto os meus, mas com pequenas manchas de preto em suas íris. Ele é realmente um cara muito bonito, se você gosta do tipo mauricinho e nerd.

Elias acena para o espaço aberto à nossa frente e percebo que ficamos para trás do grupo.

— Você provavelmente deveria se adiantar. Eles gostam de humilhar qualquer um que esteja atrasado.

— É claro — ironizo —, eu não gostaria de deixar os líderes esperando.

— Ou sua amiga.

— Merda. Você está certo. Eu deveria ter certeza de que ela está bem. — Acelero meu ritmo, correndo para alcançar todo mundo.

Em pouco tempo, estou junto ao grupo enquanto pisamos sob uma saliência de cimento. Ficando na ponta dos pés, tento ver para onde todos eles estão desaparecendo, mas está muito lotado para ver qualquer coisa, exceto mais pessoas.

Como moscas, elas caem uma a uma, e é aí que percebo que todos estão descendo por um buraco no chão.

É tão alto que a conversa em meus ouvidos ajuda a abafar as perguntas que correm pela minha mente.

Quando é a minha vez de descer, hesito.

— Anda! — alguém grita.

Sem outro pensamento, desço para o buraco negro, e a conversa segue. Alguém esbarra em mim e eu tropeço na pessoa à minha frente. Eles não dizem nada, nem eu.

Finalmente, vejo a luz. Forradas ao longo das paredes estão velhas arandelas de tocha com dentes de metal afiados. Dentro de cada um há uma vela cilíndrica acesa. Chamas dançam ao redor das paredes e do teto, as sombras desaparecendo e reaparecendo à medida que as pessoas passam.

Estamos em algum tipo de masmorra, e quando chegamos a uma via de quatro caminhos, continuo seguindo a multidão em frente. Há tantas voltas que seria fácil para qualquer um se perder aqui embaixo. O pensamento deixa os minúsculos pelos na parte de trás do meu pescoço em pé.

Eu me saí bem por não fazer perguntas, mas a curiosidade está tirando o melhor de mim.

— O que estamos fazendo aqui embaixo? — pergunto a uma garota andando ao meu lado.

— No início de cada ano letivo, os Ilegais realizam o Encontro para dar as boas-vindas à classe júnior.

— Que tipo de encontro?

Suas sobrancelhas se levantam e ela sorri, levando-me a acreditar que não pode ser tão ruim assim.

— Você vai ver, garota novata.

Por que é tão importante que eu seja uma novata? E daí! Todos os juniores são novos e ninguém dá a mínima. É quase como se todos desta Academia tivessem se reunido e tido uma conversa aprofundada sobre minha matrícula tardia. Quero dizer, não é possível que fui a única a se inscrever durante o último ano, é?

Minutos depois, estamos atravessando uma grande porta que dá em espaço aberto com tetos abobadados. Não é sujo como pensei que seria. É antigo, mas a área é bem conservada. Paredes de pedra nos cercam com as arandelas montadas como nossa única fonte de luz. Isto é, até que entro mais fundo na sala e olho para a frente onde os Ilegais estão trajando vestes de capuz preto. De cada lado deles há uma tocha acesa colocada em suportes de metal.

O ruído das portas sendo fechadas atrás de nós me assusta. Pouco depois, a multidão se cala.

— Bem-vindos ao septuagésimo nono Encontro dos Sangues Azuis para começar o ano letivo — Neo começa, falando através de um microfone preso à sua veste, a voz ressoando pelo amplo espaço. — Eu sou Neo Saint, um de seus membros Ilegais. É uma honra apresentar a vocês seus outros líderes estudantis na Boulder Cove Academy. — Jagger dá um

JOGOS SELVAGENS

passo à frente, a expressão vazia de qualquer emoção. — Jagger Cole. — Ele recua no lugar enquanto Crew se aproxima, com o mesmo semblante inexpressivo. — Crew Vance.

Todo mundo bate palmas, enquanto eu apenas observo. Não parece certo aplaudir esses idiotas. Eles não são líderes; são demônios disfarçados.

Neo continua:

— Décadas atrás, um império estava onde seus pés estão agora. Durante um tempo em que alguns moradores estavam lutando contra os Sangues Azuis sobre esta propriedade, uma escavadeira acertou a parede de pedra, derrubando-a, juntamente com um edifício estrutural que estava situado logo atrás dele. Isso é tudo o que resta. Muitos de nossos eventos são realizados acima do solo, mas alguns retardatários gostam de se esgueirar e tentar se perder aqui embaixo. Eu aconselho você a não ser um desses. Há rumores de que um grupo veio para cá há cerca de vinte anos e nunca mais voltou. Alguns anos atrás, uma menina se perdeu nos túneis e se deparou com restos mortais que foram reivindicados como sendo dos estudantes desaparecidos. Não é necessário dizer que este não é seu parque de diversões.

— Ei. — Riley bate seu ombro no meu. Eu sorrio para ela enquanto ela olha para os caras com um olhar tímido.

— Ei, você — sussurro de volta. — Jagger? Sério?

Seus ombros encolhem causalmente, mas não há nada casual sobre essa situação.

— Ele não é Crew Vance, mas vai servir.

— Crew? — Dou risada. — Por favor, não me diga que você tem uma paixonite por esse cara.

As bochechas de Riley se tingem de rosa.

— Eu não chamaria isso de uma paixonite, mas de uma paixão obsessiva.

— A mesma coisa. — Balanço a cabeça. — Eu teria cuidado se fosse você. Crew, Jagger, Neo… todos eles são problema.

— Foi apenas um passeio de moto. Qual é o grande problema nisso?

Neo continua discutindo as classificações e os jogos, assunto do qual eu já estava cheia, enquanto eu e Riley trocamos palavras:

— O grande problema é que Jagger Cole não é uma pessoa legal.

Ela agita as sobrancelhas.

— Ele foi legal comigo.

Quem é essa garota?

RACHEL LEIGH

Jagger toma seu lugar no centro das atenções e fala sobre o lema da Sociedade e a urgência de proteger nossos segredos.

— Vamos agora começar a iniciação para a classe júnior.

Não é até que Crew se encaminhe para frente e comece a falar que meus ouvidos se aguçam:

— Membros juniores, por favor, estejam na frente do grupo. — Seus olhos imediatamente pousam nos meus, como se ele soubesse exatamente onde eu estava naquela multidão de mais de cem pessoas.

Meu peito aperta, o pulso acelerado.

— Como a maioria de vocês sabe, temos um novo aluno — ele continua, ainda me observando. — Scarlett Sunder, você poderia, por favor, se juntar à classe júnior na frente?

Minhas sobrancelhas franzem conforme as bochechas esquentam diante da atenção indesejada.

Quando não me movo, ele usa um tom autoritário:

— Agora, Scarlett.

Que diabos ele está fazendo? Ele sabe que eu não sou júnior.

— Vai. — Riley me cutuca.

— Não. Eu não vou lá em cima. Eu sou uma veterana. Tenho os créditos para provar isso.

— Estamos todos esperando por você, Scar.

Ah, não, ele não fez isso. Ele sabe o quanto odeio quando me chamam assim em público. Um apelido implica algum tipo de amizade ou vínculo, e nós, definitivamente, não compartilhamos nenhum dos dois.

Todo mundo está olhando para mim. Nem uma única pessoa nesta sala lotada tem os olhos postos em qualquer lugar, exceto em mim.

Riley esbarra no meu ombro novamente.

— Faça perguntas mais tarde. Apenas vá. — Ela arrasta a palavra, deixando clara sua demanda.

Parece que não tenho escolha, a menos que eu queira que todas essas pessoas fiquem bravas comigo por desperdiçar seu tempo. Contra a minha vontade, sigo até a parte da frente. As pessoas se afastam, permitindo minha passagem enquanto me observam atentamente.

Eu não deixo que eles vejam o meu desconforto. Minha cabeça encharcada de cerveja está erguida, as mãos enfiadas nos bolsos da calça jeans, e eu ando através da multidão separada como uma estrela fodona do rock. Durante todo o trajeto, sinto as axilas suadas.

JOGOS SELVAGENS

Quando chego à frente, paro diretamente na frente dos Ilegais.

— Do que se trata isso tudo?

O olhar de Crew se arrasta para cima e para baixo do meu corpo antes de pousar em meus olhos.

— Você é nova aqui e a iniciação é necessária para todos os alunos. Podemos confiar em você, Scar?

Estou convencida de que ele está me sacaneando, mas não vou deixá-lo ver como estou agitada agora.

— Okay. — Meus ombros estão relaxados e eu direciono o olhar para a classe júnior. Murmurando baixinho, digo: — Farei sua iniciação estúpida.

— Como é? — Neo instiga. — Não conseguimos ouvi-la.

Eu levanto minha voz:

— Eu disse que vou fazer a iniciação.

— Foi o que pensei.

Ele é um cuzão ainda mais escroto do que eu me lembrava.

Eu me junto aos juniores, sentindo-me extremamente deslocada. A atenção de todos ainda está em mim, e eu odeio totalmente.

— Nosso processo de iniciação é simples. Ao prestar juramento, você concorda com as seguintes regras: proteger os segredos da sociedade. Não discutir nada que aconteça na Boulder Cove Academy com pessoas de fora. Você respeitará e seguirá todas as regras estabelecidas pelos Ilegais. De acordo com as regras da Sociedade, sustentamos que os relacionamentos externos são proibidos. Se você é pego fodendo com alguém que não é um Sangue Azul, corre o risco de expulsão da Sociedade.

Pouco depois, ele continua:

— Por fim, você está se comprometendo com um ano letivo completo e não será dispensado até a última reunião no final do ano, na qual o libertaremos de sua obrigação de comparecer no futuro. — Crew me alfineta com um olhar severo. — Alguns optam por nunca voltar. — Eu mordo a língua com tanta força que um sabor metálico cobre meu paladar. — Se todos concordarem, por favor, digam 'Aceito' enquanto avançamos na fila. Scarlett, vamos começar com você.

Eles, com certeza, estão empenhados em zombar de mim. Sem tempo para pensar. Não há tempo para repassar minhas opções. Bem, não vou a lugar nenhum. Cheguei até aqui e, se eles querem me pressionar, vou precisar retribuir. Com os braços cruzados, encaro Crew.

— Aceito.

RACHEL LEIGH

Juro que ele respira aliviado quando as palavras saem da minha boca. Como se ele não estivesse esperando a minha aceitação.

Todos na fila concordam com as regras. Uma vez que estamos "iniciados", todos batem palmas, e desta vez, eu me junto apenas para não me destacar.

Depois de um momento de celebração, Crew acena com as mãos para baixo, silenciando a todos.

— Como Neo explicou, os jogos são um evento de uma semana que testam não apenas sua resistência física, mas sua estabilidade mental. Aqueles que escolhem participar dos jogos, avançam na escada da hierarquia antes do próximo Encontro.

Seu olhar se foca em mim.

— Como todos sabem, Scarlett Sunder está entrando como estudante do segundo ano na Boulder Cove Academy. Não é comum que tenhamos alunos entrando como seniores, mas isso já aconteceu antes. Depois de falar com os Anciãos, eles nos informaram que a posição de Scarlett na escada deve ser deixada a nosso critério. Sendo os líderes transparentes que somos, deixamos a classe sênior expressar suas opiniões sobre o assunto.

É a minha vez de o fuzilar com o olhar, meu peito agitado com a fúria que estou lutando bravamente para conter.

Com um sorrisinho no rosto, Crew me encara.

— Estamos felizes em ter você aqui, Scar. Agora é hora de merecer o seu lugar.

Ele está falando sério? Não sei dizer. Não preciso ganhar o meu lugar. Eu nasci nesta maldita Sociedade.

— Sim, certo. — Rio nervosamente.

Neo sobe ao lado de Crew. Não há sorriso ou brilho de empatia em seu rosto. Não que Neo já tenha tido um pingo de empatia em relação a outro ser humano.

— Se você quiser colher os benefícios de ser um Sangue Azul, você precisa merecer seu lugar como todos os outros.

— Sim! — a multidão grita em uníssono.

— *Ela tem que conquistar.*

— *Faça-a jogar os jogos.*

— *Essa menina não tem direito a nada aqui.*

— *Quem se importa se ela é uma Sunder?*

Essas são algumas das observações que estão sendo disparadas por meus colegas de classe.

JOGOS SELVAGENS

— Isso não pode ser sério — falo, rangendo os dentes.

Neo olha para Crew, depois para Jagger. Suas expressões estão dominadas pela arrogância. Eles estão amando cada segundo disso.

— Sendo os líderes generosos que somos, estamos dando a você a opção de participar dos jogos e avançar mais cedo, ou você é bem-vinda a cumprir os deveres de uma Novata até a nossa próxima cerimônia.

Eu engulo em seco.

— Você está realmente me colocando como uma Novata?

Todo mundo fica em silêncio. Nenhum som a ser ouvido além do bater do coração no meu peito.

— A menos que você queira jogar — diz Jagger, antes que seu olhar se desvie para outro lugar. — Hammond, traga sua bunda aqui.

Todo mundo olha para a esquerda, onde suponho que Hammond está. Seja quem for. Da multidão emerge um cara com roupas encharcadas de cerveja, combinando com as minhas. É aquele idiota.

— Hoje cedo, eu rebaixei Victor Hammond de seu assento como um Ás. Estamos dando a ele a chance de se redimir. — Neo olha para Victor. — Tira a roupa, Victor. Você fede a cerveja velha.

O pomo-de-Adão de Victor se agita conforme engole.

— Minha roupa?

— Por um acaso eu sou gago, porra? — Neo cospe. — Você quer se comportar como se seu pau fosse maior do que o de todos os outros. Vamos ver.

Com as mãos trêmulas, Victor se desnuda. Primeiro, sua camiseta manchada de cerveja. Quando ele desfaz a fivela do cinto, eu viro a cabeça, sem querer ver o que ele está prestes a expor.

Quando seu cinto se choca contra o chão de cimento e todos riem, estou inclinada a olhar. Não consigo me conter. Eu tenho que conferir.

Meu Deus! Cubro a boca, sufocando a risada. Não é grande mesmo. Na verdade, é o menor pênis que já vi na minha vida.

— Você permanecerá nu na frente de seus colegas durante a cerimônia.

Cabisbaixo, Victor cruza as mãos na frente da virilha para cobrir seu pênis.

— Agora que todos sabemos que o machado de Victor é menor que seu ego, podemos seguir em frente. Victor — diz Neo, severamente —, você tem uma escolha. Jogue os jogos e suba após a conclusão ou permaneça um Novato pelo resto do mês até o próximo Encontro.

— Vou passar, senhor. Cumprirei meus deveres como Novato — responde Victor, timidamente.

— Okay — interrompo —, alguém, por favor, pode me dizer o que diabos...

— Desculpe-me — Neo interrompe, com a voz rouca pelo desgosto. — Nós dissemos que você poderia falar?

Meus olhos praticamente saem das órbitas.

— Ugh, não. Mas a Primeira Emenda o fez.

Controle-se, Scarlett. Não deixe que eles cheguem até você.

— Mantenha sua boca fechada até que eu lhe peça para falar.

Não. Não consigo. Vou matar o filho da puta.

— Agora. Você gostaria de jogar, Scarlett?

— Não. Eu não vou participar de nenhum jogo em que vocês fazem as regras.

Quando dou por mim, Neo está avançando em minha direção com um olhar mortal. Ele agarra meu braço, me puxa para perto e diz enfurecido:

— Não estamos mais no Kansas, princesa. Você quer ficar nesta escola, então você vai fazer o que mandamos. Agora, você se torna uma Novata e conquista seu lugar, assim como todo mundo, ou você ganha isso jogando.

Pela primeira vez, Neo instila medo dentro de mim. É uma sensação estranha, mas que não me importo de explorar mais.

— Em quê, exatamente, consistem esses jogos?

— No que quisermos.

Neo belisca a pele no meu braço antes de empurrá-lo para longe e retomar seu lugar na frente da multidão.

Esfrego o ponto no meu braço onde seus dedos estavam firmemente apertados.

— Quanto tempo duram?

— Eles são realizados ao longo de uma semana — Neo diz, falando para a multidão. — Pode ser no meio da noite, quando você estiver dormindo. Pode ser em uma festa quando você menos espera. — Ele volta sua atenção para mim. — Esta é uma oferta generosa, considerando que os alunos do primeiro ano trabalham por um mês inteiro apenas para serem Rebeldes. Estamos lhe dando a oportunidade de se juntar aos Ases depois de apenas uma semana, Scar. Eu aceitaria a oferta.

Então nem é realmente uma competição, apenas jogos que temos que completar. É quase uma escolha simples. Uma semana de alguns jogos ou

JOGOS SELVAGENS

um mês de puro inferno nas suas mãos...

Foda-se. Se eles quiserem jogar, eu vou jogar. Nada do que eles fazem pode me machucar mais do que já fizeram. Eu certamente não serei sua cadela, esperando para servi-los.

— Muito bem. Eu vou fazer isso.

Os caras todos compartilham um olhar, satisfeitos com a minha resposta.

— Juniores que gostariam de participar, por favor, deem um passo à frente e Jagger estará por perto para coletar suas informações e obter renúncias assinadas.

Todo mundo assiste, inclusive eu, enquanto um punhado de estudantes avança. Alguns que o fazem, depois recuam. Alguns hesitam e, por fim, se alinham. Depois de um minuto, dezoito juniores estão na fila para jogar, três dos quais são meninas. Apenas dezoito pessoas querem renunciar a ser um Novato por um mês inteiro. Isso me faz pensar se fiz a escolha errada aqui esta noite.

— Lá estão eles — diz Neo, acenando com a mão em direção aos juniores —, seus próximos jogadores nos Jogos da Escada. — Ele se abaixa e se inclina para perto, sussurrando no meu ouvido: — Temos algo especial planejado só pra você.

CAPÍTULO SETE

SCARLETT

Fomos dispensados dos túneis, mas não faço nenhum esforço para sair correndo. Eu esperava ter uma conversa civilizada com um dos caras para saber mais sobre esses jogos com os quais concordei, mas eles foram os primeiros a sair.

Ainda há alguns alunos se demorando por ali quando saio da sala em que estávamos. Olho para os dois lados para avaliar a área e opto por seguir em frente. Sempre fui fascinada pela história e pela sensação nostálgica de juntar as peças do passado. Todo mundo pensa que sou pessimista quando se trata de nossa Sociedade. De certa forma, eu sou. Não gosto que me digam o que devo fazer ou como devo viver minha vida. Se eu pudesse superar esses sentimentos de orgulho, talvez pudesse abraçar o local onde nasci. Quanto à antiguidade dos Sangues Azuis, tenho muito conhecimento, mas também sei que há muito mais a aprender.

Meus dedos trilham ao longo da pedra, acertando cada sulco enquanto ando pelo túnel maior. Provavelmente é estúpido da minha parte explorar aqui depois das histórias que ouvi, mas a beleza envelhecida me tenta ainda mais.

As arandelas iluminadas mecanicamente na parede tornam-se esparsas e distantes entre si, mas ainda há claridade suficiente para ver para onde estou indo.

Estou arrastando meus dedos para baixo, caminhando em um ritmo lento, quando sinto algo deslizar sobre minha mão. Afasto meu braço e o balanço, incapaz de ver o que estava rastejando em mim. Poucas coisas me assustam, mas não gosto de aranhas ou do escuro. Eu tenho que ver tudo ao meu redor; até durmo com um abajur ao lado da minha cama.

Assim que a sensação se desfaz na minha pele, tenho certeza de que afastei seja lá o que fosse, então continuo no meu caminho.

Chego a uma bifurcação em T, onde tenho que escolher esquerda ou direita. Eu deveria apenas me virar antes que me perder, mas ao invés disso, escolho o caminho à esquerda, já que o lado direito estava imerso em escuridão.

Continuo andando, reparando na espécie de entalhes na parede à frente. A luz ao lado pisca e calafrios deslizam pela minha espinha.

Uma sensação estranha toma conta de mim, e eu viro a cabeça de um lado ao outro.

— Olá — digo, em um tom abafado. — Tem alguém aí?

Prendo a respiração, ouvindo atentamente. Quando não há nada além de silêncio, continuo. Assim que conseguir enxergar o que é a gravura, vou me virar e voltar para a festa.

Meus passos lentos se tornam mais acelerados até que estou sob a luz, olhando para o que parece ser um mapa esculpido na pedra.

Eu roço os dedos pelas depressões e trilhas, seguindo cada curva. A luz acima de mim pisca novamente, mas presto pouca atenção conforme avalio os detalhes precisos do mapa. Continuo avançando, seguindo os sulcos que continuam cada vez mais a fundo no túnel. Na pedra, há diferentes curvas, cantos e depressões que sobem até o teto e descem até o chão.

Eu paro, com o dedo no lugar. *Esse é o rio.* Eu olho para cima e vejo a gravura das montanhas acima do solo. Este é um mapa de toda a Boulder Cove Academy. Com certeza, os túneis passam por baixo de toda a propriedade dos Sangues Azuis.

De repente, a luz bruxuleante escurece. Meu coração salta na garganta. Minha cabeça se vira para a esquerda.

— Olá?

Pressiono meu corpo trêmulo contra a parede e prendo a respiração novamente para ouvir. Nada.

Segundos depois, estou em completa escuridão, pois a luz se apaga. Como não consigo ver nada, o silêncio é mais ensurdecedor do que nunca.

— Isso não é engraçado. — Minhas palavras ficam presas na garganta. O desconforto me dominando.

Com as mãos pressionadas firmemente na parede atrás de mim, arrasto meus pés na direção de onde vim, esperando que a luz volte.

Um baque ensurdecedor faz meu coração disparar. Pareceu uma pedra acertando uma parede de cimento.

— Quem está aí? Mostre sua maldita cara, seu covarde. — O tremor em minha voz torna meu medo bem escancarado.

Estou virando a esquina, ainda me apoiando na parede, quando vejo que todas as luzes estão apagadas. Se eu mover minhas mãos, com certeza vou me perder. Meu senso de direção é uma das minhas muitas fraquezas, mas aqui estou vagando por túneis antigos. O que diabos eu estava pensando? E por que quero explorar mais se a luz voltar?

Minha respiração pesada é o único som enquanto cambaleio de volta pelo caminho que tracei antes. O cheiro de cimento molhado inunda meus sentidos, e não é algo que me lembre de sentir enquanto descia. Eu respiro profundamente, deixando isso inundar minha mente, esperando reviver uma memória para saber se existia antes.

Quando meu ombro bate em algo contra a parede, meu corpo inteiro congela. Estômago embrulhado; respiração presa. Tenho certeza de que até meu coração parou de bater. O cheiro de especiarias e uísque agora supera o cheiro de cimento úmido. Há, definitivamente, um cara parado ao meu lado. Posso sentir seu odor, ouvi-lo, sentir sua presença.

O medo me faz agarrar a parede, na esperança de encontrar algo em que me segurar caso seja puxada para longe.

— Quem está aí? — pergunto, debilmente. — É você, não é, Neo?

Tem que ser. Neo tem um nível diferente de crueldade e eu não duvidaria que ele me colocasse em um estado vulnerável, para depois me sacanear.

Eu não tento correr. Apenas fico lá, ombro a ombro com o intruso. Meu medo é que, se eu largar essa parede e tentar contorná-lo, ele me agarre. Se eu pudesse ver seu rosto, não me importaria. Eu lutaria até a morte, se fosse preciso. Mas o medo do desconhecido mantém meus pés enraizados.

— Consigo ouvir sua respiração. Sentir o cheiro do seu perfume. Diga alguma...

Em um movimento rápido, uma mão cobre minha boca, me fazendo calar. Ele me puxa contra o seu peito, a respiração venenosa descendo pela minha espinha.

Com um de seus braços prendendo os meus na lateral do meu corpo, eu me debato e me contorço, tentando fugir, mas as pontas de seus dedos cravam mais fundo na pele do meu rosto, abrindo minha mandíbula.

— Me solta! — Minhas palavras soam abafadas contra a palma de sua mão. — Você vai se arrepender disso. — Eu levanto minha perna, dobro o joelho e chuto para trás, errando-o e chutando a parede.

Quando desisto da luta, ciente de que não vou a lugar nenhum até que ele deixe, ele me puxa para mais perto, com um braço envolvendo minha cintura; a mão ainda firmemente contra a minha boca.

JOGOS SELVAGENS

— Cala a boca, porra — ele rosna, com a voz rouca e profunda.

— Crew?

— Eu disse para calar a boca.

Sacudo a cabeça, tentando afastar a mão dele da minha boca.

— Não! Não vou calar a boca. Me solta!

Finalmente, ele libera minha boca, cruzando o braço sobre o que ainda está enrolado confortavelmente ao meu redor.

— Você está realmente me tirando do sério, Scar. — Sua voz é um sussurro contra meu ombro nu.

Eu, por outro lado, não sussurro nada.

— Você tem sorte que não arranquei um pedaço da sua mão com uma mordida, idiota!

— Isso seria mais desejável do que ouvir você falar.

Dou uma risada sarcástica.

— Ah, é mesmo? Cubra minha boca novamente. Vamos ver quão desejável é.

— Você nunca se cala, não é?

— Se me prender é, de alguma forma, uma tentativa de me acalmar, você está falhando miseravelmente. Assim que me largar, seu rosto encontrará meu punho.

— Nesse caso, é melhor eu te segurar aqui a noite toda. Esse rosto é bonito demais para esses dedos.

Ele está testando minha paciência e tentando me provocar. *Como diabos achei esse cara encantador?*

Ficando entediada com toda essa perda de tempo, eu o distraio:

— O que você quer, Crew?

— Falar com você. — Ele ainda está sussurrando por algum motivo desconhecido. — Venha comigo. — Ele desliza em seus passos, me carregando junto com ele.

Meu corpo convulsiona enquanto tento lutar contra seu agarre. Não há nenhuma chance de eu ir mais longe nos túneis escuros com ele.

— Não! Você quer conversar, então podemos fazê-lo acima do solo com testemunhas.

Meus pés saem do chão quando Crew me joga por cima do ombro, me arrastando para longe como se eu não pesasse nada. Não consigo ver para onde estamos indo, mas estamos nos movendo rapidamente, e espero que ele conheça os túneis de cor.

RACHEL LEIGH

— Você está se escondendo deles, não está?

Sua única resposta é uma respiração ofegante.

— Eu sabia. Você não quer que Neo ou Jagger saibam que você está interagindo comigo. Então, por que fazer isso? Por que não me deixar em paz?

— Cala a boca!

Sua explosão me sacode e eu não digo nada conforme ele tira algo do bolso que acende as luzes novamente. Foi ele quem as desligou em primeiro lugar. Idiota!

Eu fico quieta pelo resto da caminhada e Crew faz o mesmo. Eu me concentro apenas em cada curva, incutindo-as na memória, caso precise me lembrar disso mais tarde.

Viramos à esquerda. O mapa continua descendo a parede. Outra vez à esquerda e o mapa termina. Há duas portas de madeira. Uma de cada lado e cada uma com seu próprio design único gravado. A única luz está no final desta fileira e fico grata por estarmos indo em direção a ela.

Direita. Passando por outra porta.

Minutos se passaram. Dez, talvez?

O que há por trás dessas portas?

Esquerda de novo.

Droga. Eu desisto. Não tem como eu me lembrar de tudo isso.

Não é até chegarmos a outra porta que ele, finalmente, me coloca no chão. Há uma luz diretamente acima dela, para meu alívio.

— Você pode tentar correr, mas fará mais mal a si mesma…

Eu o calo com meu punho em sua cara, assim como prometi.

— Cadela! — ele uiva, apertando a bochecha esquerda.

— Da próxima vez que você quiser me tratar desse jeito, lembre-se de que sou mesmo uma cadela. — Flexiono os dedos agora doloridos. Isso doeu mais do que eu pensava, mas valeu a pena. Passei tantas noites desejando poder arrebentar a cara desse idiota.

Crew range os dentes e se lança em minha direção. Seus dedos envolvem minha garganta. Engulo em seco, sentindo o nó apertar à medida que ele aperta ainda mais meu pescoço.

— Eu poderia te matar agora e fazer com que ninguém nunca encontrasse seu corpo, Scar. — Seus lábios se curvam em um sorriso diante da ideia distorcida. — Então, novamente, eu sempre sonhei em te foder uma última vez antes de dar cabo de você de vez.

É difícil respirar e, embora eu quisesse pensar que Crew nunca me machucaria, não tenho mais tanta certeza.

JOGOS SELVAGENS

— Por favor, pare.

— Awn — ele ri —, agora estamos sendo educados? — Ele dá mais uma apertada na minha garganta antes de soltar.

Esfregando o pescoço dolorido, luto contra as lágrimas.

— Quem é você agora? — Minhas palavras vacilam enquanto esmagam meu coração ao mesmo tempo. Porque a verdade é que não conheço esse estranho na minha frente.

— Alguém que nem você ou eu conhecemos.

Ignorando sua crueldade, olho para a porta, observando o emblema da BCA esculpido. O mapa de antes vem à minha memória. Passo os dedos sobre o entalhe, absorvendo os detalhes. Isso deve levar a um dos edifícios da Academia?

Levanto o queixo.

— Vamos entrar aqui?

Ele enfia a mão no bolso da calça cáqui e tira um molho de chaves. Balançando-os no ar, presunçosamente.

— Eu vou.

— Espere. Você não vai me deixar aqui embaixo, vai?

O olhar diabólico em seu rosto me diz tudo o que preciso saber.

— Boa sorte em encontrar o caminho de volta.

— Este é um daqueles jogos, não é?

— Talvez seja. Talvez, não. Seus jogos são muito especiais, Scar. Em vez de competições em grupo, como as outras, você é nossa própria cachorrinha. Com quem podemos brincar e acariciar sempre que quisermos. E agora que você fez um juramento, não há nada que você possa fazer sobre isso.

— Até parece que não posso. — Eu me atiro em direção às chaves, errando na primeira tentativa. — Você realmente me arrastou pelos túneis só para me deixar aqui?

— Ah, eu fiz isso. Veja bem, todas essas portas se trancam automaticamente e a única maneira de entrar ou sair é com uma chave-mestra.

Estou com raiva. Não, estou furiosa. No entanto, realmente estou magoada. Eu odeio o que ele se tornou. O cara que uma vez pensei que não era nem um pouco parecido com os outros está ganhando seu lugar como o membro mais implacável de nossa geração de Sangue Azul.

Crew enfia a chave na fechadura, gira a maçaneta e olha para mim antes de abrir a porta. Com os olhos fixos nos meus e aquele sorriso sinistro

RACHEL LEIGH

em seus lábios, ele clica no controle remoto em sua outra mão, desligando as luzes.

O pânico se instala, meu peito pesado de ansiedade.

— Não. Deus, não. Por favor, Crew. Não me deixe aqui embaixo. Eu não consigo respirar. — *Não consigo ver e não consigo respirar!*

Pensamentos irracionais inundam minha mente. Vou me perder e morrer aqui embaixo. Ou isso, ou alguém vai me encontrar, me estuprar e desmembrar meu corpo. Meus ossos se tornarão pó no chão.

De repente, meu raciocínio desaparece. É como se eu não estivesse mais no controle do meu próprio corpo quando estendo a mão e agarro Crew pela camisa. Uma vez que sei onde ele está, movo minhas mãos até seus ombros.

— Que diabos está fazendo?

— Não faça isso, Crew. Por favor. Não precisa ser assim.

Psicologia reversa. Manipulação. Custe o que custar, vou dar o fora daqui. Subo as mãos e seguro seu rosto.

— Nós éramos tão bons juntos. Você não se lembra de como as coisas eram boas? — Minha voz está trêmula, mas não paro de tentar influenciar sua decisão de me deixar. — Podemos ser bons novamente. Se você permitir.

Fico enjoada só de dizer as palavras, mas tenho que tentar.

Crew agarra meus quadris e tenho esperança de que a chave ainda esteja na porta.

— Nunca fomos bons. O sexo era bom, e essa é a única razão pela qual eu sempre voltava.

Eu. O. Odeio.

Descanso o queixo em seu ombro, e sussurro em seu ouvido, enquanto tento alcançar algo às suas costas:

— Sinto falta do jeito que você costumava me tocar. Você me fazia sentir tão bem. — Estico o pescoço. Não consigo vê-lo, mas sinto como se estivesse olhando em seus olhos. — Toque-me de novo antes que eu fique perdida por dias nesses túneis...

— Você está me sacaneando, Scar, e não gosto de ser sacaneado. — Ele me dá um empurrão para trás.

— Espere. — Estendo a mão e agarro seu braço, arrastando as unhas com toda a força antes de ser empurrada para o lado. Seus passos estrondosos se aproximam, mas eu me abaixo e me movo, tentando desesperadamente ficar longe dele conforme o atraio para mais longe da porta.

JOGOS SELVAGENS

Eu tenho que dar o fora daqui.

— Sua vagabunda! — ele grita, causando uma ondulação no meu peito. — Fodam-se os planos. Foda-se tudo. Eu vou destruir você, Scar!

Minhas mãos arrastam e tateiam, até que, finalmente, encontro a porta. Em um movimento rápido, puxo as chaves da fechadura e fecho a porta.

— Sua puta do caralho!

Bam. Bam. Bam.

Eles querem jogar, então nós quatro estamos jogando.

— Destranque esta porta agora ou você vai se arrepender.

Bam. Bam. Bam.

— Não, Crew! — berro, a raiva rasgando minhas cordas vocais. — A única coisa da qual me arrependo é você.

Está um breu total, mas eu nem me importo. Sentindo-me no topo do mundo depois de lutar contra Crew, sigo em frente, subo outro lance de escadas e encontro outra porta. Mantenho a cabeça erguida, embora sinta que estou prestes a colocar os bofes para fora.

Assim que chego do outro lado, desabo no chão, dentro de um prédio onde nunca estive. Há claridade, embora fraca, e sou grata por isso.

Meus olhos dançam pela sala e é quando percebo que estou dentro da biblioteca.

Crew provavelmente já alertou os caras, então preciso dar o fora daqui enquanto tenho chance.

CAPÍTULO OITO

CREW

— Bem, rapazes, nós conseguimos. Ela é toda nossa. Missão cumprida. Ela está dentro do nosso jogo. O que devo acrescentar que foi uma porra de uma ideia genial. — De um modo geral, os jogos são disputados em grupo, mas não para Scar. Neo organizou uma lavagem cerebral apenas para ela.

Eu me jogo no sofá de couro preto, balançando os pés acima.

Neo continua andando no centro da sala, o telefone na mão.

— É aí que se engana. Você não conseguiu nada. Nós conseguimos. — Ele aponta de si mesmo para Jagger, mantendo os olhos baixos.

Eu me levanto de um salto, na defensiva.

— Que diabos você está falando? Eu fiz parte disso tanto quanto vocês dois.

— Não, você não fez. — Jagger entra na conversa. — Você argumentou que deveríamos deixá-la se juntar aos veteranos, mas desistiu quando soube que perderia essa discussão. Você ainda é mole com a garota.

— Mole com ela? — Eu rio. — Eu nem a quero aqui. — Olho de um para o outro. — Espere. Vocês estão falando sério? O que mais posso fazer para provar que minha lealdade está com vocês dois?

Neo ergue o queixo.

— Onde você conseguiu o olho roxo?

— E o que diabos aconteceu com o seu braço? — Jagger se inclina, olhando para a bandagem que vai do meu bíceps até a dobra do meu braço.

— Porra, bem que eu queria saber. Eu estava tão bêbado ontem à noite. Provavelmente, é obra de alguma garota que irritei.

— Alguma garota? — Jagger pergunta, agora parado bem na minha frente. Neo se junta a ele.

JOGOS SELVAGENS 73

— Muito louco como você desceu para levá-la para o fundo dos túneis, mas foi você quem desapareceu.

Meus ombros encolhem casualmente.

— Não consegui encontrá-la.

Eu não queria ter que dizer a eles que levei uma surra da Scar e que ela roubou minhas chaves. Realmente não preciso desse nível de humilhação, quando já estou tentando pra caralho me provar para esses caras.

Neo me encara.

— Porra, você a ajudou, não é?

— Cara! Vamos mesmo deixar aquela garota ficar entre nós? Somos nós. Somos melhores amigos desde que usamos fraldas. Acalme-se.

— Você não respondeu à pergunta — Jagger diz, diretamente.

— Tudo bem. — Meus ombros cedem em derrota. — Ela estava nos túneis quando a encontrei. Eu planejei levá-la mais fundo neles e deixá-la passar a noite lá como planejamos, mas...

Neo balança a cabeça, rangendo os dentes enquanto continua a andar.

— Mas o quê?

— Não funcionou exatamente do jeito que planejei, considerando que ela me empurrou de volta pela porta e a fechou com minhas chaves.

A voz de Jagger se eleva.

— Ela está com a porra das suas chaves?

Os passos de Neo se tornam estrondosos.

— Isso é ótimo. Realmente fantástico pra caralho, Crew. Sabe, ela é a inimiga por uma razão. Essa puta vai manipular a porra da sua cabeça se você deixar. Assim como ela fez com Maddie.

Minha cabeça pende e eu passo os dedos pelo meu cabelo.

— Ela não está me manipulando. Nem um pouco.

Neo para de andar, olhando para mim.

— Você tem que endurecer e superar essa garota. Ela não é quem você pensa que é.

— Estou pouco me fodendo para ela! — grito. — Cacete! Apenas esqueçam essa merda!

Ele passa por mim e segue em direção às escadas, chegando à metade do caminho antes de dizer:

— Pegue suas malditas chaves de volta até o pôr do sol de amanhã ou farei justiça com minhas próprias mãos. Não podemos tê-la bisbilhotando onde ela não pertence.

Eu olho para Jagger, que está coçando o pescoço.

— Vamos lá, cara — digo —, você sabe que estou do seu lado, certo?

Ele nem olha para mim. Apenas dá de ombros e segue os passos de Neo.

— Eu acredito que você está do nosso lado, mas acho que você ainda está do lado dela também.

Com um suspiro pesado, desabo de volta no sofá.

— Porra!

Neo está sempre fodendo com a minha cabeça. Eu gostaria de, ao menos uma vez na vida, ser quem quero ser sem que ele tente ditar a merda das nossas vidas.

— Vá embora — Scar ralha, quando me junto ao seu lado na trilha.

— Não dá. Você tem algo que preciso pegar de volta.

— Seus pés não estão cansados de andar de volta pelos túneis ontem à noite?

— Ha-ha — zombo —, muito engraçado. E para sua informação, essas pernas acabaram de carregar 68 quilos por quarenta minutos inteiros.

Ela nem sequer olha para mim enquanto caminha, apenas continua com seus livros didáticos agarrados ao peito.

— Como você me descobriu aqui?

— Segui você. Vi você saindo da biblioteca quando estava saindo do campo de futebol.

— Bem, agora você pode deixar de me seguir. Tenho coisas a fazer.

— Você é bem corajosa de ter feito o que fez ontem à noite. Roubando minhas chaves, arranhando meu braço de arremesso.

— E o seu olho — acrescenta, satisfeita consigo mesma.

Ela para, me fuzilando com o olhar.

— Você realmente vai me jogar essa merda pelo que fiz depois de tudo o que vocês, idiotas, fizeram comigo?

— É isso que estamos fazendo agora? Olho por olho? Se for esse o caso, nós dois ficaremos cegos antes de vermos isso acabar.

JOGOS SELVAGENS

— Por que você ainda está aqui?

— Achei que tivesse deixado bem claro. Você tem algo que me pertence. — Estendo a mão. — Me dê as chaves de volta.

Olhando para a minha palma aberta, ela sorri.

— Eu as perdi.

— O quê? — bufo. — Se passaram quatorze horas. Como diabos você as perdeu?

Ela dá de ombros.

— Eu as joguei fora na minha caminhada de volta ao meu dormitório ontem à noite. Você pode ir olhar em volta, mas duvido que vá encontrá-las. — A casualidade de sua voz é enervante.

— Maneiro para caralho, Scar. — Enfio os dedos por entre meu cabelo encharcado de suor antes de erguer o olhar. — É melhor você estar brincando.

Não sei se ela está me sacaneando agora ou o quê, mas pelo bem dela, espero que seja uma piada.

— Devolva minhas malditas chaves ou farei da minha missão torturá-la durante todo o ano letivo.

— As aulas ainda nem começaram e você já está bem encaminhado. — Ela continua andando, sorrindo. — Diga-me o que você quer de mim e talvez eu considere devolvê-las.

Ela quer a verdade. Vou dar a ela.

— Fácil. Eu quero que você coma miseravelmente na palma da minha mão.

— Okay, já deixou claro isso. Você vai me infernizar o ano inteiro, quer eu as entregue ou não. Agora que sei que você quer que eu seja infeliz, acho que tenho que me obrigar a ser exatamente o oposto. — Seus pés param de se mover, livros aninhados em seus braços quando ela se vira para me encarar. — Você pode esperar sorrisos e risadas de mim pelo resto do ano.

— Mentira. Você gosta demais de ser miserável. Você ama nada mais do que se esconder em seu quarto e chafurdar em sua própria autopiedade, porque sua vida é ruim pra cacete.

Eu conheço essa garota melhor do que ela mesma se conhece. Mesmo quando namorava Maddie, eu observava Scar do outro lado da sala, memorizava cada peculiaridade, cada expressão facial, cada olhar em branco. Eu sei quando ela está irritada, quando está com raiva, quando está nervosa.

Mas as coisas mudaram. Nós mudamos. Claro, Scar e eu transamos — várias vezes —, mas fomos pegos. Nosso relacionamento foi exposto como uma ferida aberta que não causou nada além de dor para nós dois. Naquele mesmo dia, mais de uma verdade foi revelada.

Chegamos ao final da trilha até a Cova das Raposas. Scar para de caminhar e se vira para me enfrentar.

— Talvez eu chafurde em minha própria autopiedade, mas pelo menos não arrasto os outros para baixo comigo.

Eu sorrio.

— A miséria adora companhia, gatinha.

— Eu prefiro me deitar em uma sepultura aberta com um cadáver a ficar presa na sua companhia. — Com seus livros imprensados ao peito, ela enfia a mão livre no bolso de sua calça de veludo folgada, cor de merda, e ouço o tintilar das chaves. Ela deveria ter só uma chave para o seu quarto, não várias que soam juntas.

— Essa sua boca ainda vai te colocar em algum problema sério. — Eu olho para o bolso dela e quando meus olhos deslizam para o dela, ela está me observando.

Sua expressão muda.

— Por que você está olhando assim para mim?

Dou um passo em direção a ela, lento e constante.

— Eu posso pensar em uma maneira de calar você. Poupar-lhe alguns problemas. — Outro passo. Ela está me observando de perto. Sabe que estou tramando algo. — Não faz muito tempo que você adorava chupar meu pau, Scar. — Eu rapidamente passo um braço em volta de sua cintura e a puxo para perto. — Acho que você poderia amá-lo novamente.

Suas mãos se erguem entre nós, empurrando meu peito.

— Me solta, imbecil.

Ela empurra e se contorce seu corpo, me fazendo aumentar ainda mais meu domínio sobre ela. Esqueci que coisinha mal-humorada ela é.

— Me entregue minhas chaves e eu o farei.

— Você as quer, então pegue.

Não há como alcançar seu bolso neste ângulo, então eu a derrubo no chão. Seus livros voam para longe de seus braços. Meu corpo cobre o dela, mas ela não desiste de lutar. Ela é teimosa como sempre foi. Nunca é do tipo que cede. Ela está sempre fazendo o oposto do que lhe dizem para fazer, apenas para mostrar a todos que pode.

Quando tínhamos oito anos e estávamos em um baile de gala beneficente com nossos pais, ela foi instruída a sentar-se à mesa das crianças,

JOGOS SELVAGENS

mesmo depois de argumentar que não era criança – quando, claramente, era. Scar fingiu umas lágrimas de crocodilo e convenceu os adultos a desistirem de seus assentos, para que ela e Maddie pudessem ficar com eles.

— Sabe, eu meio que gosto quando você revida. Isso tornará tudo ainda mais satisfatório quando eu destruir seu mundo.

— Não se eu destruir o seu primeiro. — Ela estende a mão entre nós e pressiona o polegar em meu braço ferido.

— Cadela! — berro. — Você vai se arrepender disso.

— Ah, é mesmo? — ela bufa. — Você disse a mesma coisa ontem à noite, e ainda não me arrependi. Na verdade, acho que você está se mostrando tão fraco quanto seu desempenho na cama.

— Você não saberia disso, porque nunca transamos em um quarto. Ou você estava me montando no banco de trás de um carro ou eu tinha você curvada sobre um móvel.

— Parece que sua memória escapou mais uma vez, porque você abriu bem minhas pernas e me fodeu no chão em um quarto na cabana. Ainda tenho uma cicatriz nas costas causada pela queimadura de atrito com o carpete.

Merda. Ela está certa. Tive a mesma queimadura nos joelhos. Ainda me lembro da maneira como dobrei suas pernas para trás, seus pés quase tocando o chão sobre sua cabeça. Eu explodi em sua boceta naquele dia. Mas isso não vem ao caso.

— Você sabe muito bem que sou um atleta do caralho no quarto.

— Tá vendo? — Ela arqueia uma sobrancelha, ainda se contorcendo.

— Você se lembra.

Porra, é claro que me lembro. E agora que estou pensando nisso, meu pau está se contorcendo dentro da calça.

Depois de mais algumas rodadas de luta um contra o outro, Scar inclina a cabeça para trás em derrota. Estou surpreso, na verdade. Achei que ela tornaria isso um pouco mais difícil para mim.

Com as mãos presas acima da cabeça, sei que ela não vai a lugar nenhum, então levo um segundo para recuperar o fôlego antes de pegar as chaves.

— Não se preocupe, Scar. Essas chaves só te colocariam em apuros. Você já tem o suficiente em seu prato.

Ela lambe uma gota de suor do lábio superior.

— Para onde elas levam?

— Lugares onde você não precisa estar.

— Ah — ela acena levemente —, outro segredo para os Ilegais.

— Alguém está com ciúmes.

Ela estremece.

— Ciúmes dificilmente é a palavra que eu usaria.

— Admita. Você gostaria que as mulheres pudessem constituir os Ilegais e ter todo o controle, não é?

— Acho que não deveria haver controle. Eu acredito em igualdade, não em classificações.

Scar é cabeça quente e odeia autoridade. Deve ser por isso que ela odeia tanto este lugar e as regras. Não importa o que você faça ou diga aqui, aqueles com supremacia sempre saem por cima.

Seus olhos se fecham enquanto a seguro no lugar. Observando-a, espero o momento certo para enfiar a mão no bolso e pegar minhas chaves.

Ela está bem relaxada agora. Quase me faz pensar o que está planejando alguma coisa.

— Que diabos está fazendo? — pergunto, fazendo seus olhos abrirem novamente.

— Escutando.

— Okaaaay — arrasto a palavra. — O que você está escutando?

Seus olhos encontram os meus, uma expressão estoica.

— Seu coração.

Eu mantenho meu olhar focado ao dela, a cabeça ligeiramente inclinada para a esquerda.

Scar coloca a mão no meu peito, a boca curvada em um sorriso.

— Oh, meu Deus, Crew. Seu coração está batendo tão rápido.

— Você faz isso comigo, Scar. — Coloco minha mão sobre a dela, inclinando-me para um beijo. Minhas palavras são um sussurro contra seus lábios: — Meu coração bate mais rápido. Meus joelhos ficam fracos. Às vezes, esqueço até de respirar quando você está por perto.

Seus dedos envolvem os meus e ela pega minha mão, tirando-a do meu peito. Inclinando-se mais perto, ela recosta o ouvido contra o meu coração.

— Está cantando para mim. — Seus olhos pousam nos meus. — O meu também canta para você, Crew. Não deveria, mas acontece.

Não vá por esse caminho, Crew.

Você tem que fazer isso. Faça ela te odiar. Odeie-a de volta.

Afasto os pensamentos, aperto os dois pulsos dela com uma das mãos e enfio a mão no bolso dela.

— Desculpe, Scar. Tem que ser assim. — Pego as chaves, e quando me

JOGOS SELVAGENS

dou conta, sua testa golpeia o meu nariz. Com tanta força e rapidez, que nem consigo entender o que acabou de acontecer.

Eu desabo para o lado, me sentindo tonto pra cacete. Piscando os olhos rapidamente para me reorientar, nem percebo quando Scar toma as chaves da minha mão.

— Não, eu que peço *desculpas*, Crew. Porque acredito muito no carma e ele está prestes a morder seu traseiro.

Segurando minha cabeça, eu a observo recolher seus livros e correr para seu dormitório com minhas chaves na mão.

Se a garota não brigasse tanto comigo, talvez eu pudesse tratá-la com um pouco mais de decência. Ela é a única garota no mundo que me faz querer esbofeteá-la e transar com ela ao mesmo tempo.

CAPÍTULO NOVE

SCARLETT

Estou correndo o mais rápido que posso, me sentindo uma rainha por conseguir isso. Ouvindo o seu coração. Eu sabia que essa porra baixaria sua guarda.

Em um momento, achei que Crew tivesse um coração. Na verdade, eu sabia que ele tinha. Eu vi – cru, bonito e vulnerável. Ao mesmo tempo, ele viu o meu. Nós nos voltamos um para o outro em busca de conforto, sabendo o quão errado era. Mas no minuto em que nosso segredo foi trazido à luz, ele se juntou a Neo e Jagger na escuridão. Eu nem o chamaria de valentão. Ele não é nada além de um covarde.

Atravesso a porta da frente e vejo Riley.

— Aí está você. — Ela vem pulando as escadas, vestindo um par de short preto de elastano e uma camiseta cortada. — Você conseguiu seus livros?

Levanto o ombro, mostrando os livros agarrados debaixo do braço.

— Peguei eles.

— Ah, meu Deus, Scarlett. O que aconteceu? — Riley passa os dedos sobre minha testa. — Alguém te deu um soco?

Esfrego o ponto dolorido na minha testa onde acertei Crew.

— Não. Foi burrice. Eu estava correndo pela trilha e, *bam*, direto em uma árvore.

— Porra, menina. Tem que ter mais cuidado.

— Vai ficar tudo bem. Vou pegar um pouco de gelo. Para onde você está indo?

— Treino de torcida. Estamos trabalhando em nossa coreografia.

— Uau. Você nunca mencionou que é uma líder de torcida.

— Sou mesmo. — Ela ergue os braços. — Vai, Panteras!

Eu não deveria estar surpresa, mas estou.

— Como é que isso funciona, afinal? Outras equipes vêm aqui para jogar? — Eu poderia sair do quarto por alguns jogadores de futebol gostosos e proibidos fora da Sociedade. Deus sabe que nenhum dos que estão aqui me chamou a atenção. Ainda não, de qualquer forma.

— Não. Juniores contra seniores. Vitórias em melhor de cinco jogos. É realmente mais sobre a experiência e a preparação para aqueles que querem jogar no próximo ano no BCU.

— Entendi. — Continuo subindo as escadas. — Bem, divirta-se com sua coreografia.

— Ei — Riley me interrompe —, eu e algumas outras garotas vamos jantar no refeitório esta noite. Quer ir também?

Dou de ombros, devagar.

— Claro. Por que não?

Riley me manda um beijo antes de sair pela porta.

É apenas meio-dia, e já sinto que poderia passar a noite dormindo. Giro os ombros enquanto sigo até o meu quarto. Crew realmente me derrubou com força e acho que distendi um músculo.

Enquanto pego minha chave, um movimento rápido perto da escada me chama a atenção. Eu a guardo de volta no bolso e vou até o corrimão. Inclinando-me, olho para baixo e vejo alguém com um capuz preto sobre a cabeça correndo. Em um instante, ele se foi, e a sombra da pessoa flutua pela parede antes de desaparecer no nada. Ele não saiu pela porta da frente, no entanto. Quem quer que seja, foi para trás da escada.

Um sentimento sinistro se alastra dentro de mim.

— Eu sei que é você, Crew! — grito alto, acima do corrimão.

Tem que ser ele. Se não, então é Neo ou Jagger. Eles estavam usando as mesmas vestes ontem à noite.

Sigo apressada até a porta do meu quarto, deixo os livros no chão diante da porta e, em seguida, desço as escadas, dois degraus de cada vez.

— Isso de novo? Sério? — digo alto o suficiente para ele me ouvir. — Você não aprendeu a lição sobre se esgueirar para cima de mim?

Quando chego lá embaixo, dou a volta na escada. Não sei o que tem ali atrás, pois ainda não me aventurei por aqui. Há um porão sob as escadas. Algumas portas que parecem armários de zelador, um esfregão colocado em um balde encostado na parede. Somente quando olho diretamente para o trecho do corredor é que o vejo parado diante de uma porta de madeira com um vitral inserido.

Ele está parado lá em uma túnica preta com a cabeça abaixada. O capuz cobre seu rosto, me impedindo de identificá-lo, mas nem é preciso. Eu sei que é Crew.

— Você as quer. Venha buscá-las, filho da puta. — Enfio a mão no bolso e tiro as chaves, balançando-as no ar.

Ele não faz um movimento em minha direção. Seus pés permanecem plantados no piso de madeira conforme me observa.

Meus ombros se contraem e meu coração palpita. Por que ele está me olhando assim?

— Crew? — digo, baixinho.

Algo parece errado e tenho o súbito desejo de fugir. Dou alguns passos para trás, nunca desviando o olhar.

Crew, ou quem quer que seja, enfia a mão no bolso do manto. Fico aterrorizada, sem conseguir me mover, pensar, reagir.

Em câmera lenta, ele puxa algo para fora. Eu ajusto meu olhar, tentando ver o que ele está segurando.

Um telefone. Com certeza é um telefone.

Isso é prova suficiente de que é um dos caras. Eles são os únicos com coragem suficiente para mostrar seus telefones nas dependências da Academia.

Dou mais um passo para trás quando ele o levanta. O flash na parte de trás pisca algumas vezes. *Que porra é essa!*

— Você está tirando fotos minhas?

Um. Dois. Três. Ele continua batendo repetidamente, mesmo quando cubro meu rosto.

Dou a volta na esquina da escada, colocando o pé no primeiro degrau, ainda sem conseguir desviar o olhar dele, com medo de que ele apareça atrás de mim.

De repente, ele se vira e foge pela porta atrás de si.

Subo correndo, mas tropeço e caio, me apoiando com as mãos no degrau acima de mim. Quando olho para baixo, vejo sangue escorrendo na minha canela. Eu nem sinto a dor enquanto continuo me movendo, não parando até chegar à minha porta, pegando meus livros do chão.

Assim que destranco a porta e entro, vou direto para a cama e esvazio minhas mãos e bolsos, jogando meus livros e os dois molhos de chaves no colchão.

Eu fico lá, olhando para as chaves de Crew. Talvez eu devesse devolvê-las. Agora ele está atrás de mim por elas, mas o que acontece quando ele mandar os outros para cima de mim? Posso lidar com Crew. Talvez até

JOGOS SELVAGENS

com Jagger. Mas tenho certeza de que não quero provocar o lado mais sombrio de Neo.

A porta de repente se abre e eu suspiro antes de puxar o cobertor para cobrir as chaves de Crew.

— Riley! — Coloco a mão sobre o meu peito. — Você me assustou pra caralho.

Ela vem pulando para dentro do cômodo, os cachos saltando a cada pulo.

— Desde quando você fica com medo? Achei que você fosse destemida. — Ela pega uma bolsa de sua cama, segurando-a. — Esqueci minha bolsa. Vou me arrumar no vestiário depois do treino e vejo você no jantar.

Concordo com a cabeça em resposta, minhas entranhas ainda tremendo.

— Ei, Riley — solto, parando-a na porta. Suas sobrancelhas se arqueiam em resposta. — Os jogadores de futebol estão treinando agora?

— Sim. Vi seu velho amigo, Crew, lá. Ele estava muito gostoso. — Ela agita as sobrancelhas antes de fechar a porta.

Puxo o cobertor de cima das chaves e as pego. Se Crew estava lá, então quem estava aqui?

CAPÍTULO DEZ

SCARLETT

— Um centavo para me dizer o que está pensando? — Elias pergunta, pressionando as mãos na mesa em que estou na biblioteca.

— Oi — digo, com um sorriso forçado. Desde que Riley confirmou que Crew estava no treino hoje, tenho estado em um estado de espírito estranho.

Elias tira a mochila preta do ombro e a joga no chão.

— Tudo certo?

A última coisa que quero é ser uma estraga-prazeres, e de jeito nenhum vou abrir minha boca para um cara que mal conheço, então digo:

— Estou bem.

Pela expressão em seu rosto, imagino que ele não acredite. Elias acena com a cabeça em direção à cadeira.

— Você se importa?

Eu afasto minha mão que estava pressionada à testa e aponto para a cadeira ao meu lado.

— Sente-se.

Reprimindo um sorriso, ele se senta.

— O quê? — pergunto, querendo saber por que ele está à beira do riso.

Seus olhos se fixam na minha testa e ele passa os dedos pela dele.

— Sua... testa. Está realmente vermelha.

— Ah — começo a rir, esfregando o local onde dei uma cabeçada em Crew —, sou uma desastrada. Dei de cara com uma árvore.

Ele ri também, então sua expressão fica estoica.

— Então, o que realmente está acontecendo? Quando uma garota diz que está bem, geralmente significa que ela está tudo, menos 'bem'.

— Apenas me ajustando a este lugar, é só isso.

JOGOS SELVAGENS 85

Ele olha ao redor da biblioteca, como se eu estivesse falando sobre este lugar especificamente. No entanto, ele sabe exatamente o que quero dizer.

— Sim. Definitivamente requer algum ajuste. Você é durona, no entanto. Vai ficar bem.

— Ei — eu digo a ele, me sentindo entediada com este lugar e a conversa —, quer sair daqui?

— Claro. O que você tem em mente?

— Comida. — Eu rio. Eu deveria jantar com Riley, mas isso é só daqui uma hora e o ronco no meu estômago me diz que não posso esperar tanto tempo.

— O bufê no refeitório abre em vinte minutos. Poderíamos ir lá.

— Na verdade, já tenho planos para o jantar. Não há algum tipo de lanchonete por aqui?

— A loja de conveniência do campus? Sim. Eles têm lanches e qualquer outra coisa que você possa precisar. — De repente, ele franze a testa. — Infelizmente, eles fecham às cinco. Mas a máquina automática está funcionando. Eles têm quase tudo lá, que você possa querer que seja processada e embalada.

Sorrindo, deslizo minha cadeira para trás.

— Processado e embalado será.

Elias põe a mochila nas costas e eu enfio os livros na bolsa-carteiro, pendurando-a no ombro. Passamos pelas mesas cheias de outros alunos e saímos da biblioteca.

— O que você está achando da BCA até agora? — ele pergunta, assim que o ar fresco bate em nossos rostos.

— Quebrando o gelo com uma grande pergunta, entendi. — É uma tentativa de humor, mas muitas vezes falho miseravelmente, assim como neste momento.

Elias me lança um olhar questionador.

— Tão ruim assim?

Agarrando a alça da minha bolsa cruzada sobre o peito, sigo seus passos, já que não tenho ideia de onde fica essa máquina.

— Não posso dizer que é ruim, mas direi que é exatamente o que eu esperava. Idiotas privilegiados, garotas arrogantes e a melhor vista que nosso estado tem a oferecer.

— Bem, pelo menos temos a vista a nosso favor.

— Isso é verdade.

Elias e eu nos entreolhamos, ambos abrindo a boca para falar ao mesmo tempo e, em uníssono, dizemos:

— Vá em frente.

Eu sorrio, constrangida.

— Não. Você primeiro. Eu insisto.

— Eu estava prestes a dizer-lhe para ficar firme, porque sempre vem a tempestade antes do sol.

— Então fica melhor, é o que você está dizendo?

Seus ombros se levantam, ambas as mãos segurando firmemente as alças de sua mochila.

— Depende de para quem você pergunta, acho.

Viramos à esquerda, ainda na mesma calçada diante da biblioteca. É muito legal como este lugar é semelhante a uma pequena cidade. Uma cidade muito vintage e distópica governada por pomposos membros da Sociedade e as crianças que eles colocaram no comando de todos nós.

— Estou te perguntando. — Eu olho para ele enquanto continuamos em nosso caminho. — Melhorou?

— Sinceramente. Não. Não estou impressionado com nada que a Sociedade tenha a me oferecer. E, eventualmente, não participarei de nenhum dos privilégios. Só estou aqui porque tenho de estar.

Eu sorrio amplamente, paro de andar e me viro para encará-lo.

— Oi, eu sou Scarlett, e acho que vamos ser grandes amigos. — Ofereço-lhe a mão e ele ri do gesto, embora o devolva com um aperto.

— Elias. E seria realmente legal ter um amigo por aqui.

Começamos a andar novamente, falando sobre nossas comidas e livros favoritos. Acontece que eu e o Elias temos muito em comum. Ele adora clássicos, embora eu prefira romances e ele goste mais de thrillers. Nós dois preferimos tacos a pizza, e cerveja a vinho. Eu disse a ele uma lista dos livros que amo e que não consegui encontrar na biblioteca, e ele me disse que sabe de uma pequena livraria na cidade que tem todos os clássicos. Se ao menos pudéssemos fugir e ir lá.

Depois de abarrotarmos nossos braços com lanches, acabamos nos sentando diante da imensa escadaria em frente à biblioteca e começamos a encher nossas barrigas.

— Salgadinho de queijo? — Elias oferece, entregando-me o saco.

Eu graciosamente aceito e espremo o saco até que o fundo dele se abra.

— Essa é uma maneira fácil de ter todos os seus lanches no colo.

Eu viro o saco e puxo um salgadinho para fora, jogando-o na boca.

— Não se você fizer direito.

JOGOS SELVAGENS

Minutos de riso e conversa se transformam em uma hora, depois outra, e antes que eu perceba, o sol se pôs.

— Ah, não! — Dou um pulo, tirando o pó de queijo e sal do pretzel da calça jeans. — Que horas são? — Faço a pergunta ao mesmo tempo que olho para o meu relógio de pulso. — Merda. Merda. Merda. Eu deveria ter encontrado Riley há uma hora.

— Vá — ele diz —, eu cuidarei do lixo e nos falamos depois.

— Obrigada, Elias. Isso foi muito divertido e exatamente a distração que eu precisava hoje.

Ele sorri em resposta antes de eu me virar e seguir rapidamente em direção ao refeitório com minha bolsa no ombro.

Estou quase lá quando alguém pula do nada, me agarrando.

Eu tento gritar, mas meus sons são abafados pelo pano pressionado na minha boca.

Tudo está tranquilo.

Tudo desaparece.

Até que tudo que vejo é preto.

— Cara. Ela está acordada.

— Faça isso agora e tire a maldita foto, para que possamos sumir daqui.

— Eu não vou fazer isso. Faz você.

Meus olhos se abrem e eu pisco algumas vezes, tentando me ajustar à claridade, mas não consigo ver nada. O pânico se instala no meu estômago quando tento falar, mas minha boca não abre.

— Nem fodendo. Você ficou sabendo do que ela fez com Crew Vance? Ele é um dos Ilegais, e ela ainda o esbofeteou.

Se eu pudesse falar, eu esclareceria sobre o fato de que não dei um tapa em Crew – eu dei um soco nele. Continuo ouvindo, esperando reconhecer uma das vozes, mas até agora nada.

— Você a desamarra, Steven pode empurrá-la para dentro e eu tiro a foto.

— Cara. Você disse meu nome. Ele nos disse para não dizer nossos nomes.

Três vozes, todas discutindo sobre uma foto. Uma foto de quê?

Eu guardo o nome Steven na memória, para que possa usá-lo mais tarde, quando eu caçar o filho da puta e bater nele.

Em uma tentativa de mover as mãos, de forma que possa remover a cobertura sobre meus olhos e minha boca, percebo que estou amarrada. Deitada de lado, no chão, amarrada. Eu me viro, sentindo a sujeira granulada entre meus dedos. *Com certeza, no chão.*

— Ah! — um dos caras berra. — Ela está se movendo, ela está se movendo.

— Apresse-se e faça isso, seu filho da puta.

Ignorando-os, tento usar meus sentidos para sair dessa bagunça. Definitivamente, há um pouco de umidade no ar, o que me leva a acreditar que estamos perto da água, provavelmente do rio. Um deles disse a Steven para me empurrar. *Ah, Deus!* Ele quis dizer dentro do rio?

Viro novamente, agora de costas. Eu posso sentir minha camiseta de flanela amontoada embaixo de mim, então ainda está amarrada na minha cintura. Isso pode ser útil se eu precisar sufocá-los.

— Estamos perdendo tempo. Temos apenas mais seis minutos ou perdemos o jogo.

O jogo?

Se isso é um jogo, então de quem é o jogo? O deles, o meu ou o de todos nós.

— Cinco minutos, pessoal.

Alguém toca meu ombro e eu me sobressalto. Com as pernas juntas, dou um chute e agito os braços para cima, tentando acertar quem está perto de mim.

— Saia de cima de mim — tento dizer, mas minhas palavras saem desconexas contra a substância plástica pegajosa que cobre minha boca.

— Tudo bem. Tudo bem. Vou desamarrá-la. — Sua voz alta cai para um sussurro e não consigo entender o que ele está dizendo.

Isso mesmo. Me desamarrem, filhos da puta. Dê-me uma mão livre ou um pé livre, para que eu possa enfiar qualquer um em suas bundas.

Segundos depois, estou sendo levantada de pé enquanto alguém segura minha cintura por trás.

— Vai.

O aperto nas minhas pernas afrouxa, mas é substituído por mãos fortes segurando-as no lugar. O mesmo com meus braços. Eu me debato sem parar, tentando me libertar, mas não consigo.

JOGOS SELVAGENS

De repente, sou empurrada por trás, meus pés saem do chão e, antes que eu possa pensar ou reagir, caio na água gelada. Ela escorre pela minha camisa, atravessa minhas narinas e me sufoca. Mas não consigo tossir. A ansiedade rasga meu corpo como uma faca afiada, deixando-me debilitada e incapaz de pensar logicamente.

Você consegue fazer isso. Você não será mais uma vítima em seus jogos de merda.

Lembro que minhas mãos estão livres e as uso para nadar enquanto empurro meus pés para fora de uma pedra, dando-me o impulso necessário para subir à superfície.

— Entendi — ouço um dos caras dizer. — Deixe o bilhete e vamos dar o fora daqui.

Arranco a fita que cobre minha boca e, na mesma hora, começo a tossir por engolir água. Estou engasgada e agitando as mãos, ainda incapaz de ver.

A venda está pendurada agora, cobrindo apenas um olho, e eu a puxo por sobre minha cabeça. Pisco os olhos algumas vezes. Está escuro. Não. Está escuro como breu. Meu coração bate forte no peito conforme nado na água gelada, sem saber para onde estou indo ou como sair daqui.

Está tão frio que mal consigo sentir meus membros enquanto eles se movem.

— Quando eu descobrir quem você... — Tento gritar, mas começo a tossir mais água. Entre meu coração acelerado e a falta de ar, não consigo pronunciar as palavras. Nem adianta mesmo. Eles já se foram há muito tempo.

Estou me movendo em um ritmo constante quando vislumbro uma luz na margem do rio. Ela pisca, muito parecido com aquelas dos túneis. Eu sigo em direção a ela, eventualmente encontrando uma saída.

É uma subida pequena, mas escorregadia pelas rochas. Estou grata por não ter batido a cabeça quando fui empurrada. Meu corpo flutuaria neste rio, para nunca mais ser encontrado. Ninguém me procuraria, porque os Anciãos silenciariam meu sumiço.

Pare de pensar assim, Scarlett. Dê o fora daqui antes que tenha uma hipotermia.

Consigo passar por cima das rochas e solto um suspiro pesado de alívio quando meus pés estão em terra firme. Sem perder tempo, vou direto para a lanterna, grata por ela estar aqui para me guiar para fora deste lugar.

A água escorre em abundância das minhas roupas e desamarro a camisa de flanela que está tornando a caminhada mais difícil, largando a peça ao lado.

Ao me aproximar da lanterna, vejo um envelope com meu nome impresso. Eu me abaixo e o pego, deslizando o dedo ao longo do selo.

Não estou surpresa ao ver um bilhete dentro, considerando que ouvi um dos caras mencionar isso.

Com os joelhos dobrados, eu me agacho, meu jeans encharcado se esticando contra a pele. Usando a luz da lanterna, abro o bilhete e leio em voz alta...

> *O que é mais difícil de pegar, quanto mais rápido você corre?*

Eu o viro, esperando mais. É isso? Um enigma estúpido?

Repito algumas vezes enquanto meu corpo inteiro estremece.

— O que é mais difícil de pegar, quanto mais rápido você corre?

O som de uma serra elétrica nas proximidades faz meu coração pular na garganta enquanto agarro o cabo da lanterna. Fica cada vez mais alto, à medida que o usuário se aproxima cada vez mais. Não é apenas um, são dois – talvez três. Eles se aproximam de mim. Um na parte de trás e um de cada lado. Com certeza, três.

Faça alguma coisa, Scar. Pense. Mova-se. Corra.

Eu me movo rapidamente, e a próxima coisa que sei é que estou desviando de galhos e pulando pedras antes que minha mente processe o que está acontecendo.

Não importa o quão longe eu chegue, a distância entre mim e o som não aumenta.

— Pare com isso! — grito, me sentindo tonta e desequilibrada.

Eu continuo correndo, sem saber para onde estou indo. Meu corpo estremece quando calafrios percorrem minha pele.

Eles são uns fodidos. Não. Eles estão além de fodidos. Eles são perturbados. Esses caras não são humanos. Eles são bastardos sem alma.

Minha garganta incha quando sufoco as lágrimas que imploram para cair. Isso é o que eles querem. Eles querem que eu desmorone, para que possam varrer os pedaços e me moldar no que quiserem.

Algo, ou melhor, alguém surge do nada e eu me choco a ele ou ela. Meu corpo voa para trás e minhas costas golpeiam o chão, me deixando sem fôlego.

JOGOS SELVAGENS

Eu resmungo, tentando alcançar a lanterna que voou da minha mão. Estou quase conseguindo, quando uma bota preta pisa nela, estilhaçando o invólucro de vidro e apagando a luz.

Engolindo em seco, tento me levantar, mas meus membros trêmulos não permitem.

— Espere um minuto, Scar — meu ofensor diz. É uma voz familiar: masculina e profunda, sexy e misteriosa.

— Neo?

Uma mudança no ar me diz que ele está próximo. Ouço atentamente o barulho das folhas. O cheiro de couro gasto e pinho inunda meus sentidos e tenho certeza de que é, de fato, Neo.

Estendo a mão, precisando descobrir quão perto ele está, e quando acerto sua perna, recuo rapidamente.

Se fosse na luz do dia, eu não seria tão débil. Mas no escuro, sou fraca. Eles sabem disso. Eles conhecem meus medos e se entregam a eles como se fossem sua própria droga pessoal. Ficando chapados com a minha miséria. Aproveitando minha inquietação como se fosse calor para seus corações frios.

— Você está gostando dos jogos até agora?

Dou uma cuspida nele, esperando que atinja seu rosto, mas a ausência de uma reação enfurecida me leva a acreditar que errei.

— Vá se foder! Vocês, idiotas, poderiam ter me matado.

— No entanto, aqui está você, viva e bem.

Consigo me erguer um pouco e me sentar no chão.

— Só me leve para fora daqui, para que eu possa voltar para o meu quarto e planejar sua morte.

Estou quase de pé quando sou empurrada de volta para baixo. Desta vez, aterrisso de bunda. Minhas pontas dos dedos cavam o solo enquanto mordo o desejo de arrancar os olhos desse idiota.

— Não tão rápido, Scar. Você ainda não terminou. Você precisa recuperar o fôlego. Você estava correndo muito rápido.

— Porque vocês estavam me perseguindo com motosserras.

— Pare de ser tão dramática. Elas estavam sem corrente. E você deveria estar me agradecendo por isso. Se não as tivéssemos trazido, você estaria correndo na direção errada.

— Você espera que eu agradeça? — Eu rio, agarrando um punhado de terra em minhas mãos. — Eu prefiro encontrar o meu caminho para sair daqui sozinha no escuro, correndo o risco de ter uma hipotermia, do que estar em qualquer lugar perto de vocês três.

— Agora, isso não é muito legal. Você nem conhece os caras que me ajudaram esta noite. — Eu posso senti-lo se aproximando novamente. Desta vez, está perto demais para o meu gosto. Sua respiração quente bate na nuca e todo o meu corpo se aquieta, tudo menos meu coração que está disparando rapidamente contra a caixa torácica.

— Como se fossem outros além de Crew e Jagger.

— Ah, mas foram. — Seus dedos percorrem a bainha das minhas mangas curtas, as pontas dos dedos roçando minha pele. Ele exala, desta vez o ar escorrendo pelo V da minha camiseta encharcada. Meus mamilos enrugam no impacto.

Levanto os punhos fechados, pronto para abri-los e jogar sujeira em seu rosto, mas antes que eu possa, ele agarra meus pulsos.

— Solte.

Quando não obedeço, ele aperta com mais força.

— Agora, Scar.

Cedendo, lentamente abro as mãos, deixando a sujeira cair para os meus lados.

— Boa tentativa, mas você tem que ser mais rápida do que isso. Agora, responda ao enigma e siga em frente. Se você falhar, está fora dos jogos e será deixada aqui a noite toda para encontrar seu próprio caminho de volta. Embora, como você mesma disse, seja o que queria.

Não. Não é o que quero. Prefiro cavar um buraco e me esconder nele até o sol raiar do que caminhar sozinha por esta floresta.

Okay. O enigma. *O que era mesmo?*

Algo sobre correr e pegar.

— Eu... eu não consigo lembrar o que era.

— O que é mais difícil de pegar, quanto mais rápido você corre? — Ele fica em silêncio enquanto penso.

Merda. Não sei. Não sou boa em enigmas. Até mesmo Eloise, a garotinha que vem às reuniões trimestrais da Sociedade, me pega com suas piadas sem-graça.

— Pense nisso, Scar. Eu odiaria relatar o desaparecimento de um aluno sob minha supervisão tão cedo no ano.

— Sim, certo — zombo. — Não há nada que você adoraria mais do que eu desaparecer. Que nunca mais ouvissem falar de mim. Sei que me odeia, Neo.

JOGOS SELVAGENS

— Errado — diz ele. — Eu não te odeio. Eu detesto você. Você é a ruína da minha existência. Tudo o que faço que envolve você é sufocado em más intenções. Quando olho para você, isso me dói. Quando toco em você, fico doente.

Minha voz falha e vacila, e eu engulo em seco o caroço alojado na garganta.

— Por quê? O que você detesta tanto em mim? — Soluço.

Não deveria doer tanto, porque sempre soube disso tudo que ele está me dizendo. Dói, no entanto. Dói, porque não sei o motivo. O que eu fiz para ele me odiar tanto?

— Tudo. — O vazio em seu tom é perturbador, e eu realmente acredito quando ele diz que odeia tudo em mim.

Não terei outra resposta. Eu perguntei a Neo inúmeras vezes porque ele nunca gostou de mim e é sempre a mesma resposta simples.

Maddie uma vez me disse que ele tinha ciúmes da minha amizade com ela. Mas naquela época, Neo me tolerava. Claro, ele pregava peças e fazia piadas às minhas custas, mas nunca foi tão detestável. É como se, quando Maddie saía, ele se sentisse livre para finalmente atear fogo no meu mundo.

— Você tem um minuto.

— Um minuto? — Eu deixo escapar. — Como vou resolver isso em um minuto?

— Você é uma garota esperta. Vai descobrir.

Eu inspiro profundamente, enchendo meus pulmões enquanto tento clarear a cabeça.

— Quarenta segundos.

— Tudo bem — digo —, eu consigo. O que é mais difícil de pegar, quanto mais rápido você corre?

Falo em voz alta, esperando que isso me ajude a resolver este enigma.

— Mais difícil de pegar. Mais rápido você corre. Quando você corre rápido, pode estar perseguindo alguma coisa... — *Não. Não é isso.*

— O que acontece com seu corpo quando você corre, Scar? — ele pergunta, me fazendo pensar mais.

— Pernas rápidas?

— Não — diz, desanimado.

— Percepção de profundidade?

— Sim. Mas, não.

— Um coração saudável. Pulmões fortes?

— Indo na direção certa.

O que é mais difícil de pegar, quanto mais rápido você corre?

Respiração!

— Sua respiração! — disparo, ansiosamente. — É isso. Quando você corre rápido, você perde o fôlego. Quanto mais rápido você corre, mais difícil é recuperar.

— Muito bem — diz ele, com o tom baixo. — Agora levante-se. Eu tenho coisas melhores para fazer do que enfiar a bunda na floresta.

Esperava mais congratulações da parte dele. Então, novamente, este é o Neo.

Sentindo-me esgotada, eu me levanto do chão, as unhas imundas com a sujeira as roupas cobertas de detritos terrosos.

Estamos caminhando em silêncio, com Neo acendendo uma lanterna à nossa frente, quando interrompo o silêncio com uma pergunta que estive matutando:

— Crew e Jagger sabiam disso?

Eu posso ouvir sua língua clicando no céu de sua boca e imagino um olhar presunçoso em seu rosto quando ele diz:

— Claro que sabiam.

Eu sempre soube que eles não gostavam de mim, pois Neo os fez virar as costas para mim depois do acidente de Maddie, mas não percebi o quanto até agora.

No Encontro, Neo disse que esses jogos testarão não apenas a resistência física, mas também a estabilidade mental. Ele nunca mencionou que causam danos emocionais. Saindo desses bosques com Neo como meu guia, sinto-me fraca e menosprezada. Perdi parte da minha dignidade no rio e estou sufocando meu orgulho enquanto sigo atrás dele, sabendo que, em sua cabeça, ele está pensando que ganhou. Porque esta noite, foi o que aconteceu.

JOGOS SELVAGENS

CAPÍTULO ONZE

SCARLETT

Como perdi o jantar com Riley ontem à noite, concordei em sair com ela e algumas outras garotas para as fontes termais do lado de fora do terreno da Boulder Cove Academy. Tecnicamente, não devemos deixar a propriedade, mas Riley afirma que os alunos vão lá o tempo todo. Normalmente, eu não daria uma segunda olhada no lance de quebrar regras, mas depois de ontem, estou no limite.

Quem veio ao nosso dormitório vestindo aquele traje com capuz? Eles foram para me buscar? E por que diabos eles tirariam fotos minhas?

Ainda estou com as chaves de Crew, mas tenho toda a intenção de devolver a ele amanhã durante o almoço. Não tenho certeza se temos alguma aula juntos, mas Riley disse que todos os veteranos almoçam no mesmo horário, e é melhor eu estar nessa lista. Eu não me importo com os jogos que eles me fazem jogar para ganhar uma classificação; não aceitarei ser empurrada para horários e atividades juniores.

— Pronta? — Riley pergunta, ao voltar do banheiro.

— Sim — respondo, vestindo meu moletom amarelo e azul da Essex High pela cabeça, cobrindo meu maiô preto. Não é exatamente verão, mesmo que a água esteja quente.

Riley me joga uma toalha, e eu a coloco em volta do pescoço. Ela está toda fofa em um biquíni rosa-choque com o cabelo preso em um rabo de cavalo alto. Ela se cobre com uma camiseta de manga comprida, e logo depois saímos.

Seguindo-a porta afora, puxo o elástico do meu pulso e enrolo meu cabelo em um coque bagunçado no topo da cabeça.

— Quem eu deveria esperar ver nesta pequena festa de natação?

— Apenas alguns alunos. Principalmente as meninas veteranas da equipe de torcida.

Franzo o cenho, olhando para ela enquanto descemos as escadas.

— E os meninos? — Não estou perguntando por que tenho algum interesse nos caras daqui. Minha esperança é que nenhum dos Ilegais esteja lá.

Eu nunca me senti intimidada por nenhum deles antes de vir para cá, mas algo sobre este lugar e seu poder me deixa com uma sensação de vazio no estômago. Eu sabia que estar aqui sob a autoridade deles seria um saco, mas eu não esperava que fosse uma tão ruim. Estou dividida entre mandá-los à merda e cumprir suas regras, para que eu possa deixar este lugar ilesa. Meu orgulho é um irritante filho da puta.

— Sobre isso — Riley se retrai, parando com a mão na porta. Minha cabeça imediatamente balança em negativa. Vou voltar para o meu quarto agora se ela me disser que eles estarão lá. — Eu meio que consegui uma carona para nós.

Meus ombros cedem em derrota conforme minha expressão faz o mesmo.

— Você está brincando, certo?

Ela abre a porta e, claro que sim, nossas caronas estão aqui.

Dois caras com capacetes e óculos UV sentam-se no assento de suas motos de trilha, com capacetes extras pendurados em suas mãos. Ambos estão usando suas roupas de motoqueiro vermelhas e pretas combinando. Eu nem preciso ver seus rostos para saber que são dois dos três membros dos Ilegais. Só não sei quem. Meu palpite é Jagger e Crew. Independentemente de quem seja, eu não vou.

— Não! — Dou meia-volta e retorno para as escadas.

— Scarlett, por favor! — Sua voz queixosa é como pregos em um quadro-negro. Você faria qualquer coisa para pará-la. — É o último dia antes do início das aulas, e precisamos nos divertir um pouco. Não posso me divertir sem a minha nova *bestie* lá.

Não tenho certeza de como o alojamento conjunto nos torna melhores amigos, mas sua oferta de amizade eterna não está mudando minha mente.

O olhar em seu rosto, no entanto...

— Você espera que eu suba na garupa de uma daquelas motos esportivas, de maiô, com alguém que eu, literalmente, odeio com cada fibra do meu ser? Você tem alguma ideia do que esses caras fizeram comigo ontem à noite?

— O que Neo fez foi horrível e eu o odeio por isso, mas Crew e Jagger eram apenas espectadores inocentes. Você mesmo disse que eles não estavam lá.

JOGOS SELVAGENS

— Eles podem não ter aparecido, mas eram tão parte disso quanto Neo.

— Bem, olhe para isso desta maneira. Você subir naquela moto e ir para essa confraternização, onde eles estão, mostra quão forte você realmente é.

Ela tem razão. É um argumento muito bom, na verdade. Se eu não for, vai dar a impressão de que eles me assustaram.

— Além disso, você me disse que as coisas estavam bem entre vocês.

Eu disse isso, mas menti. Eu os odeio. Eu os odeio demais.

— Vamos lá, Scarlett. Tente não levar os jogos ou classificações para o lado pessoal. Todos nós passamos por isso.

É difícil não levar para o lado pessoal quando tudo que eles estão fazendo é pessoal.

— Pode fazer isso por mim? Afinal, você me deu um bolo no jantar ontem à noite. — Ela cruza as mãos em um apelo e faz beicinho com o lábio inferior.

— Ugh! — Eu mexo o pescoço, estalando-o. — Tudo bem! Mas não gosto disso e realmente acho que você precisa reconsiderar fazer amizade com esses caras.

— Não estou fazendo amizade. Apenas subindo a escada para coisas maiores e melhores. Associar-se a eles mantém os alvos longe das minhas costas. Se não pode com eles, goste deles, certo?

— Não — dou risada —, acho que o ditado que você está procurando é, se não pode com eles, junte-se a eles.

Riley entrelaça o braço ao meu e me puxa pela porta.

— Então vamos nos juntar.

Aquela partícula de alegria se dissipa quase imediatamente quando os vejo novamente.

Inclinando-me para mais perto de Riley, sussurro:

— Eles realmente têm permissão para usar essas motos aqui?

Jagger aponta e enrola o dedo na direção de Riley, chamando-a.

Ela pula no lugar, toda boba e animada.

— Eles são os Ilegais. Eles podem ter o que quiserem. — Seu braço deixa o meu quando dispara até ele, encostado em sua moto.

De pé, na metade do caminho entre o prédio e os caras, eu mordisco meu lábio inferior.

O súbito interesse de Jagger em Riley me faz questionar seus motivos. Ele não é do tipo que se compromete com uma garota, como sempre. Mesmo quando frequentávamos o ensino médio juntos, ele era conhecido como pegador. Todas as garotas rastejavam de joelhos por ele, esperando que elas fossem as únicas a mudar seu jeito. Isso nunca aconteceu.

Quando Jagger dá partida na moto, Riley puxa seu capacete.

— Vamos — grita Crew, embora sua voz esteja abafada atrás do capacete.

— Vá em frente, Scarlett. Vai ser divertido — grita Riley, antes de Jagger arrancar, deixando um rastro de poeira. ela ergue os braços e grita à medida que desaparecem.

Meu coração está batendo acelerado pra caralho. Não quero subir nessa moto. Isso dá uma vantagem a eles, ao invés de me fazer parecer forte. Aceitar o favor de uma carona de qualquer um deles me faz parecer fraca pra caramba. Eu disse a Riley que faria isso, no entanto, e sempre mantenho minha palavra.

Engolindo a saliva que se acumulava na boca, eu me aproximo dele. Crew me entrega um capacete e eu o puxo sobre a cabeça com a toalha ainda pendurada no pescoço.

— Só para você saber, aqueles garotos juniores poderiam ter feito o que quisessem com o meu corpo quando fui nocauteada, e teria sido tudo culpa sua. Você pode não ter estado lá, mas culpo vocês três igualmente.

Seu corpo tensiona e ele vira a cabeça antes de dizer:

— Nós nunca deixaríamos isso acontecer. Agora, é melhor você se segurar firme. — Então dá partida, e antes mesmo de eu estar totalmente sentada, ele acelera.

— Que diabos? — berro, agarrando as laterais do seu corpo e apertando com força.

Ai, meu Deus, eu vou morrer. É assim que termina.

Ignorando meu desabafo, ele dá uma volta de 180 graus, o que faz com que a moto se incline e quase toque o chão. Estou usando todas as minhas forças, mal conseguindo me segurar.

Tão rápido quanto a moto se inclina, ela volta à posição normal.

— Babaca! — Golpeio seu ombro com força. — Você está tentando nos matar? — A moto é tão barulhenta que nem tenho certeza se ele me ouviu, mas pelo menos ele sentiu a força da minha fúria.

Estamos voando pela trilha e nem consigo olhar. Meus olhos se fecham; a cabeça virada para a direita. Quando dou por mim, a toalha voa do meu pescoço. Eu tento olhar para ver onde foi parar, mas estamos nos movendo rápido demais.

Fico surpresa quando Crew agarra minha mão e me faz envolver seu corpo

JOGOS SELVAGENS

com mais firmeza. Meu coração galopa algumas vezes antes de se estabilizar.

Descemos outra trilha e meus nervos passaram de extremamente agitados para apenas levemente irritados.

O clima não está quente e andar na garupa desta moto no meio do ar frio faz calafrios dançarem pelo meu corpo.

Ainda incapaz de olhar por medo de entrar em pânico e cair, apoio a cabeça contra suas costas e apenas me seguro, esperando que cheguemos aonde estamos indo com segurança. Nunca andei em uma motocicleta de *motocross* e não tenho interesse em subir em uma novamente. Ele oficialmente arruinou isso para mim. *Obrigada, Crew.*

Depois de mais algumas curvas, ele diminui a velocidade, mas ainda parece que estamos voando. Não é tão alto, o que o torna menos assustador, então levanto a cabeça. Não estou usando aqueles óculos protetores como os caras, então a brisa fresca açoita minhas bochechas.

Minha ansiedade se dissipou e, embora eu nunca admita isso para ele, isso é meio legal.

— Eu decidi devolver suas chaves — digo, alto o suficiente para que ele me ouça acima do estrondo do motor.

Se eu soubesse que estaria andando com ele, eu as teria trazido hoje. Essas chaves não são nada além de uma razão para Crew e os caras foderem comigo. Mesmo que eles possam me levar para dentro e para fora dos túneis e de todos os outros lugares nos terrenos da Academia, eu não quero mais essa merda.

Ele não diz nada.

Segurar Crew assim, estar tão perto dele, parece estranho. Quase como nos velhos tempos, quando eu me sentia segura em seus braços. Como se nada pudesse me tocar ou me machucar. O calor aquece minha barriga e me vejo aproximando nossos corpos.

O que estou pensando? Esse cara orquestrou um jogo que envolvia eu sendo jogada no rio vendada, para depois correr pela floresta, pensando que minha vida estava em risco.

Eu afrouxo meu aperto, endireitando as costas para que meu peito não fique tão colado.

Nas últimas quarenta e oito horas, tive que socá-lo, arranhá-lo e dar uma cabeçada nele apenas para me defender. Eu teria que estar perdendo a cabeça de vez para ter sentimentos por Crew novamente. Embora, infligir dor a ele me excite de alguma maneira estranha e doentia.

Tudo o que ouço é o rugido da moto e o esmagamento das folhas sob os pneus, mas meus ouvidos estão zumbindo com meus próprios pensamentos.

Quando tudo foi para o inferno?

Foi quando os caras nos pegaram juntos? Quando a culpa dentro de mim era demais para suportar a ponto de eu a ignorar e continuar a perseguir orgasmos com ele? Ou quando eles implacavelmente sabotaram minha reputação, me matando aos poucos com cada tática brutal?

Não. Não foi nada disso. Eu sei exatamente quando minha vida virou de cabeça para baixo. Foi o dia em que Maddie caiu.

— Crew — murmuro. Muito baixo para ele ouvir. É uma coisa boa, porque quando abro a boca para fazer a pergunta que eu pretendia, nada sai.

A culpa do que fizemos o devora por dentro como faz comigo?

Como Crew se sente não é mais problema meu. Portanto, não quero a resposta para a minha pergunta.

Eu estava muito perdida em meus pensamentos para sequer notar a beleza que nos rodeia. Meus ombros relaxam e eu endireito as costas, apreciando a paisagem. É de tirar o fôlego.

Muros de colinas ondulantes nos cercam. Atrás deles estão os altos picos das montanhas. As folhas desbotaram de cor, enquanto as sempre--vivas ainda são vibrantes entre a vegetação.

Olhando para a esquerda, inclino-me um pouco para espreitar para baixo e vejo o buraco das fontes termais. Há cerca de uma dúzia de pessoas circulando por ali de maiô. Rindo, bebendo e dançando. Ao som de que música, não tenho certeza ainda.

Paramos na beira de uma colina, a pelo menos duzentos metros do chão. Estou curiosa, e um pouco nervosa, sobre como vamos colocar essa moto lá embaixo sem que a gente desabe pela encosta.

Crew gira o guidão repetidamente, mantendo a moto funcionando. Meu coração está acelerado novamente.

— Por favor, me diz que você não vai descer essa colina.

Ele acelera a moto novamente e eu o agarro como se minha vida dependesse disso.

— Crew — digo seu nome, em advertência.

Em um segundo, meu corpo está voando para trás e estou gritando de um jeito que nunca imaginei que era capaz.

— Você está louco!

Rasgamos outra trilha que passa ao longo da borda da colina alta, e sem perceber, estou sorrindo.

JOGOS SELVAGENS

A adrenalina é inacreditável. Assustador, mas emocionante ao mesmo tempo. Pela primeira vez desde que cheguei à BCA, me sinto viva.

Quando a inclinação se torna mais íngreme, meu peito se choca às costas de Crew. Meu queixo repousa acima de seu ombro e eu olho para a frente.

Um minuto depois, estamos derrapando pelo terreno novamente, fazendo uma grande entrada.

Quando meu corpo se inclina para o lado, percebo duas motos ao nosso lado – a de Neo e a de Jagger.

Eu puxo meu capacete e inspiro uma lufada de ar fresco e úmido por conta das fontes termais. Está muito mais frio do que imaginei; felizmente, a água deve ser agradável.

Crew desliga o motor e abaixa o descanso da moto. Quando ele pula do assento, a motocicleta balança com a mudança de peso.

Suas mãos agarram minha cintura e ele me levanta. Não tenho certeza se eu deveria agradecer ou estar envergonhada, pois todo mundo está nos observando.

"I Hate Everything About You", de Three Days Grace, está tocando em um alto-falante portátil acomodado em uma pedra. Há latas de cerveja espalhadas por toda parte, e alguns coolers ao redor. Todos retomam o que estavam fazendo antes de chegarmos e fico aliviada pela atenção em nós ter sido de curta duração.

Eu vejo Riley, que está na água, acenando para mim. Ao lado dela está Hannah, que tem o braço de um cara enrolado em seu pescoço. Não é até que meus olhos deslizem para a esquerda que vejo de quem é o braço... Crew. Submerso na água até o peito tatuado com um desenho que se estende ao redor da omoplata, é o cara com quem pensei que vim na garupa.

Mas se...

Meu olhar pousa na pessoa que acabou de me trazer até aqui. Com as mãos na lateral do capacete, ele o retira, levando os óculos junto.

— Neo?

Ele arqueia as sobrancelhas, sorrindo.

— Espero que o passeio não tenha sido muito áspero para você. Mas, ouvi dizer que você gosta de aspereza. — Ele se inclina, invadindo meu espaço pessoal. Os lábios roçam meu ouvido ao sussurrar: — Isso é verdade, Scar? Você gosta de um lance duro a ponto de ficar sem fôlego?

Luto contra o desejo de estrangulá-lo, porque eu sei como ele é. Ele fará de mim um espetáculo na frente de todas essas pessoas, se eu me atrever a colocar minhas mãos nele. Neo se satisfaz com a minha humilhação.

RACHEL LEIGH

Minhas mãos alisam a saída de banho que estou usando e respiro fundo. Ao expirar, uso o sarcasmo como minha defesa.

— Sim, Neo. Isso é verdade. — Dou-lhe um tapinha nas costas. — Infelizmente, você não foi duro o suficiente para mim. Você me deve uma toalha, no entanto. — Eu o contorno e aceno para Riley, que está envolvida em uma conversa com Hannah.

— Venha se juntar a nós — diz Riley. — A água está ótima.

Nunca em meus sonhos mais loucos – bem, meus sonhos mais loucos no último ano e meio –, pensei que estaria em uma reunião social tão pequena com esses três caras. Eu sou maluca por até mesmo concordar com isso.

Quanto mais perto me aproximo da água, mais macio o chão se torna. É uma mistura de grama seca e lama suja. Há rochas ao redor do lago artificial. Parece bem conservado, o que me deixa curiosa se isso é propriedade pública. Quando vejo as placas solares ao seu redor, percebo que, provavelmente, não é.

Não é grande, de forma alguma. Na verdade, é tão pequeno que apenas uma dúzia de pessoas pode caber confortavelmente. Mais do que isso seria corpo a corpo.

— Entre, Scar — diz Jagger, ao lado de Crew —, consegui um lugarzinho aqui para você. — Seus braços se estendem de ambos os lados dele, descansando na borda das rochas. Tomo consciência de seu antebraço direito todo tatuado. É uma variedade de desenhos que fluem juntos sem problemas.

Cruzo os braços, protegendo-me dos olhares esquisitos focados em mim. Melody está sentada em uma grande rocha com os pés dentro d'água. Pela maneira como ela está olhando para mim, eu diria que está com ciúmes da atenção que os Ilegais estão dando não apenas a Riley, mas a mim também. Afinal, nós viemos para cá com dois dos três membros.

— Estou bem. Acho que vou ficar um pouco fora da água.

— Vá em frente e congele então. — Jagger entorna a garrafa de cerveja em suas mãos.

Rosnando para ele, dou a volta em uma grande rocha na minha frente e me sento.

Estou compartilhando um olhar com Riley e espero que ela esteja lendo minhas sobrancelhas levantadas e sutis tremores de cabeça. É a minha maneira de dizer a ela que desaprovo toda essa situação.

Pelo canto do olho, observo Neo. De costas para mim, noto sua tatuagem que preenche a pele por inteiro. Desenhos bem-detalhados de espadas, crânios e árvores com linhas delicadas e sombreamento em tons de vermelho e preto. Quando ele se vira, seu abdômen trincado fica à mostra, e desvio o olhar rapidamente quando ele me flagra.

Neo pula no lago ao lado de Crew, respingando água para todo o lado ao tomar o lugar de Jagger. Ele se inclina e sussurra algo no ouvido de Crew que o faz coçar a cabeça. Quando assume o lugar outra vez, ele me flagra o observando novamente e minha pele fica vermelha de embaraço. Eu não estava realmente olhando para ele, e, sim, em sua direção.

As pessoas entram e saem, mas estou mais focada em Crew, que está paquerando Hannah. Não tenho certeza de como me sinto sobre isso, mas, definitivamente, está despertando algum tipo de emoção dentro de mim. Quando ele joga um pouco de água nela, a garota ri timidamente, me fazendo revirar os olhos e afastar o olhar para longe.

Eu não deveria me importar. Crew e eu terminamos antes de sequer começarmos, e nosso ódio mútuo nos garantiu que nunca seremos nada mais do que inimigos.

Os pelos no meu pescoço arrepiam quando sinto uma brisa suave roçar minhas costas.

— Precisa de uma bebida?

Estremeço.

Jagger.

Sua mão passa por cima do meu ombro, segurando uma garrafa de cerveja já sem tampa.

— Não, obrigada.

— Qual é, Scar. Você trepa com um dos meus melhores amigos, deixa o outro aconchegado entre suas pernas no caminho até aqui e você nem vai tomar uma bebida comigo?

— Você é um idiota. Você sabe disso, certo?

— Um idiota que está se esforçando muito para ser legal.

— Legal, o caralho. — Umedecendo os lábios, inclino minha cabeça para trás. — Muito bem. Vou tomar a bebida, mas só porque estou com sede. — Eu pego a cerveja e entorno um quarto do líquido. Ela quase carboniza meu esôfago, mas a sensação desconfortável diminui rapidamente.

— De nada.

Se ele acha que vou agradecer, está errado. Ele tem sorte de eu não o infernizar pelo que aconteceu ontem à noite também. Não importa, no entanto. Não importa o que eu diga, não vai impedir o que eles planejaram para mim.

— Então. Como foi a viagem até aqui?

Por que ele ainda está falando comigo?

Dando-lhe o tratamento do silêncio, na esperança de que ele vá embora, tomo outro gole.

— Parece que Crew encontrou uma nova amiga.

Minhas sobrancelhas se erguem e eu olho para ele com a garrafa ainda pressionada em meus lábios.

— Hmm? — murmuro, fingindo que não o ouvi comentar sobre a paquera entre Hannah e Crew.

Jagger gesticula em direção à água, e eu sigo seu olhar.

— Eu realmente não me importo com o que Crew faz. Eu o odeio tanto quanto odeio você, lembra? — Virando-me para encará-lo, enfio a garrafa de cerveja em seu peito. Quando ele abre os braços, ao invés de pegar a garrafa, ela cai e se quebra no chão.

Sem sequer olhar para a bagunça, vou até Riley. A última coisa que quero é entrar nessa água com Neo e Crew, mas também não estou com vontade de conversar com Jagger.

— Limpe. — As palavras exigentes não vêm de trás de mim, mas, sim, à minha frente.

Eu olho para Neo.

— Como é?

— Você me ouviu. Limpe. — Casualmente, ele toma um gole de sua cerveja. Sua expressão estoica nunca vacila.

Estou surpresa, mas compreendo o que ele está me mandando fazer.

— Não! — disparo, por impulso. Eu me recuso a ser humilhada na frente dos meus colegas.

Meus olhos se arregalam, meu estômago se contrai quando Neo pula para fora da água com raiva. Em um movimento rápido, ele joga sua própria garrafa de cerveja contra uma pedra, quebrando-a.

Parece que ele levou metade da água com ele, uma vez que escorre como uma cascata de short de banho encharcado. Dou um passo para trás quando ele vem até mim a toda velocidade com um olhar assassino.

Com o cenho franzido, seu peito se choca contra o meu.

— Quem você pensa que é para falar comigo assim? — ele rosna, entredentes. — Eu disse para limpar a bagunça que você fez, agora obedeça, porra.

Engulo em seco e tenho certeza de que minha angústia está visível a todos. Eu olho para Riley por cima do ombro, esperando que ela venha em

JOGOS SELVAGENS

minha defesa, já que ela tem sido toda amiga desses caras, mas ela nem olha para mim. Com a cabeça baixa, ela apenas arrasta os dedos sobre a água como se isso não estivesse acontecendo.

— Eu disse não! — Empurro o peito de Neo no peito, fazendo-o recuar. — O que você está fazendo não é liderança. Isso é *bullying* escancarado, e vocês três sabem muito bem que não me intimido com os valentões.

— Todos, de volta ao que estavam fazendo. Nós temos isso sob controle — Jagger diz, em voz alta.

Eu rio, amargamente.

— Ter o quê sob controle? Não há nada para controlar. — Aceno em direção à garrafa quebrada. — É uma garrafa rachada e muito mais intacta do que a que Neo acabou de arremessar contra a rocha. Vou limpar minha bagunça se você limpar a sua.

Neo agarra meu braço, quase me levantando do chão conforme me arrasta para longe. Jagger não se incomoda em segui-lo, voltando para a água.

— Você percebe quão ridículo está sendo, certo? — Começo a rir, mas não é nada engraçado. Quando estou nervosa, eu rio. É algo que faço desde criança.

— Você está realmente testando minha paciência, Scarlett. Você tem sorte de ter o sobrenome Sunder ou estaria enfrentando a expulsão da Sociedade.

— Isso deveria me assustar, Neo? Você realmente acha que me importo se eu ou minha família fizermos parte desse culto estúpido?

Neo está ofegando, apertando meu braço com mais força antes de me girar para enfrentá-lo. Ele avança a passos rápidos, imprensando minhas costas contra o tronco de uma árvore.

— Se você chamar isso de culto novamente, vou remover seu sobrenome e fazer de você uma ninguém. Entendeu?

Ele está tão perto que posso sentir a raiva irradiando de dentro para fora. Seu cabelo está todo suado. De todos os inimigos com quem me meter, eu tinha que escolher Neo. *Que burrice do caralho.*

— Entendi — digo, só para acabar com o assunto.

— Não, você não entendeu. — Seu tom é afiado, como uma faca. — Você odeia esta Sociedade. Odeia quem você é por causa disso. Você odeia tudo sobre ser um Sangue Azul, não é?

Abro a boca para falar, mas as palavras ficam alojadas na garganta. Verdade seja dita, eu não odeio tudo. Não odeio quem sou ou o que vou me tornar.

RACHEL LEIGH

— Não. O que odeio é que me digam o que fazer. Você. Eles. Qualquer um.

— Por que isso, Scarlett? Pense muito bem. É realmente sobre as regras da Sociedade ou as regras da Academia, ou é algo mais?

Do que ele está falando e por que ele está me chamando de Scarlett? Eles sempre me chamam de Scar.

Neo pressiona a palma da mão na árvore às minhas costas, seu antebraço cobrindo meu ombro.

— Talvez seja porque seus avós, que estavam loucamente apaixonados, tiveram que se divorciar para que sua mãe e seu pai pudessem se casar antes que ela desse à luz uma filha bastarda.

Fecho os olhos, sentindo as lágrimas ameaçando se derramar. Não lágrimas de tristeza, mas de raiva. Abro as pálpebras devagar, fuzilando-o com o olhar.

— Como você se atreve? Minha família não é da sua conta.

— Acertei um ponto fraco, Scarlett?

Meu avô, Abbott Sunder, faleceu pouco depois que eu nasci. Duas semanas depois, minha avó tirou a própria vida. Pelo que meus pais me disseram, eles estavam tão apaixonados que nenhum deles poderia viver sem o outro. Os Anciãos teriam forçado meus pais a me abortarem ou a serem abolidos da Sociedade se não se casassem. Eles também não podiam se casar até que a mãe da minha mãe se divorciasse do pai do meu pai. Aparentemente, os casos amorosos entre meios-irmãos que resultam em gravidez são desaprovados. Quem poderia adivinhar?

Independentemente, nada disso é da conta de Neo, ou de qualquer outra pessoa.

— É tão errado que eu acredite que devemos ser capazes de amar quem desejamos amar e viver como desejamos viver?

— Quando você é um Sangue Azul, esta é a sua vida, e a menos que queira viver na miséria como uma pária, abolida pela Sociedade, sabendo que todos os membros estão à espreita esperando que cometa um erro para que possam usar contra você, então, sim, você está errada por lutar contra as regras.

— Não estou lutando contra as regras. Estou lutando contra vocês três. Você travou esta guerra e agora temos que passar por essa porra.

— É aí que você se engana. Uma guerra nunca foi travada. Uma declaração foi feita. Se você quiser colher os benefícios, terá que trabalhar. E você colheu esses benefícios mais do que qualquer aluno desta Academia.

JOGOS SELVAGENS

— Besteira! O único benefício de que já tirei vantagem foi sair do problema em que todos vocês me colocaram. Não fiz todas essas coisas e você sabe disso.

— Não é disso que estou falando.

— Então do que diabos você está falando? Porque se tudo isso é apenas um caso de falha de comunicação, vamos esclarecer as coisas. Diga. O que acha que eu me beneficiei e você não?

Ele não diz nada. Apenas me avalia.

— Só diga, Neo. E enquanto você estiver nisso, peça desculpas por ter infernizado a minha vida só para me trazer aqui.

Ele mordisca o lábio inferior, desviando o olhar para a árvore atrás de mim.

— Esqueça. — Neo se afasta e recua alguns passos. — Apenas abandone sua atitude de superioridade e siga as regras, Scar. E por falar em regras, vá limpar a porra do vidro antes que eu faça você andar em cima dele.

— Ah, agora sou Scar de novo?

Enquanto esfrega a nuca, sem querer fazer contato visual comigo, ele esmurra o tronco da árvore, dá um rosnado gutural e depois volta para a festa.

Depois que ele desaparece de vista, deslizo pelo tronco da árvore e me sento no chão. Neo mencionou meus avós, e que eles são a razão pela qual sou tão rebelde com as regras. De certa forma, acho que ele está certo. Duas pessoas tão apaixonadas foram separadas para que pudessem juntar outras duas, tudo para que pudessem me dar a vida.

Talvez meu problema não seja este lugar ou a Sociedade, afinal. Talvez o peso da culpa que carrego apenas me obrigue a fingir que a culpa é de todo mundo e não minha.

Eu tenho uma escolha a fazer: engolir meu orgulho e obedecer, para que possa sair mais forte do que nunca, ou recusar e me desfazer lentamente.

CAPÍTULO DOZE

SCARLETT

Eu escolho a força. É exatamente por isso que estou mergulhando nesta lagoa quente, ou piscina, seja lá o que for, bebendo meu terceiro e quarto drinque da noite. Ou dia. Mas acho que é noite.

O sol está se pondo atrás das montanhas e os refletores solares do lado de fora da fonte se acendem.

Algumas pessoas foram embora, deixando apenas eu, Riley, os três idiotas, Melody e Hannah. Nem sei por que Melody ainda está aqui, considerando que não importa quanta atenção ela dê a Neo, ele não retribui em nada para ela. Ela parece desesperada, se você me perguntar. Mas ninguém me perguntou, então vou terminar minha bebida e ficar de boca fechada.

Desde que limpei os cacos de vidro — tanto os meus quanto os de Neo — tem sido uma noite fria. Os caras não me perturbaram mais. Crew ainda está flertando com Hannah, e eu determinei que ele está fazendo isso para tentar me irritar, o que ele não conseguirá. Não publicamente, de qualquer maneira.

Eu não ligo. Realmente não dou a mínima. Eu nem conheço Hannah, então quem sou eu para dizer a ela que Crew vai foder com ela de três maneiras até domingo e depois jogá-la fora como se ela fosse o café frio da manhã de segunda-feira?

Um café seria fantástico, no entanto. Eu me pergunto se eles têm algum no campus.

— Ei — digo para Jagger, que de alguma forma acabou bem ao meu lado —, eles têm café neste lugar? — Cubro a boca com a mão, balbuciando: — Sinto muito. Posso falar com você, todo-poderoso membro dos Ilegais?

— Eu vou permitir isso esta noite. E, sim, há café nos dormitórios e no refeitório. Por quê? Você quer café? — Ele ri, reparando que tenho um copo de bebida em ambas as mãos.

— Oooh — Riley se intromete. — Café é uma ideia tão boa. Vamos beber um pouco e ficar acordados a noite toda.

Eu rio de seu entusiasmo.

— Nós temos aula amanhã, querida.

— Ah, merda. É mesmo. — Ela fica de mau humor, afundando de volta na água. Posso estar bêbada, mas Riley está pior.

— Talvez — murmuro, respondendo à pergunta de Jagger. — Talvez mais tarde eu queira um pouco.

Jagger arqueia uma sobrancelha.

— Então você vai tomar café.

— Por que você está sendo legal comigo? Você não deveria ser mau comigo também? Essas não são as — faço aspas no ar — regras?

— Ser mau com você não é uma regra. Sua obediência é. No que me diz respeito, você está obedecendo a todos muito bem.

Hannah ri histericamente quando Crew a puxa para seu colo.

Franzo o cenho quando olho para eles.

Crew. Completo e total idiota. Um idiota que quero estrangular com minhas próprias mãos enquanto coloco algum bom senso nele. Ou, pelo menos, sacudindo-o de volta a uma época em que ele era um ser humano decente.

— Isso te incomoda? — Jagger pergunta, notando meu olhar focado do outro lado da piscina.

— Eles? — Dou risada. — Não mesmo. — Entorno de uma só vez uma das minhas bebidas, a frutada. Em vez de jogar para o lado, porque é vidro e não quero quebrar outro e ter que limpar a bagunça, impulsiono meu corpo para cima e me inclino sobre algumas pedras fora da água para colocar o copo entre elas.

Levo um tapa forte na bunda, e dou um pulo.

— Que diabos? — Viro e vejo Riley se acomodando de volta em seu lugar na água.

Desligo o meu modo de defesa e dou risada.

— Ah. Foi você.

Riley ergue as mãos, na defensiva.

— Não fui eu.

Mordendo o lábio, olho feio para Crew.

— Melhor não ter sido você. Ainda mais quando você está lá todo cheio de mãos em outra garota.

Eu realmente acabei de dizer isso em voz alta? Que porra há de errado comigo?

— Sinto dizer, gata — Crew começa —, mas a única bunda que planejo estapear é a que está sentada no meu pau agora.

Minha boca se abre para falar, mas nenhuma palavra sai. Acho que estou em choque, realmente. O velho Crew nunca teria sido tão cruel. Não tenho certeza se devo estar com raiva, ciúme ou magoada. Independentemente disso, escolho a violência.

— Nesse caso, Hannah, é melhor você beber até ficar com as vistas turvas, na esperança de que isso dobre o tamanho do pênis dele. — Estalo a língua no céu da boca, mostrando os dedos juntos no ar. — É muito pequeno.

— Okay — diz Jagger, pegando uma das bebidas da minha mão —, acho que é hora de parar.

— O quê? Não! Eu estava apenas brincando. Como se eu soubesse quão grande é o pênis de Crew. — Mais uma vez, troquei os pés pelas mãos. É exatamente por isso que eu não socializo.

— Vamos, Hannah. — Crew segura a mão dela e a puxa até que ela esteja de pé na água. Ele sai, guiando o caminho. — Você também, Riley. Venha conosco.

— Eu? — Ela bate a mão no peito, jogando água no próprio rosto. Ela e eu trocamos um olhar antes de ela olhar de volta para Crew. — Por que eu?

Ele pisca para ela.

— Porque dois é melhor que um.

Riley hesita, mas quando Crew diz "Regras dos Ilegais", ela suspira e se levanta.

— Você está bem? — ela me pergunta antes de sair.

— Estou bem.

Assim que ela sai da lagoa, Riley envolve a cintura com uma toalha e vem até mim.

— Sinto muito. Mas parece que tenho que ir — sussurra.

— Apenas tenha cuidado. Okay?

Riley acena com a cabeça antes de chapinhar na lama até a paqueradora Hannah e Crew. Eu sei que Riley não participará de suas festividades. Ela realmente não me parece do tipo que curte uma orgia. Mas não tenho dúvidas de que Crew e Hannah vão se pegar.

Olho em volta para o resto das pessoas aqui e todo mundo está quieto. Neo está fumando um baseado com Melody. Seus olhos estão vermelhos e vidrados e ele parece entediado pra caralho.

JOGOS SELVAGENS

— Ei — Jagger diz, baixinho —, você ainda não está a fim dele, está?

— Nem pensaaaaaaar. — Tomo um gole do que ainda estou segurando, desta vez uma cerveja. A bebida está quente e nojenta, mas bebo mesmo assim. — Para constar, nunca gostei de Crew. Nós dois estávamos passando por umas merdas, a mesma que todos nós passamos, e transamos por consolo. Nada mais nada menos.

Não sei por que estou alimentando Jagger com essas mentiras desnecessárias. Não somos amigos. Ele é um terço da razão pela qual meus planos foram para o inferno.

— Bom. Então ele ficar com noventa por cento das garotas da BCA não vai te incomodar nem um pouco.

— Isso é uma pergunta? Porque, não, eu não me importo com quem Crew fica. A única pessoa com quem me preocuparia é Riley. Até agora, ela é a única garota decente que conheci.

Jagger toma um gole, rindo contra o gargalo de sua garrafa.

— Por que isso é engraçado?

— Riley é uma pessoa legal, mas a maioria dos alunos da BCA também é. Apenas lembre-se, as pessoas nem sempre são o que parecem. Você é a prova disso.

— Eu? — Coloco a mão no peito. — O que eu fiz?

— Qual é, Scar. Você mudou tanto quanto o resto de nós. O que antes era uma garota quieta com o rosto enfiado em um livro agora é uma garota que diz 'porra' como se fosse uma vírgula e bebe pra caralho. Para que não nos esqueçamos, você deu uma surra em Crew.

Neo começa a rir, e é um som estranho vindo dele.

— Crew mereceu tudo o que conseguiu, e que fique claro, não tenho nenhum problema em chutar a bunda de vocês se continuarem a foder comigo. Eu não me importo com quão civilizado você está sendo neste momento. Minha guarda não está baixa. Nem um pouco.

— Devidamente anotado.

Neo ri novamente. Desta vez, seguido pela gargalhada de Melody.

— Ela é sempre assim? — Ouço Melody perguntar sobre mim.

— Sim — Neo responde.

— Que irritante.

Viro o corpo conforme a agitação leva a melhor sobre mim.

— Você tem um problema com isso? — disparo.

— Não — alerta Jagger, pressionando a mão na minha coxa sob a água.

— Não o quê, me defender?

— Apenas sente-se, relaxe e desfrute de uma noite de paz antes que o caos das aulas comece amanhã.

Eu afundo mais na água, tentando seguir seu conselho.

— Eu quase esqueci que as aulas começam amanhã. — Olho para Jagger. — Ei... Quando esses jogos começam para os juniores? — De acordo com Neo, meus jogos são separados e tenho certeza de que ontem à noite foi o pontapé inicial, mas estou curiosa sobre os outros.

— Eles já começaram.

Franzo o cenho, inclinando a cabeça para o lado.

— Já?

— Uhum. Essa é a coisa sobre os jogos, você nunca sabe quando vai jogar. — Os dedos de Jagger tamborilam contra minha coxa; eu havia esquecido que sua mão estava lá.

Pigarreio de leve e inclino a cabeça para trás, fingindo ignorar o que está acontecendo debaixo d'água.

— Onde estão Riley e aqueles outros dois? Eles se foram há muito tempo.

— Provavelmente foram embora. Por que você se importa?

Ele está mais perto agora? Eu acho que está.

— Eu não me importo.

— Você continua dizendo isso.

Sua mão desliza mais para cima da minha perna e formigamentos se espalham pelo meu corpo por conta do seu toque.

Jagger pega a cerveja da minha mão e a joga atrás dele.

— Ei — zombo —, eu estava bebendo isso.

— Você está bebendo isso há mais de uma hora. Agora chega.

Viro a cabeça para olhar por cima do ombro em busca da minha bebida, que está fora de vista, mas o movimento à distância chama minha atenção. Eu me empurro alguns centímetros para cima para dar uma olhada melhor, e vejo a sombra de alguém, ou algo, movendo-se por entre o limite das árvores. Segundos depois, desaparece.

Sem pensar mais nisso, mergulho de volta na água. Quando o faço, Jagger enrola seu corpo mais perto do meu, de costas para Neo e Melody. As pontas dos dedos margeiam a borda do meu maiô e meu corpo estremece.

— Jagger, o que você está fazendo?

— Shh... — ele sussurra, os lábios se arrastando pelo meu pescoço,

JOGOS SELVAGENS

chupando e beijando. Arrepios irrompem na minha pele, mesmo sob a água quente.

Lentamente, ele afasta a camada de tecido e desliza a mão por baixo, espalmando minha virilha.

— Jagger — digo seu nome novamente, desta vez em advertência.

— Não fale. Apenas relaxe.

A ponta de seu polegar pressiona meu clitóris, e meu corpo inteiro treme. Um dedo desliza dentro de mim e eu contraio os músculos internos ao redor, sem saber se quero impedir o acesso ou segurá-lo ali.

Uma respiração audível escala por entre meus lábios quando ele adiciona outro dedo, desta vez empurrando mais fundo com o polegar ainda esfregando meu clitóris.

Arqueio as costas, inspirando o cheiro de cerveja e perfume amadeirado emanando de sua pele molhada.

Eu não deveria querer isso. Eu deveria empurrá-lo de volta e zombar dele agora. Mas não o faço porque minha cabeça está em uma névoa e estou sob o feitiço de seu toque.

Descansando a cabeça contra as pedras atrás de mim, fecho os olhos, fingindo que está tudo bem. Isso é normal. Que não é Jagger. Não tenho certeza de quem quero que seja, mas não é ele.

Ele acelera o ritmo, empurrando mais fundo e mais rápido, fazendo com que a água ondule onde seu braço tatuado está submerso.

— Isso é bom, Scar?

Não respondo, mas se fizesse, eu pediria a ele para não falar, porque sua voz só vai arruinar isso para mim.

Ele acrescenta mais um dedo e murmura contra o meu ouvido:

— Você gosta de como meus dedos estão alargando sua boceta apertada?

Okay. Ele pode falar um pouco, porque suas palavras safadas estão tornando isso ainda mais satisfatório.

Abro os olhos para vê-lo me observando. Lambendo meus lábios, aceno com a cabeça.

Quero tocá-lo e ver quão grande ele é, mas também estou lutando para manter isso apenas sobre mim.

Quando meus olhos se fecham novamente, ele enfia os dedos tão fundo que meu corpo retesa e volto a abrir os olhos.

— Olhe para mim, Scar. Quero observar seus olhos quando te fizer gozar.

A maneira como ele diz meu nome desse jeito tão autoritário faz coisas selvagens no meu interior.

RACHEL LEIGH

— Você finge nos odiar porque estamos no controle, mas acho que gosta que lhe digam o que fazer. Isso te excita, não é?

É como se ele estivesse lendo minha mente e isso é assustador pra cacete. Talvez uma parte minha esteja com tesão pelo seu poder, mas não pelo domínio que exerce sobre mim.

Jagger curva os dedos, bombeando-os com constância dentro de mim. Seu polegar golpeia meu clitóris com força, e eu impulsiono os quadris, em busca do atrito. Um gemido sutil escapa por entre meus lábios, e meu olhar se concentra em algo além de seus ombros.

Melody se foi agora, e é apenas Neo sentado lá, nos observando — me observando. Seu braço musculoso está estendido ao lado, sobre as rochas, e o outro submerso. A água ondula ao redor dele, e percebo que ele está se masturbando. Nossos olhares se travam e meu corpo amolece.

Mordo o canto do lábio, com força, tentando não gritar. É impossível, no entanto, e logo gemidos irrompem por causa do olhar lascivo de Neo fixo ao meu. A água ao redor se agita cada vez mais, e sua boca se abre quando ele exala um grunhido arfante. Meu ritmo respiratório está sincronizado com o dele, e tão rápido com começou, tudo cessa.

Jagger retira os dedos da minha boceta e os posiciona sobre seu colo.

O arrependimento me consome, seguido de humilhação. Felizmente, ainda estou muito bêbada, então vou lidar com as consequências amanhã.

Neo se levanta, sorrindo à medida que a água escorre em abundância de seu short.

— Olha só... Os jogos não são tão ruins, não é?

Jagger estende os braços de ambos sobre as rochas e ri. Na verdade, ele gargalha.

Sinto um peso no estômago na mesma hora.

— O que ele acabou de dizer?

Jagger nem sequer olha para mim, apenas olha para frente com um sorriso arrogante no rosto.

— Você o ouviu. Agora vá pegar sua garrafa que joguei fora e volte para o seu dormitório. Está ficando tarde e você tem aula amanhã.

Não.

Engulo a bile subindo pela garganta.

Estou sem palavras. Não consigo nem pensar.

— O quê?

— Será que ele gaguejou, Scar? — Neo reclama. — Tire a bunda da água e volte para o campus. Agora.

JOGOS SELVAGENS

Com a palma da mão aberta, dou um tapa na cara de Jagger.

— Seu idiota do caralho.

Ele nem sequer vacila, apenas range os dentes e estala o pescoço antes de me encarar.

— Só por isso, você pode pegar todas as garrafas e latas. — Ele se levanta e salta por sobre a pedra.

— Não! — esbravejo, agora com o nível da água até a coxa. — Vocês não podem simplesmente me deixar aqui. Eu nem sei para onde ir.

Um animal poderia me comer. Eu poderia me perder e nunca encontrar o caminho de volta. Está escuro. É assustador pra caralho.

— Por favor — imploro —, eu farei qualquer coisa.

Meu corpo congela quando Jagger e Neo compartilham algumas palavras não ditas. Neo finalmente olha para mim, seus olhos brilhando com malícia.

— Qualquer coisa?

Estou desesperada, então digo:

— Sim.

CAPÍTULO TREZE

CREW

Juro por tudo o que é mais sagrado que se Scar não me entregar as malditas chaves antes da aula, vou amarrá-la à cama e destruir seu quarto até encontrá-las.

— Abra. — Bato meu punho repetidamente em sua porta.

— Um segundo. — Ouço a voz de Riley do outro lado.

Abaixo a mão, prestes a perder a paciência.

— Anda logo, porra.

Segundos depois, a porta se abre e fico cara a cara com Riley. Seu cabelo loiro pingando e o roupão rosa amarrado me levam a acreditar que ela acabou de voltar do banho.

Sem dizer olá, abro mais a porta e entro no quarto.

— Onde diabos ela está? — Meus olhos percorrem o espaço, mas ela não está aqui.

— Ela ainda estava no chuveiro quando saí do banheiro. Você quer que eu vá...

Nem mesmo dou a ela a chance de terminar de falar, me virando e saindo apressadamente pelo corredor.

Empurro as duas portas giratórias e entro no banheiro. Duas garotas enroladas em toalhas fogem rapidamente.

— É Crew Vance.

— Ele está no nosso banheiro.

— Cubram suas tetas, senhoras. Garoto na área.

Ignorando os comentários abafados, coloco as mãos em concha em volta da boca e grito "Scarlett", percorrendo o espaço privado das meninas.

Melody sai de uma das cabines do banheiro enrolada em uma toalha branca, com um sorriso malicioso no rosto. Ela estende o braço acima, deixando a toalha cair de seu corpo, mas isso não faz absolutamente nada para mim.

— Agora, o que você está fazendo no banheiro feminino, Crew? — Sua tentativa de flerte é embaraçosa para nós dois. Agora vejo que ela era só uma trepada e acabou.

— Onde está Scar?

A expressão de Melody muda quando ela se inclina e pega a toalha, protegendo-se agora que sabe que não estou interessado no que ela está fazendo.

— Quem?

— Scarlett. Onde diabos está Scarlett?

Não tenho tempo para esta merda. Se Scar não fosse uma merdinha tão intransigente, poderíamos ter evitado isso.

— Esqueça. — Sigo para os chuveiros. — Vou encontrá-la eu mesmo.

Abro cortina por cortina. Os três primeiros boxes estão vazios.

O segundo abriga uma ruiva bonitinha com o nariz salpicado de sardas. Ela solta um grito estridente e tenta se cobrir com as mãos enquanto a água escorre por seu corpo. Eu pisco para ela antes de fechar a cortina.

Finalmente, eu a encontro. Completamente nua sob a água corrente.

— Ai, meu Deus, Crew. Você perdeu a cabeça, porra? — Aponta um dedo para mim. — Saia já daqui.

É estranho para mim que Scar não faça nenhuma tentativa de esconder seu corpo. Não que ela devesse. É um corpo perfeito. Meus olhos desfrutam da vista. Pele leitosa e impecável. Um umbigo delicado com uma pequena pinta marrom ao lado. Auréolas castanho-avermelhadas cercando seus mamilos pontudos. Seios empinados que não são muito grandes e nem muito pequenos. Então vejo algo que gostaria de nunca ter visto, porque nem deveria estar lá.

— Que porra é essa? — Entro no chuveiro, me enfiando debaixo da ducha. agarro seu pescoço e o inclino para o lado. — Quem diabos fez isso com você?

Scar dá um tapa na minha mão e cobre o chupão. Nem é tão forte, mas está marcando sua pele.

— Não é da sua maldita conta — esbraveja. — Agora saia de cima de mim e se manda daqui.

A água espirra do chuveiro, encharcando meu uniforme e o curativo novo em meu braço, mas não dou a mínima. Seguro sua mão e a afasto de seu pescoço, apertando as pontas de seus dedos com brutalidade.

— Foi Jagger, não foi? Ele fez isso?

— Pare com isso! Essa porra dói, seu idiota. Além disso, por que você se importa? Você estava em cima de Hannah de qualquer maneira.

É verdade, eu estava. Porque estava tentando provar para os caras que superei Scar. Eles estão na minha cola, e imaginei que, se me vissem flertando com outra pessoa na frente dela, deixariam de lado essa bobagem de que ainda estou a fim dela.

— Foda-se Hannah. Isso é sobre você e esse chupão no seu pescoço. — Aperto seus dedos com mais força, exigindo a verdade. — Agora me diga quem fez isso, merda!

— Sim! Okay — ela dispara. — Jagger fez isso. Como se você já não soubesse.

Abaixando a mão, cerro os punhos conforme a água continua a escorrer pelo meu corpo.

Eu sei o que aconteceu, porque assisti tudo. Quando aqueles filhos da puta me disseram para pegar as meninas e ir embora, eu sabia que eles estavam tramando algo. Então eu as mandei embora com Melody, quando ela nos perseguiu, e eu me sentei e observei.

A princípio, pensei que ela o impediria. Afinal, esta é Scar. Ela não faz nada a menos que queira. Quando ela não o afastou, eu sabia que ela queria o que ele estava prestes a lhe dar.

Ontem à noite, de trás de uma árvore, observei as mãos de Jagger por todo o seu corpo. Vi a expressão em seu rosto quando ela gozou. Até presenciei Neo se masturbando com a cena. Vi cada segundo daquela merda.

Meu pau se contorcia toda vez que sua boca formava um 'O'. Imaginei seus sucos esguichando na água enquanto ela chegava ao orgasmo, porém em torno dos meus dedos, não dos dele.

Observá-la era sádico, mas gratificante.

Quando cheguei em casa e recostei a cabeça no travesseiro, fiquei ali deitado sozinho com meus pensamentos, paralisado pela memória.

Agora, aqui na frente dela, vejo a prova do que ele fez na porra de seu pescoço. Uma raiva irrompe dentro de mim, uma que temo não poder controlar. Até que essa marca desapareça, é tudo o que verei. Um lembrete constante de que Jagger foi o último a provar sua pele.

Ele – não eu. E não podemos mais compartilhar isso.

Ergo as mãos e agarro o cabelo preto encharcado de Scar. Com seus olhos azuis focados nos meus, puxo seu rosto para mais perto.

JOGOS SELVAGENS

— O que diabos você está fazendo? — Ela me empurra e tenta lutar contra mim, mas eu não a solto.

Nossos lábios colidem conforme ela pragueja na minha boca. Eu a puxo para mais perto, separando seus lábios com minha língua e deslizando-a para dentro, tomando a dela como refém. Inclino a cabeça a induzo a fazer o mesmo.

Eu murmuro contra sua boca, não afrouxando meu agarre:

— Você deixa ele enfiar os dedos dentro de você, mas não pode beijar um velho amigo?

Ela vira a cabeça, cuspindo na parede do chuveiro.

— Você não é meu amigo, Crew. Nunca foi. — Ela cospe um pouco mais, como se minha saliva em sua boca fosse veneno.

— Eu sou tão terrível, Scar? Tanto que você não consegue nem engolir o meu gosto?

Ela estapeia meu rosto.

— Sim. Você realmente é.

Ignorando a ardência, agarro suas mãos e as prendo sobre sua cabeça contra a parede.

— Que pena. — Meus lábios vão direto para seu pescoço, no mesmo local que Jagger chupou na noite passada. Ela se debate, mas assim que consigo uma boa quantidade de sucção, ela se rende. Eu chupo, marcando-a, reivindicando-a.

— Seu otário! Pare com isso!

Assim que sei que cobri o lugar que ele deixou, recuo.

— Que diabos você fez? Você acabou de me dar outro chupão?

— Isso importa? Apenas cobri o que você já tinha.

— Sim, importa! Não quero seus lábios perto de mim. Especialmente depois da *brincadeira* sem-graça que você me fez jogar na outra noite no rio.

— Você está sendo um pouco dramática, Scar. Foi uma simples tática de susto.

— Uma tática de susto? — Ela ri. — É assim que se chama quando você amordaça alguém com os olhos vendados e a joga no rio?

— Jogar no rio? De que diabos você está falando?

— Não se faça de bobo. Você sabe muito bem o que Neo armou na outra noite.

Não. Eu não sabia disso, e agora que sei, estou pau da vida, porque esse não era o nosso plano.

A água esfria e Scar começa a tremer, então enfio a mão por trás dela e desligo a ducha.

— Tudo bem aí? — Uma voz soa de fora da cabine. A voz de Hannah. Eu olho para cima, dizendo em alto e bom tom:

— Estamos bem.

Seus passos suaves se afastam e volto minha atenção para Scar, ignorando sua pergunta.

— Sinto muito pelo que Neo fez. Eu realmente não tinha ideia, e tenho certeza de que Jagger também não, mas por que diabos você deixou Jagger te tocar assim?

Seus olhos me fuzilam, espelhando a mesma indignação que estou sentindo.

— Por que você se importa?

— Responda a porra da pergunta.

Revirando os olhos, pouco depois ela me encara ao sorrir.

— Porque me senti bem. Essa é uma resposta boa o suficiente para você, Crew? Foi bom pra caralho.

Ela está tentando me irritar? Com certeza, parece que sim, mas não está funcionando. Na verdade, de repente, estou com um puta tesão de novo.

Meu olhar desliza para seus seios salpicados com gotas de água, então de volta para sua boca.

— Descreva como foi?

— Eu disse que foi bom. — Observo sua boca enquanto ela fala. A maneira como seus lábios rosados se abrem ligeiramente, a ponta da língua aparecendo de vez em quando.

— Em detalhes. Diga-me como se sentiu.

— Você é perturbado, sabia disso?

Com seus pulsos na palma da minha mão, eu a puxo para frente e a imprenso de volta contra a parede do chuveiro.

— Eu gosto de sofrer. Agora me diga!

— Você já comeu cogumelos, Crew?

— Não — respondo, honestamente. — Mas suponho que você já?

— Uma vez. A sensação foi quase a mesma... Como se todos os meus sentidos fossem hipersensíveis. O cheiro da água em que eu estava submersa, de repente, era um banho cheio de líquido, penetrando a pele e aquecendo minhas entranhas. — Seu tom é provocativo e, subitamente, estou prestando atenção em cada palavra. — O toque de Jagger atormentou cada nervo dentro de mim e meu núcleo chiou com êxtase.

JOGOS SELVAGENS

Contraio os lábios firmemente e fecho os olhos por um momento, perturbado por sua admissão.

Quando ela continua, eu a observo novamente. A luxúria em seus olhos quando ao se lembrar do auge de seu prazer:

— O som da água se movendo cada vez que seus dedos deslizavam para dentro e para fora de mim. Rápido, depois lento, profundo e depois superficial.

— Okay, pare! — deixo escapar. Eu não aguento mais isso. — Simplesmente pare.

Isso é torturante, mas devo adorar torturar minha mente porque meu pau está latejando pra caralho.

— Por quê? — Ela faz beicinho, zombeteiramente. — Incomoda você que outra pessoa tenha enfiados os dedos dentro de mim?

— Cala boca, porra!

Scar ri em deboche e algo dentro de mim arrebenta.

— Foi um jogo — rosno, batendo suas mãos contra a parede. — Foi tudo um maldito jogo. — A veia dilatada em meu pescoço martela com violência. — Eles não tinham o direito!

A expressão de Scar muda rapidamente para uma de terror.

— Eu sei — ela sussurra, baixinho. A percepção do que ela já sabia se mostrando em seu semblante.

Recupero a compostura, afastando os pensamentos irracionais que se atropelam.

Minha cabeça vacila; minha mente ainda agonizando.

— Preciso tocar você, Scar. Eu necessito. Não é um jogo ou parte de algum plano diabólico. Para minha própria sanidade, você tem que me deixar.

— Não — diz ela, sem rodeios.

— Eu tenho que fazer isso. Tenho que apagar as memórias que estão assombrando minha mente. Substituí-las por outra coisa. Ele não pode ser o último. Ele simplesmente não pode.

Observo seu pescoço, vendo a pele manchada subir e descer, e ela engole em seco. Segundos intermináveis se passam. Quase uma eternidade.

— Posso ver que isso está torturando você, então tudo bem. Vou te deixar me tocar, mas você tem que tirar a roupa também. Nada mais justo. Estou pelada. Você tem que estar também.

Não tenho vergonha, especialmente na frente de uma garota que me viu pelado muitas vezes antes.

Solto as mãos dela e começo a arrancar as roupas. Primeiro a camisa, depois a camiseta por baixo. Em seguida, meus sapatos e meias, seguidos pela calça e cueca. Até que estou aqui, completamente nu, com minha ereção apontada diretamente para ela.

— Um segundo — diz ela, estendendo a mão atrás de mim, através da cortina. Quando seu braço se move de volta para dentro, ela está segurando uma toalha. Eu a questiono com as sobrancelhas arqueadas.

Scar envolve o corpo com a toalha e grita a plenos pulmões:

— Senhoras! Entrem aqui!

— Que porra você está fazendo? — Avanço para tomar a toalha dela, mas ela é mais rápida, e nós dois tropeçamos do lado de fora do chuveiro.

— Pessoal, venham olhar isso! — ela grita ainda mais alto.

— Sua puta!

Uma, duas, três meninas correm até aqui. Todas rindo e cochichando enquanto eu me abaixo e pego minha camisa, me cobrindo.

Sorrindo, Scar dá um passo para trás, rindo de seu próprio jogo.

— Você realmente acha que eu deixaria você me tocar de novo?

Ela desaparece à medida que mais garotas aparecem para ver do que se trata o alvoroço.

— Você quer uma mostra? Aqui está um maldito show. — Largo a camisa, estendo os braços e deixo exposto o que todas elas já viram antes.

Quatro das agora cinco garotas me chuparam ou cavalgaram meu pau no ano passado. Vou deixar que todas deem uma última olhada no que elas nunca mais vão tocar.

Assim que as risadas cessam, eu as mando embora dali e pego uma toalha. depois de recolher minhas roupas ensopadas, sigo para o quarto de Scar, envolto em uma toalha que mal cobre minha cintura.

Eu não bato. Aguardo e reflito.

A coragem de Scar, embora irritante pra caralho, é realmente cativante. Uma fuga agradável das garotas que se curvam e levantam suas próprias saias para mim.

Alguns minutos depois, Scar surge em seu uniforme – meias até os joelhos, coturnos pretos, saia xadrez e a camisa polo da BCA. Seu cabelo está repartido no topo da cabeça em dois coques bagunçados e ela está sem maquiagem, como de costume.

Suas sobrancelhas escuras e espessas franzem ao me ver.

— Você já não sofreu humilhação suficiente por alguns dias?

JOGOS SELVAGENS

Quando ela faz menção de dar a volta por mim, enlaço sua cintura.

— Não tão rápido, minha pequena depravada. Vim buscar minhas chaves e não vou embora sem elas.

Eu a empurro de volta para o quarto e fecho a porta atrás de nós, girando a fechadura.

— Agora vá buscá-las.

— Tudo bem — dá de ombros —, eu planejava te entregar de qualquer maneira. — Ela enfia a mão no bolso da frente da bolsa carteiro cruzada sobre o peito e as pega. Como a cadela que é, ela as joga por cima da minha cabeça. — Vá buscar, garoto das toalhas.

Fumegando, atravesso o quarto para pegá-las e permito que ela saia, sabendo que nós dois vamos nos atrasar para a aula se eu não fizer isso. Mais um segundo em sua presença e posso ter o que quero – meu pau em sua garganta e meus dedos enterrados em sua boceta.

Vasculho as gavetas de Scar até encontrar uma grande camisa de flanela e amarrá-la na cintura. Com certeza, vou ser zoado pra caralho pelos caras, especialmente por Neo, já que é para ele que estou ligando para vir me pegar.

CAPÍTULO QUATORZE

SCARLETT

— O que aconteceu com você ontem à noite? Um segundo você estava lá, então desapareceu — pergunto a Riley, assim que ela deixa seus livros na única mesa ao meu lado.

— Foi muito estranho, na verdade. Depois que Crew me fez sair com ele e Hannah, Melody nos encontrou, e ele nos disse para todos caminharmos de volta para os dormitórios. Uma caminhada de vinte minutos no escuro. Foi horrível.

Se Crew ficou nas fontes termais... onde ele estava?

De repente, me ocorre. Era ele nos observando. Eu sabia que tinha visto alguém na floresta, mas pensei que se tratava de um animal, ou talvez fosse Crew com as meninas. Nunca me ocorreu que fosse ele sozinho. Não tenho certeza do porquê ele ficaria para trás, a fim de assistir o que deixei Jagger fazer comigo. Agora faz sentido porque ele estava tão agitado nos chuveiros. Ele estava com ciúmes.

A possibilidade me excita de uma maneira desordenada e masoquista. Espero que tenha sido realmente pura tortura para ele.

— Falando em Crew — Riley começa. — Por favor, me diga que os rumores não são verdadeiros.

— Depende. — Sacudo as sobrancelhas. — Qual você ouviu?

— Ah, não sei. — Ela puxa uma cadeira. — Algo que envolve Crew estar pelado no chuveiro. A fofoca que circula por aí é que ele tentou te estuprar. Diga-me que não é verdade.

Começo a rir dessa besteira.

— Não, Crew não tentou me estuprar.

— Bom. Porque ele realmente parecia meio fofo ontem à noite, quando se despediu de nós. Não agiu como um idiota. Ele foi apenas...

simpático. Não se preocupe, eu não gosto mais dele. Só o vi sob uma ótica diferente, eu acho.

— Crew é muitas coisas, mas um cara legal não é uma delas.

— Talvez não. Mas, tipo, as pessoas mudam. Talvez haja uma garota por aí que possa torná-lo uma pessoa melhor.

Eu balbucio, olhando para o meu livro aberto de história do mundo.

— Se eu ganhasse um centavo para cada vez que ouvisse uma garota dizer isso sobre qualquer um desses três caras...

Ela me lança um olhar realmente estranho. Olhos arregalados e meio deslumbrados.

— O quê? Por que você está me olhando assim?

— Não sei. Eu estava apenas pensando que talvez uma garota como você pudesse...

— Pare por aí. — Ergo a mão. — Isso nunca vai acontecer. Eu não me apaixono por idiotas, e Crew é incapaz de ser uma boa pessoa. Não mais.

— Mas ele já foi, é o que você está dizendo?

Meu olhar vazio continua focado no meu livro, conforme penso na época em que Crew era diferente.

— *Não me importo com o que eles dizem, Scar. É isso que quero. Eu te quero.*

— *Você tem certeza? Você arriscaria sua amizade com Neo e Jagger só por nós?*

Crew me puxa para baixo até que eu me sente em seu colo. Seus olhos verdes-esmeralda cravados nos meus, profunda e apaixonadamente. Posso ver a verdade neles, eu me vejo. Eu nos vejo.

— *Você está brincando comigo? Eu arriscaria tudo por você. Sabe de uma coisa?* — *Ele sorri, ansioso.* — *Foda-se. Vamos fugir juntos. Você e eu. Podemos sair dessa merda e deixar a Sociedade para trás.*

Dou risada porque sei que ele está brincando.

—*Você está brincando, certo?*

— *Parece que estou brincando?*

Não. Realmente não parece. Mas eu gostaria que ele estivesse, porque então eu não consideraria a possibilidade.

— *Para onde iríamos?*

— *Não sei. Nova York ou para as praias de Nantucket. Foda-se, eu nem me importo. Eu iria a qualquer lugar com você.*

— *Temos apenas dezesseis anos. Seríamos loucos de fugir juntos.*

— *Estou louco. Você me deixa louco, Scar. Se não estou com você, não consigo comer, não consigo dormir. Você consome todos os meus pensamentos.*

— *Que tal isso?* — Passo meus dedos por seu cabelo bagunçado pós-sexo. — *Depois que você se formar na BCA e eu terminar a escola pública, se você ainda me amar, vamos para tão longe quanto você quiser ir.*

— *Se? Eu nunca vou parar de te amar, Scar. Você é a razão pela qual eu continuo neste mundo fodido.*

No dia seguinte àquela conversa, Neo e Jagger invadiram a cabana e nos encontraram nus em frente à lareira da sala.

Eles afastaram Crew e fizeram ou disseram algo que erradicou todos os planos que já tivéssemos feito.

— Sim — digo a Riley, levantando a cabeça para olhar para ela. — Crew já foi um cara legal.

A hora do almoço chega rápido demais. Não que isso importe. Eu vi os caras em cada uma das minhas aulas hoje – o que tenho certeza de que foi orquestrado –, então me sentar ao lado deles na hora do almoço não deve ser um problema.

Não sou de desistir de um acordo, mesmo que seja com os reis das trevas e da desordem.

De todas as coisas que eles poderiam ter negociado, eles concordaram em me dar uma carona para casa ontem à noite, desde que eu almoçasse com eles no próximo mês inteiro. Estaremos apenas comendo em silêncio, então eu concordei. Isso me salvou de acabar perdida na floresta.

— Por aqui. — Riley acena em direção a uma mesa cheia de meninas, com a bandeja na mão.

Eu olho à esquerda e vejo Neo e Jagger me encarando enquanto Crew entorna uma caixinha de leite com o tampo arrancado.

— Na verdade, acho que vou me sentar ali. — Gesticulo em direção aos caras.

Riley dá uma gargalhada.

— Você não está falando sério, né?

Lentamente, assinto, franzindo os lábios. *Eu gostaria de não estar.*

— Você... quer que eu me sente com você?

— Não. Tudo bem. Vá em frente e sente-se com suas amigas. Vou comer rápido e me juntar a você em breve.

— Olha, Scarlett... Se for sobre ontem à noite. Me desculpe por não ter defendido você com os caras ou me despedido antes de sair de lá. É só que não consigo enfrentá-los, sabe?

— Não, Ry. Não é isso. Eu não culpo você de forma alguma. Eu sei como eles são. Só tome cuidado com eles, porque eles sabem que você nunca vai enfrentá-los, o que significa que eles vão tirar vantagem se você permitir.

— Claro. O mesmo vale para você, certo?

Estou tentando. Estou realmente tentando mostrar a eles que não vou me acovardar.

— Sim. Eu sei — digo, em tom tranquilo.

Riley se aproxima e sussurra:

— Eles não estão ameaçando você, estão?

Eu olho para os caras – dois dos três ainda me observando atentamente – antes de voltar minha atenção para Riley.

— Será que importaria se estivessem? Quero dizer, eles são os líderes deste lugar. Não há muito que alguém possa fazer sobre isso.

Riley acena com a cabeça em resposta.

— Acho que você está certa.

Dou um sorriso tenso para ela antes de me virar para os caras.

Crew está enfiando uma garfada de peru com molho na boca quando seus olhos se erguem.

— O que diabos ela está fazendo aqui? — ele pergunta, de boca cheia.

Coloco minha bandeja na mesa redonda e puxo uma cadeira. Os assentos ao meu lado estão vazios, e os três estão sentados juntos à frente.

— Ela vai comer conosco por um tempo — Neo diz a ele.

— Por quê? — Crew sonda, lentamente, enfiando o garfo na comida.

— Porque nós pedimos a ela — Jagger entra na conversa.

Reviro os olhos, cutucando minha salada. Meu apetite sumiu de repente, mas sei que vou me arrepender mais tarde se não comer.

Desde ontem à noite, o peso em meus ombros se tornou um pouco mais intenso, e é mais difícil manter a cabeça erguida. Eu me sinto mal com o que permiti acontecer. Estou mais chateada comigo mesma do que com eles. Eu deveria ter pensado direito.

Agora estou sentada aqui como um ratinho enquanto eles, provavelmente, estão se divertindo com a minha humilhação. Não me surpreenderia se eles estivessem se masturbando debaixo da mesa.

Eu não levanto o olhar. Nem a cabeça. Enquanto eles conversam sobre o infortúnio do banho, apenas como e finjo que eles não estão ali.

Uma, duas, três mordidas na salada antes de me lembrar de que não estou sozinha.

— Então, Scar. Vamos ouvir o seu lado da história — Jagger diz, sorrindo. — O que realmente aconteceu nos chuveiros hoje?

Reprimindo o sorriso, dou outra mordida.

— Pergunte ao Crew. Ele vai te dizer.

— Ele alega que você se jogou pra cima dele e caiu de joelhos, implorando por um pau em sua boca.

Meu lábio superior se contorce.

— Sério, Crew? Você acha mesmo que alguém acreditaria nessa mentira deslavada?

Sua boca se abre em um sorriso e ele gira os ombros.

— O que posso dizer? Sou um bom partido.

Começo a rir na mesma hora.

— O único jeito de você ser visto como um bom partido é se a garota quiser pegar uma doença venérea.

— É melhor calar a boca antes que eu te cale com meu pau! — Crew esbraveja.

Jagger ri junto comigo enquanto Neo fica sentado me observando, olhos entrecerrados, lábios contraídos.

Ele é um leão observando sua presa. Como se estivesse esperando a oportunidade de me atacar e me rasgar em pedaços.

Não querendo cavar um buraco mais fundo com esses caras, volto a comer. Crew afastou sua comida, provavelmente acariciando seu ego maltratado. Neo não tem comida, o que não me surpreende, já que ele não come na frente das pessoas. Quando tínhamos cerca de treze anos e estávamos em um jantar, Neo foi pegar um pãozinho e seu braço esbarrou em uma garrafa de vinho tinto, derrubando a bebida toda na mesa. Sebastian – seu pai, e também um idiota pomposo – ficou furioso. Humilhou Neo na frente de todos, em seguida, enviou-o para o seu quarto para o resto da noite. Na época, eu me senti supermal por ele. Depois disso, notei que ele se recusava a comer em qualquer evento. Sempre deduzi que fosse por isso, mas posso estar errada.

JOGOS SELVAGENS

— Talvez queira retocar um pouco melhor a maquiagem sobre o hematoma duplo em seu pescoço — diz Crew, rompendo outro delicioso momento de tranquilidade. — Ainda consigo ver.

— Obrigada pelo conselho. Posso oferecer o mesmo? Seu olho roxo parece terrivelmente amarelo. Ah — instigo —, como está seu braço?

Suas narinas inflam do outro lado da mesa.

— Cadela.

Eu respondo:

— Idiota.

— Bem, Scar. — Desta vez é a voz irritante de Neo que chega aos meus ouvidos conforme ele tamborila os dedos na mesa, recostando-se em sua cadeira como um rei. — Você sabe que vai ter que pagar pela façanha de hoje, a que fez mais cedo com Crew. Não podemos permitir que você zombe dos Ilegais. Que mensagem isso enviaria aos outros alunos?

Uma mensagem de que não há problema em se defender. Isso, sim, é uma ideia.

— O que vocês acham, pessoal — Neo continua —, tirar a roupa dela e algemá-la na placa em frente ao Poleiro dos Urubus? Tenho certeza de que os caras do dormitório vão se divertir com isso.

— Cale a boca! — disparo, agora olhando para Neo. Eu abaixo meu garfo, nem mesmo percebendo que o estava segurando como uma arma.

Os olhos de Neo se arregalam, atordoados com minha explosão. Como se eu fosse a primeira pessoa a enfrentá-lo. Quando olho ao redor do refeitório, percebo que todos estão me observando.

Respiro fundo, abaixo a cabeça novamente e volto a comer. Assim que enfio uma garfada de alface na boca, meu prato sai voando da mesa, caindo no chão.

Fecho os olhos, e quando os abro, travo a mandíbula, lentamente virando a cabeça para onde Neo está parado sobre mim.

— Por que diabos você fez isso?

Ele esmurra a mesa, no exato local onde meu prato estava.

— Levante-se!

Falo devagar, como se cada palavra fosse sua própria frase:

— E. Se. Eu. Não. Quiser?

Ele olha para mim, a veia em seu pescoço latejando.

— Ah, você vai.

Meus olhos viajam para seus punhos cerrados ao lado.

— Tudo bem — digo, à queima-roupa, antes de empurrar minha

cadeira para trás. Os pés se arrastam pelo piso de mármore, provavelmente atraindo mais atenção para nossa mesa. Quando me levanto, cruzo os braços e me posto diante de Neo.

— De joelhos — ele esbraveja, com autoridade.

— Ah — eu rio, rompendo o contato visual com ele —, isso eu não vou fazer.

— Eu disse, de joelhos!

O som da cadeira de Crew, assim como a de Jagger, deslizando para trás chama minha atenção. Com passos pesados, Crew caminha em nossa direção.

— Eu cuido dela — ele diz, esbarrando o ombro ao de Neo ao passar e parar diante dele.

— Sente sua bunda. — Neo o empurra para o lado. — Eu tenho isso sob controle.

Algo em Crew se rompe. Suas mãos se flexionam e ele estala os dedos, o queixo apontado para Neo. Então, de repente, Crew empurra Neo, fazendo-o recuar alguns passos.

Dou um passo para trás, saindo da linha de fogo.

Jagger corre, pronto para intervir se necessário, assim como alguns outros caras que não conheço.

— Qual é a porra do seu problema? — Neo rosna, espalmando a mão no peito de Crew.

— Você é a porra do meu problema. — Crew estufa o peitoral contra o de Neo, seus narizes quase grudados. — Você e ele. — Aponta um dedo para Jagger.

— O que está acontecendo? — Riley pergunta, aparecendo do nada. — Você está bem?

—Sim — assinto, observando os caras —, estou bem.

Eu deveria ir embora.

— Nós devemos ir. — Seguro a mão de Riley e tento passar pelos garotos.

— Não tão rápido. — Neo estende a mão, agarrando meu braço livre. — Ainda não terminamos aqui.

Sinto o sangue drenar do meu rosto. Esta não é uma situação em que eu gostaria de estar. Não interfiro quando se trata de amigos, especialmente este grupo de amigos.

— Hammond — Jagger grita —, venha aqui e limpe essa bagunça. — Ele examina a multidão em busca de outra pessoa antes de dizer: — Andy,

JOGOS SELVAGENS

compre um novo almoço para Scarlett.

Andy levanta os óculos, cruza as mãos e se inclina para perto de mim.

— Seria uma... salada do chef, ou mista?

— Está tudo bem, Andy. Não...

Sou rudemente interrompida por Jagger:

— Qualquer porra de salada. Apenas vá buscá-la!

Andy se sobressalta e depois sai correndo enquanto Victor Hammond pega alface e pepinos do chão com as próprias mãos.

Neo olha furioso para Jagger.

— Que diabos está fazendo?

Jagger se aproxima de Neo, que ainda está quase coagulando o sangue do meu braço.

— Vocês dois estão nos fazendo parecer fracos — ele resmunga. — Lidem com isso em outro lugar e eu vou lidar com a punição de Scar, porra.

Neo pensa por um momento, então, por fim, me solta.

— Certo. Tire ela daqui enquanto eu me resolvo com esse imbecil — diz ele, referindo-se a Crew.

Jagger segura minha mão, levando-me pelo corredor. Enquanto caminhamos, olho por cima do ombro para Crew e deparo com seu olhar fixo em mim. Ele está se comportando como se eu tivesse feito algo errado. Foi ele quem perdeu a cabeça quando Neo começou a berrar ordens para mim.

CAPÍTULO QUINZE

CREW

— No pátio! Agora! — exclamo para Neo. Empurrando por entre a multidão reunida à nossa volta, saio pelas portas duplas do refeitório para o pátio, onde alguns alunos estão almoçando.

Assim que o ar fresco atinge meu rosto, inspiro fundo e sigo andando, trabalhando mentalmente a raiva que está me consumindo.

Neo sai segundos depois, fumegando, em um estado muito parecido ao meu.

— Todos, vazem daqui! — diz ele aos estudantes que estão almoçando aqui fora.

A maioria deles arruma suas coisas para ir, mas um casal olha ociosamente para Neo.

— Agora! Vão comer a porra da sua comida em outro lugar. — Esses últimos rapidamente pegam suas coisas e se mandam.

Assim que estamos sozinhos, o punho de Neo pousa no meu ombro, não com força, mas me irrita o suficiente para girar e enfrentá-lo.

— Coloque as mãos em mim de novo, seu filho da puta, e veja o que acontece.

— Cara, relaxa, porra. O que está rolando?

— Você! Ele! Ela! É como se eu fosse uma piada do caralho para todos vocês —digo as palavras que eu deveria ter dito há muito tempo.

— Olhe a maneira como você está se comportando. Isso é uma piada do caralho.

— Sério? Isso tudo é uma piada pra você, porque é sério para mim. Você e Jagger planejando toda essa merda pelas minhas costas. Assim como ontem à noite. Você me mandou dar o fora dali para me divertir, depois fodeu com ela sem sequer me consultar.

— Acho que perdi a parte em que deveria pedir sua aprovação. — O sarcasmo em seu tom me enerva.

— Somos um time, porra. Você, eu, Jagger. Ultimamente, porém, é você e ele, e estou sendo deixado de escanteio. Assim como aquela merda no rio. Você nunca deveria tê-la empurrado. Era para ser apenas uma tática de intimidação. Você poderia tê-la machucado de verdade.

— Ela ficou bem. — A maneira como ele está minimizando a situação é perturbadora.

— Desta vez. E da próxima?

— Seja sincero comigo, Crew. Não se trata de deixarmos você de fora. Isso é sobre ela. Você não gosta da ideia de alguém foder com ela além de você.

É verdade, eu não gosto. Scar foi minha primeiro. Eu a vi primeiro, eu a toquei primeiro, e diabos me carreguem se esses caras vão me afastar como se ela pertencesse a eles agora.

— Você sabe de uma coisa? Talvez eu não goste. — Eu o encaro ao dizer a verdade. — Você e Jagger me acusaram de traidor por ficar com Scar. Você agiu como se eu estivesse traindo Maddie, mas Maddie já havia partido. Ela ainda pode estar aqui, mas ela se foi, Neo.

Neo me lança um olhar furioso, me empurrando alguns passos para trás.

— Nunca mais diga isso, porra. Maddie ainda está aqui. Ela sempre estará aqui.

Péssima escolha de palavras, mas ainda é a verdade.

— Você esperava que eu mantivesse um relacionamento com ela para sempre? Devo esperar por ela, pelo quê? Melhorar? Porque ela não está melhorando, Neo.

— Não! O que quero é respeito pela minha irmã gêmea. A menina que sempre esteve ao nosso lado enquanto crescia. Ela era uma de nós até Scar começar a afastá-la.

Neo nunca gostou de Scar, porque sentia que ela estava sempre tentando tirar Maddie de nós. Em pouco tempo, ele também nos convenceu disso, e seguimos seu exemplo.

— Eu sabia que Maddie amava você quando ela tinha apenas nove anos. Eu não queria, mas aceitei. Você era a porra do meu melhor amigo, Crew. Eu aprovei porque sabia que você a trataria bem. Talvez tenha forçado a barra um pouco demais só para fazê-la feliz, mas ela é minha irmã. Porra! — Ele segura a cabeça, puxando seu cabelo com força. — Ela é a porra da minha irmã, e é a única pessoa que eu amo neste maldito mundo.

— Eu sei, cara. Eu sei. Eu também amo Maddie.

— Não do jeito que ela amava você. Você não perdeu tempo depois do acidente dela para ficar com a melhor amiga dela; a garota que fez uma lavagem cerebral em Maddie, fazendo-a pensar que os Sangues Azuis não passam de idiotas autoritários. Que nossas regras são estabelecidas simplesmente para controlar os membros. Scar convenceu Maddie a não frequentar a Boulder Cove Academy e, em pouco tempo, ela a teria convencido a deixar a Sociedade completamente. E aqui está você ainda sentindo pena dela.

— Você não acha que é um pouco hipócrita os dois me criticarem por dormir com ela quando você rasteja por entre as pernas dela na primeira oportunidade?

Ele fica quieto por um segundo, me observando e balançando a cabeça sutilmente.

— Há uma grande diferença entre o que estamos fazendo e o que você fez.

— Ah, é mesmo? — instigo. — E qual seria?

— Sentimentos, Crew. Você tem sentimentos por ela. Nós não. — Ele dá um tapinha no meu peito e se vira para ir embora.

— Droga! — Inclino a cabeça para trás, encarando as nuvens no céu.

Não sei mais o que fazer. Fiz tudo o que me pediram, mas ainda não conquistei de volta a confiança deles. Eu me convenci de que a odeio. Até interpretei esse papel. Só não tenho certeza de quanto tempo mais posso fingir que não me importo.

JOGOS SELVAGENS

CAPÍTULO DEZESSEIS

SCARLETT

— Você tem certeza de que não está com fome? — Jagger pergunta, segurando o saco de papel com a minha salada.

Eu nego com um aceno de cabeça, tentando entender tudo. Crew e Neo provavelmente estão se matando no refeitório agora, por razões que desconheço. Jagger me tirou dali como um cavaleiro de armadura brilhante. Mas Jagger não é um cavaleiro. Então, por quê? Por que ele está andando casualmente ao meu lado pela trilha e sendo tão legal?

— Podemos acabar com isso — digo a ele. — Me dê logo o meu castigo para que possamos voltar às aulas.

Ele olha para mim, com um sorriso se alastrando pelo rosto.

— Na verdade, tenho uma ideia melhor. E se matássemos a segunda metade das aulas e eu te levasse para um dos meus lugares favoritos?

Franzo o cenho, olhando de soslaio para ele.

— E por que você faria isso?

Ele dá de ombros.

— Não sei. Com todo esse caos, acho que pensei que seria bom fugir por um tempo.

Eu paro de andar, sentindo que isso é algum tipo de armação.

— Qual é a real, Jagger? Nenhum de vocês faz nada de bom sem um custo. Para não mencionar, seus amigos não ficariam muito felizes se você fosse algo menos do que monstruoso para mim. Então, o que você realmente está fazendo?

Suas mãos se erguem em rendição.

— Sem pegadinha. Sem jogos. Apenas uma oferta genuína para escapar da loucura da BCA por uma tarde.

Depois de um momento de reflexão, balanço a cabeça e me viro para voltar para a escola.

— Não acredito. Se você não vai me punir por enfrentar Neo, então vou voltar para a sala de aula.

As folhas se esmagam sob minhas botas, mas é o único som. Quando olho por cima do ombro, vejo Jagger ainda de pé no mesmo lugar em que o deixei.

— O que você está fazendo?

— Volte para a aula. Se os caras perguntarem, fiz você comer sua salada do chão ou algo assim. — Ele joga a sacola e eu a pego no ar. Jagger se vira e continua subindo a trilha, para longe do campus principal.

— Aonde você está indo? — grito para ele, sem saber por que me importo.

Jagger faz um giro de cento e oitenta graus e caminha de costas. Com as mãos erguidas, ele diz:

— Eu te disse. Um dos meus lugares favoritos. — Sorri, enviando uma descarga de adrenalina por todo o meu corpo, e eu me pego sorrindo de volta.

Segundos depois, ele desaparece numa curva acentuada na trilha.

Estou voltando calmamente, ciente de que já estou atrasada para a aula de cálculo. Meus braços sacodem a sacola em uma mão enquanto observo meus pés na trilha. As folhas estão mudando para uma mistura de cores – amarelos, vermelhos, laranjas. Muitas secaram e caíram e agora cobrem o caminho. Com todo o tráfego de pedestres, elas se condensam à terra e rocha. O outono sempre foi minha época favorita do ano e não posso deixar de me sentir animada com a próxima estação. É louco como é só o primeiro dia de aula e já tem um friozinho no ar. Em casa, as aulas começam na semana anterior ao Dia do Trabalho. Na Academia, não começamos até uma semana depois. Não estou reclamando desse aspecto. Um ano letivo mais curto é, definitivamente, uma vantagem.

Ainda não consigo acreditar que Jagger preparou esse almoço para mim. Levantando a sacola, desdobro o papel pardo e espio dentro para encontrar uma salada em um recipiente para viagem – de acordo as exigências que fez para Andy.

Abaixo do recipiente há um guardanapo que chama minha atenção. Não é o guardanapo que me faz vasculhar o saco; é o que está escrito nele.

Paro de andar e puxo o recipiente, enfiando-o no braço para liberar as mãos. Quando pego o guardanapo, meu coração quase salta pela boca. Escrito em marcador vermelho-sangue estão as palavras: SE VOCÊ PENSA QUE ISSO É UM JOGO, VOCÊ ESTÁ MUITO ERRADA!

JOGOS SELVAGENS

Bem quando pensei que Jagger estava sendo civilizado, lembro-me do porquê não posso confiar em nada que esses caras façam ou digam.

Meus olhos disparam do guardanapo quando o som de folhas sendo esmagadas ressoa aos meus ouvidos.

— Quem está aí?

Olho para a esquerda, para a direita e depois por cima do ombro, não encontrando ninguém à vista, mas ainda ouço o ruído.

— Olá — digo mais alto, colocando o recipiente e o guardanapo de volta na sacola.

O som vem de algum lugar atrás de mim, então eu me viro.

Nada.

Há um ruído à esquerda, então giro novamente.

Nada ainda.

— Sei que tem alguém aí.

Um som familiar ressoa em meus ouvidos. Sou eu. Ou minha voz, pelo menos.

— *Um pacto, então. Nunca frequentar essa abominação. Estamos no controle de nosso próprio destino. Foda-se a Boulder Cove Academy e foda-se a Boulder Cove University.*

Meu estômago dá um nó ao ouvir a gravação sendo tocada na floresta.

— *Nova York, aqui vamos nós* — Maddie cantarola, alegremente.

Lágrimas se formam nos cantos dos meus olhos. A voz dela. Sua voz meiga e bonita.

— Por que você está fazendo isso? — grito, acima do barulho.

— *Que tal uma promessa de dedo mindinho?* — A gravação continua. — *Se formar na Essex High e ir para Nova York para perseguir nossos sonhos.*

— Pare com isso! — berro. — Não é engraçado.

Esses caras, de todas as pessoas, sabem o quanto dói que ela não esteja aqui. Ela está presa naquela clínica, incapaz de acordar. Por que eles me torturariam com a voz dela? Por que torturariam a si mesmos?

A gravação para, mas eu não. Jogo o saco de papel pardo nos arbustos da trilha e meus pés se movem o mais rápido que podem.

— Onde você está, idiota? Mostre sua maldita cara!

Contorno as árvores, entrando e saindo por entre elas, passando por trilhas que se cruzam. Eu me movo pela floresta rapidamente, seguindo o som das folhas esmagadas.

— Apenas desista agora! Eu vou te encontrar!

Meu coração está martelando no peito e estou à beira de um colapso. De todas as coisas cruéis que eles poderiam fazer para me atormentar, eles têm que usar minha melhor amiga assim? Pegar uma conversa particular e tocá-la em voz alta, para quê? Me machucar? Me fazer sentir algum tipo de culpa por estar aqui quando prometi que não viria? Tem que ser Crew ou Jagger. Não há nenhuma maneira de Neo usar Maddie dessa maneira.

Estou no meio da floresta quando diminuo a velocidade para recuperar o fôlego, ouvindo atentamente qualquer som que me diga para onde eles podem ter ido.

Curvada, apoio as mãos nos joelhos, os olhos fixos no chão.

Nada.

Eu me viro para voltar para a trilha.

Ou era para esse lado? Eu me viro novamente.

Ah, não.

O pânico se instala conforme giro várias vezes, tentando descobrir para onde devo ir.

Minha frequência cardíaca dispara, a respiração se torna ofegante.

Esquerda. Tenho certeza de que tenho que ir para a esquerda.

Eu continuo andando, esperando ter feito a escolha certa.

Os segundos viram minutos. Minutos se transformam em uma hora. Estou com sede, estou sozinha e estou começando a ficar com medo.

A esta altura, a única maneira de sair daqui é gritando por socorro e torcer para que alguém me ouça.

— Olá! Alguém pode me ouvir?

Grito mais alto.

— Alguém, por favor! Acho que estou perdida!

Quando ninguém aparecer para me resgatar, eu me sento ao lado de uma moita, joelhos dobrados e comprimidos ao peito.

— Por que isto está acontecendo comigo? — grito, lágrimas escorrendo pelo meu rosto. Eu as afasto agressivamente, tentando ser forte, mas como posso quando me sinto tão fraca?

Fico ali sentada pelo que parece uma eternidade quando ouço alguma coisa e viro a cabeça para a direita.

— Olá? — eu chamo.

Mais folhas sendo esmagadas. Dou um pulo, rezando para que não seja um animal.

— Tem alguém aí?

JOGOS SELVAGENS

— Jesus, Scar. — Jagger surge do nada. — O que você está fazendo aqui?

— Eu me perdi. — Olho para ele, confusa. — O que você está fazendo aqui?

— Eu estava voltando de Eldridge Park e ouvi você gritando, então segui o som de sua voz. — Ele se agacha ao meu lado, ainda em seu uniforme escolar. — Pensei que você tivesse voltado para a aula.

— Não brinque comigo, Jagger. Eu sei que foi você.

— Eu o quê?

Espalmo as mãos em seu peito e o empurro, quase o derrubando; no entanto, ele se apoia em uma mão. Assim que me levanto, ele faz o mesmo.

— Eu sei que você esteve aqui o tempo todo. Provavelmente deve ter rido pra caramba. Onde estão os outros? — Olho em volta. — Hein? Eles estão aqui também?

— Não sei do que você está falando, Scar. Fui a Eldridge Park logo depois que deixei você e estava voltando agora.

— Mentira! Não acredito em uma maldita palavra do que você diz. — Passo por ele e começo a caminhar pelo matagal, sem saber se estou indo no caminho certo ou não.

— Eu não estou mentindo pra você. Eu realmente estava no parque. Se você não acredita em mim, vou te mostrar.

Ele tenta segurar minha mão, mas eu me afasto antes mesmo que ele possa me tocar.

— Não! — exclamo. — Não me toque. Não fale comigo. Apenas me leve para fora daqui, e então fique bem longe de mim!

— Tudo bem — diz ele, baixinho, apontando para a direita —, vou tirar você daqui.

Com meu orgulho ferido, sigo atrás dele. Eu não deveria confiar que ele está me levando na direção certa, mas não tenho escolha, a menos que queira ficar presa aqui a noite toda.

Estamos caminhando em silêncio quando decido falar:

— De todas as coisas que poderia fazer para me sacanear, você tinha que tocar aquela gravação, não é?

Jagger vira a cabeça quando passa por cima de um galho em nosso caminho.

— Que gravação?

— Você sabe exatamente qual gravação. Pare de negar e apenas me diga por que você fez isso.

— Eu realmente não tenho ideia do que você está falando. Alguém fez alguma coisa com você aqui?

Eu corro até ele e o agarro pela parte de trás da camisa, impedindo-o de seguir adiante.

— Você sabe que algo aconteceu. Agora me diga por quê?

— Droga, Scar! — Ele agarra meus ombros. — Eu não sei do que diabos você está falando, então se algo aconteceu, me diga, porra.

Ele soa tão convincente que quase acredito nele.

— No saco da salada que você me deu, havia um bilhete. Você está me dizendo que realmente não teve nada a ver com isso?

Ele olha por cima do meu ombro, encarando o vazio como se estivesse tentando se lembrar de alguma coisa.

— Um bilhete? — Jagger balança a cabeça. — Eu não deixei bilhete nenhum. Talvez tenha sido Andy. Foi ele quem pegou o saco de papel pardo no refeitório.

— Por que Andy, alguém que nem conheço, me deixou um bilhete dizendo *"Se você pensa que isso é um jogo, você está muito errada"*?

Ele abaixa o queixo.

— O bilhete dizia isso?

— Sim, dizia. E logo depois que eu li, alguém tocou uma gravação aqui através de um alto-falante. Uma gravação minha com Maddie, onde estávamos fazendo uma promessa de nunca vir para cá.

Jagger parece perplexo, o que me deixa muito confusa.

— Isso não faz o menor sentido. Nunca discutimos nada do tipo.

— Bem, se você está me dizendo a verdade, parece que seus amigos o deixaram de fora.

— Não — ele resmunga —, não, eles não fariam isso. Neo e eu nos consultamos sobre tudo, e não havia nada disso no plano.

— E Crew?

— Crew está... — Ele para. — Não. Ele também não faria essa merda. Não se envolvesse Maddie.

— Então você espera que eu acredite que outra pessoa, que sabe sobre minha promessa a Maddie, veio aqui para me foder comigo sem um bom motivo?

— Não sei no que você deve acreditar, porque não sei o que diabos está acontecendo. Vou perguntar aos caras, mas duvido que tenham sido eles. Com certeza, não fui eu.

Estou mordendo meu lábio inferior com força, observando-o em busca

JOGOS SELVAGENS

de qualquer prova de que ele está dizendo a verdade, mas meu instinto ainda não me deixa acreditar nele.

— Eu não me importo com o que você diz. É muito coincidência. Você estava lá, daí sumiu. Eu me perdi e você me encontrou. Qual é, Jagger... Você acha que sou burra?

— Não. Para dizer a verdade, acho que você é muito esperta. — Ele segura minha mão e me puxa pelo caminho, apertando meus dedos com força. Tento acompanhar seus passos, mas ele está andando muito rápido.

— Me solta!

Ele não para, porém, e menos de um minuto depois, depois de percorrermos um longo caminho por entre as árvores, paramos no alto de uma montanha bem em frente a uma roda-gigante e um descampado.

— Uau — digo, contemplando a visão adiante —, que lugar é esse?

— Eldridge Park. Bem, o que sobrou dele.

Lá embaixo há um espaço aberto coberto por ervas daninhas e vegetação. A apenas alguns metros de nós se encontra uma velha roda-gigante tombada contra a encosta da montanha. Parece ter cerca de cinquenta anos, com mais de uma dúzia de cabines balançando ao vento, todas desbotadas, mas ainda mostrando um toque de suas cores pastel originais. Se eu estendesse a mão o suficiente, poderia tocar uma delas.

Olho para Jagger, que está me observando.

— É aqui que você estava?

Ele balança a cabeça em concordância.

— É meio que meu lugar secreto, então não compartilhe com ninguém. Meu pai me contou sobre isso quando eu era criança. Ele e minha mãe costumavam vir aqui para fugir da loucura da escola. Agora, gosto de vir aqui para fugir.

Okay. Então talvez não fosse uma coincidência cósmica ele estar aqui. Jagger disse que estava indo para seu lugar favorito, que fica a uma curta caminhada de onde me perdi. Não havia como ele saber que eu tentaria perseguir o cretino que tocou aquela gravação pela floresta.

— Vamos — diz Jagger, apontando para a roda.

— Tá brincando, né?

— Parece que estou brincando? — Ele estende a perna e apoia o pé na armação metálica, mantendo o outro ainda em solo firme.

Quando não reajo, ele abaixa o corpo e agarra uma barra acima dele, se balança até uma das cabines.

Com as mãos erguidas e segurando uma barra, os pés tocando outra, ele levanta o queixo.

— Apenas continue.

— Você está louco se pensa que estou prestes a pular nessa coisa todo detonada.

— Você que sabe — diz ele, entrando em um dos carros.

Parece bastante fácil. A cabine em que Jagger se encontra não é tão longe. Eu provavelmente poderia fazer isso sem despencar para a morte. Só não tenho certeza de quanta fé quero colocar na estabilidade dessa coisa. É velha e, obviamente, já tombada há muito tempo contra a lateral da montanha. Uma dessas barras poderia quebrar e nós cairíamos no chão.

Jagger ergue os pés e tira um cigarro de trás da orelha. Eu nem sabia que ele fumava. Faz tanto tempo que só enxergo Jagger como um babaca, que é bem possível que eu nunca tenha prestado atenção.

Quando o cheiro se infiltra em meu nariz, percebo que não é um cigarro, e, sim, um baseado.

Ele dá um trago, soprando uma baforada antes de dizer:

— Tenho que dizer, Scar. Nunca pensei que você fosse uma completa covarde.

— Covarde, hein? — Dou um pequeno passo à frente, observando o percurso.

— É o que estou dizendo.

Eu o fuzilo com o olhar conforme ele dá outra tragada, exalando uma nuvem de fumaça.

Na beirada da montanha, estendo as mãos e agarro a estrutura de ferro.

Jagger abaixa os pés, se levanta e pressiona as mãos nas laterais do carro.

— Devagar e com calma. Você consegue.

— Jura? — zombo. — Segundos atrás eu era uma covarde.

Pisando um pé de cada vez, seguro a barra acima da cabeça e balanço o corpo para dentro da cabine. Um olhar para baixo e meu coração dispara.

— Puta merda. — Expiro com força.

— Muito bem — diz Jagger, torcendo por mim.

Quando estou perto da cabine, agarro a borda e seguro a mão de Jagger. Ele me puxa e eu imediatamente caio sentada no banco.

Com a cabeça recostada na estrutura, encaro o céu aberto.

— Não acredito que acabei de fazer isso.

— Eu acredito. Você é mais durona que metade dos caras que conheço.

JOGOS SELVAGENS

Entrecerro os olhos e expiro audivelmente.

— Isso é um elogio ou um insulto?

Jagger se senta ao meu lado, com as pernas abertas, a mão pendendo entre elas com o baseado entre os dedos.

— Definitivamente um elogio.

— Me deixa dar um tapa nisso — digo a ele, sobre o baseado.

— Nisso? — Ele o segura, me questionando com os olhos.

— Não. Na sua cara. É óbvio que estou falando do beck. — Eu o arranco de sua mão, apertando-o entre meus dedos.

Olho para baseado, lembrando-me da última vez que fumei maconha. Eu estava com Maddie, Crew e meu amigo Finn, que era membro do meu clube de esqui. Ele também frequenta a Essex High e saía bastante com Maddie e comigo.

Foi logo antes do acidente dela. Estávamos todos deitados na neve, rindo pra caramba, fazendo anjos de neve.

— *Vá com calma, Maddie. Esta é uma colina grande e, dada a sua falta de habilidade nas encostas, você vai querer descer com a cabeça limpa — diz Crew, ciente de que ela não é uma esquiadora experiente.*

— *Fique quieto. Scar me levou a Black Falls no ano passado e não quebrei um osso sequer.*

Todos nós rimos.

— *Nesse caso, fume um — Finn diz.*

— *Não quebrar um osso não é motivo de orgulho, Mads. Você foi bem, no entanto. Fiquei impressionado que você só caiu três vezes. Isso é algo para se orgulhar.*

Maddie dá uma baforada, segurando a fumaça por um segundo antes de soprar.

— *Diga isso ao meu irmão. Ele acha que eu deveria ter ficado em casa.*

— *Neo sempre acha que você deveria ficar em casa — digo a ela, embora ela já saiba. — Foda-se ele. Você tem permissão para sair e se divertir. Um dia ele vai ter que superar o fato de que você tem uma vida que não gira em torno dele.*

— *Ele só se preocupa comigo. Suas intenções são boas.*

— *Sim, certo — murmuro, pegando o baseado que ela passa em minha direção. — Ele quer você sob seu controle. Neo é um escroto desde nosso primeiro encontro quando do éramos crianças. Ele costumava pegar meus brinquedos e dar a você. Me jogar no chão para me afastar de você. Ele tinha tanto medo de que eu roubasse você dele.*

— *Bem, você meio que roubou, mas é porque gosto mais de sair com você. Neo nunca me deixa fazer nada. — Maddie se deita de lado para me encarar. Os caras estão conversando sobre futebol, então passamos o baseado uma para a outra, fumando a erva sem que eles percebam.*

— *Se alguém roubou você dele, foi Crew. Você e eu mal saímos juntas desde que vocês dois começaram a namorar.*

— *Para constar, também não vejo muito o Crew. Entre a escola e a dança, meu tempo livre é escasso.*

Um olhar triste se mostra em seu semblante, e eu me apoio nos cotovelos.

— *O que há de errado?*

Maddie olha por cima do ombro para Crew, depois de volta para mim.

— *Acho que Crew não quer mais ficar comigo.*

— *Por que você diz isso?*

— *Ele simplesmente não parece mais interessado. Você acha que ele está a fim de outra pessoa?*

Meu coração se estilhaça no peito. Sei que Crew está interessado em outra pessoa. Eu também sei que essa outra pessoa sou eu. Mas não digo isso a Maddie. Não importa como Crew e eu nos sintamos um pelo outro, nunca ficaremos juntos. A felicidade de Maddie é muito mais importante do que a minha.

— *De jeito nenhum, amiga. Crew gosta muito de você.*

Maddie sorri.

— *Sim, provavelmente só estou pensando demais nas coisas.*

— Você vai fumar isso ou apenas olhar pra essa porra a noite toda?

Pisco repetidas vezes, afastando as memórias.

— Sim, desculpa. — Coloco o baseado entre os lábios e trago, sentindo a fumaça chegar aos pulmões. Seguro por alguns segundos, em seguida, sopro antes de passá-lo de volta para Jagger.

— Não, vá em frente. Eu já estou satisfeito.

Dou mais algumas tragadas, meus olhos contemplando a vista de tirar o fôlego. É realmente uma boa visão daqui de cima. As montanhas ao longe parecem palpáveis, mesmo estando a centenas de metros de distância.

— Ei — digo, chamando a atenção de Jagger —, posso te perguntar uma coisa?

— Você acabou de perguntar.

— Estou falando sério. Isso é importante.

— Dá para ver. Você está fumando uma guimba que está queimando seus dedos.

Estendo o braço e jogo fora o baseado.

— Você tirou minhas algumas noites atrás?

— Fotos? — Ele franze o cenho. — Não. Por que eu tiraria fotos de você?

JOGOS SELVAGENS

— Deixe-me reformular isso. — Percebo que tenho que ser detalhista com minhas perguntas ou nunca obterei respostas honestas. — Você sabe quem tirou fotos minhas algumas noites atrás?

— Não faço a menor ideia. Mas o que faz você pensar que alguém estava tirando fotos?

— Alguém apareceu no dormitório feminino, usando um daqueles roupões pretos que vocês usam. Quem quer que fosse, ficou parado na porta dos fundos, atrás dos degraus, e tirou um monte de fotos minhas com o celular. — Eu me viro para encará-lo, sentando em cima de uma perna dobrada. — Telefones não são mais permitidos aqui, a menos que você faça parte dos Ilegais, então duvido que alguém seja burro o suficiente para mostrar o aparelho em público, exceto vocês três. Sem mencionar que o traje praticamente denuncia vocês.

As sobrancelhas de Jagger se unem e ele olha para mim.

— Não fomos nós.

— Bem, eu sei que não foi Crew, porque ele estava no treino. Então só sobra você e Neo. Mas se você disse que não foi você, resta apenas uma pessoa.

— Neo? — Jagger zomba, gesticulando a mão. — Não. Neo teria me contado se estivesse fazendo algo assim.

Ele pode até acreditar nisso, mas eu não. Também não tenho certeza se acredito em Jagger. Por que eu deveria? Pelo que sei, agora é parte do jogo fodido deles. Ele poderia me deixar aqui nesta roda-gigante por horas... dias, até.

— Isso é um jogo? — murmuro, com a cabeça nublada pela erva.

— Isso? Você diz nós estarmos aqui em cima? Não. Não é um jogo.

— Então por que você me trouxe aqui? Qual é o lance?

Jagger está na minha frente, segurando o canto do teto do carro, que balança um pouco, mas ele ainda se mantém firme.

— Você faz muitas perguntas, sabia?

— E eu tenho culpa disso?

— Só acho melhor você parar de fazer tantas perguntas, porque nem sempre vai gostar da resposta. Quanto a estarmos aqui em cima... imaginei que você gostaria de escapar um pouco.

Com os joelhos agora dobrados contra o peito, eu o observo. Quando eu era mais nova, só de ficar na presença de Jagger já sentia as pernas moles como geleia. Meu coração faltava saltar pela boca, disparado em batidas erráticas. Ele é atraente pra cacete, e tem um charme que não se mostra

RACHEL LEIGH

com muita frequência. Agora, porém, vejo isso claro como o dia. Meu lado apreensivo me diz para não cair na dele. Ainda mais depois do que ele fez ontem à noite.

— Eu também não pensei que a noite passada tivesse sido um jogo, mas foi. — Assim que digo as palavras, sinto vontade de não ter feito isso. Não gosto de me tornar vulnerável, e dizer isso em voz alta me coloca no mesmo estado indefeso em que estava noite passada.

Jagger morde o canto do lábio.

— Eu nunca disse que a noite passada foi um jogo.

— Mas... Neo...

— Neo disse que era um jogo. Eu não.

— Você riu, no entanto. E concordou com tudo o que ele disse.

— Às vezes, é melhor fazer apenas o que Neo quer.

Não era um jogo.

Foi tudo Neo. Ele que virou Crew e Jagger contra mim todos esses anos atrás. Desde o início, ele os manipulou para que pensassem que sou uma pessoa horrível, só porque estava perto de sua irmã – sua adorável e preciosa Maddie.

Jagger baixa os braços e cruza o ínfimo espaço da cabine. Ele agarra a borda e olha para baixo.

— Temos que ir.

O pensamento me faz espiar pela lateral do carro em que estamos sentados. Ele balança levemente quando me inclino para a frente, me dando um vislumbre da vista abaixo de nós.

— Jagger — digo, ainda olhando para baixo —, como vamos descer daqui?

— Da mesma forma que subimos.

Cruzo os braços e um calafrio se alastra.

— Acho que vou ficar aqui. Envie comida e água.

Ele ri, endireitando as costas.

— Você vai ficar bem.

Balanço a cabeça em negativa.

— Entrar foi fácil. Mas acho que não consigo sair.

Jagger dá de ombros.

— Você provavelmente está certa. É bem capaz que não consegue mesmo. — Ele passa uma perna por sobre o carro. — Acho que te vejo por aí.

— Espere! — Agarro sua calça, impedindo que ele me deixe aqui. — Você está falando sério?

JOGOS SELVAGENS

— Bem, sim. Você diz que não pode fazer isso, e eu tenho mais o que fazer. Ele está me testando.

— Tudo bem. Estou indo. Só... espere por mim. Preciso organizar as ideias primeiro.

Com uma perna agora ao lado da estrutura, Jagger se senta escarranchado sobre o carro, fazendo-o balançar ainda mais.

Por fim, eu me levanto e sigo até onde ele está.

— Tudo bem. Vamos fazer isso.

Jagger se posta na lateral da cabine e se segura ao eixo acima, e logo depois, faço o mesmo. Ele pula e se coloca de pé na montanha em segundos, enquanto estou lutando para não olhar para baixo.

Estou seguindo pelo trajeto, com as pernas trêmulas, e o tempo todo ele me encoraja com suas palavras, o que é bem estranho vindo dele.

Quando me aproximo o suficiente da montanha, estendo o pé e ele me oferece a mão. Em um movimento rápido, ele me puxa em direção à montanha. Eu me choco contra o seu corpo, e nós dois desabamos no chão. Estou deitada em cima dele, rindo ao desviar o olhar para o monte de musgos ao meu lado.

Eu deveria me levantar. Mas quando tento, Jagger coloca as mãos nos meus quadris, me segurando no lugar.

— Você mandou bem, covarde.

Reprimindo um sorriso, dou um tapa em seu ombro, brincando. Seus olhos castanho-claros me consomem. Sem animosidade, sem má intenção. Nossos corações batem em sincronia contra o peito um do outro, e quando seu olhar se desloca para os meus lábios, eu me sinto tonta.

— Jagger... Eu...

Eu nem tenho certeza do que estava prestes a dizer, mas sou interrompida quando ele me rola para longe dele.

— Levante-se, menina durona. — Estende a mão enquanto ainda estou deitada no chão, encarando seus dedos como como se estivessem cobertos de veneno. Eu duvido de sua oferta de ajuda, mesmo que tenha estado a segundos de beijá-lo se ele tivesse tomado a iniciativa. *Eu sou muito idiota.* Não é de admirar que esses caras pensem que sou seu brinquedo indefeso.

Com relutância, seguro sua mão e ele me ajuda a levantar.

Eu me coloco a caminho do campus, logo atrás de Jagger. Estamos na trilha há alguns minutos e nenhum de nós diz nada; apenas caminhamos em silêncio. Eu imersa em meus pensamentos, Jagger nos dele.

Em pouco tempo, estamos de volta à escola.

Nós dois paramos, um de frente para o outro, e ele gesticula com o queixo em direção ao prédio.

— Você perdeu a segunda metade de suas aulas, mas pelo menos está fora de perigo.

Contenho um sorriso, encarando meus pés e futucando o cascalho com a ponta do coturno.

— Sim. Se você não tivesse me encontrado, um animal poderia ter me comido viva.

— Bem, não podemos permitir isso. Precisamos de você por perto um pouco mais.

A realidade me dá um tapa na cara – com força.

— Certo. Para os jogos. A tortura. O *bullying*.

— Para chutar a bunda de Crew quando ele precisar.

Não posso abafar a risada que me escapa.

— Ele mereceu.

— Ah, eu sei disso. — Jagger coloca a mão em seu próprio peito e ri. — Confie em mim, não estou dizendo para você parar.

Confiar nele. Uma escolha estranha de palavras.

— Escuta — ele continua —, os caras têm um evento dos Jogos de Patente na quinta-feira à noite. Eu não assisto aos jogos por razões pessoais, mas pensei em assistir do telhado do centro atlético. É a melhor vista.

Dou risada.

— Mais escalada? Você realmente é um viciado em adrenalina.

— O que posso dizer? Gosto da sensação. De qualquer forma, se você não estiver fazendo nada e quiser ter um vislumbre do que esses jogos implicam, você é bem-vinda a assistir comigo.

Estou um pouco surpresa com a oferta dele.

— Você quer dizer… com você?

— Claro. Por que não?

Posso pensar em um zilhão de razões por que não, mas a única razão pela qual eu deveria – porque acho que quero – embaça minha lógica.

— Talvez. — Dou de ombros, casualmente.

— Tudo bem, então. *Talvez* eu te veja quinta-feira. — Ele se vira e se afasta em direção à escola.

Sinto um frio intenso na barriga, e não importa o quanto tente apagar o sorriso no meu rosto, ele não desaparece. Algumas horas atrás, pensei que estaria perdida para sempre naqueles bosques. Agora, acho que perdi oficialmente a cabeça, porque Jagger Cole acabou de me fazer sentir nas nuvens.

JOGOS SELVAGENS

CAPÍTULO DEZESSETE

CREW

— Onde diabos ela está? — Fecho a porta com violência, chacoalhando a máscara de crânio *wendigo* pendurada na parede. Quando ninguém me responde, grito mais alto: — Onde diabos está Scar?

Jagger olha por cima do ombro, com o telefone na mão, enquanto Neo me ignora completamente.

— E por que diabos devemos saber?

— Talvez porque você tenha saído da escola com ela e nenhum de vocês estava em nenhuma aula o resto do dia.

— Eu a tirei do refeitório e nos separamos. Você verificou o dormitório dela?

— Boa ideia. Por que não pensei nisso? — ironizo, sem conseguir disfarçar a irritação. — Sim, eu verifiquei a porra do dormitório. Ela não estava lá.

Jagger volta a se concentrar no celular.

— Não sei o que dizer a você, cara.

Enfio a mão no bolso e pego minhas chaves, segurando-as no ar.

— Ela roubou a porra da minha chave-mestra. Entregou o molho, mas a mestra se foi.

Ah, claro. Agora tenho a atenção deles.

Neo se levanta de um pulo, atravessa a sala e arranca as chaves da minha mão, separando-as como se eu já não tivesse feito isso uma dúzia de vezes.

— As chaves da moto, do trenó e de casa estão aí, mas a mestre não.

Neo as enfia no meu peito.

— Bem, é melhor você encontrá-la e rápido.

— Você acha que não tentei? É como se a garota tivesse evaporado. Jagger — rosno —, para onde ela estava indo quando você a deixou?

— Ela não disse. Provavelmente está com Riley em algum lugar. Ou com aquele cara, Elias.

— Elias? Quem diabos é Elias?

Neo interfere:

— Ele é um sênior. Eu o procurei no banco de dados depois que a vi com ele na frente da biblioteca. Cara de mauricinho. Parece meio quieto.

— E você apenas o deixa sentar lá e conversar com ela? Por que diabos não se meteu? Ou, no mínimo, nos contou?

— Por que você se importa? — Neo pergunta, com um tom cortante.

Eu não me atrevo a dizer a eles que me importo porque a ideia de qualquer cara sair com Scar, fora do nosso grupo, me deixa louco pra caralho. Isso é assim há anos. Quando ela tinha 14 anos, Scarlett teve um namoro à distância com um palhaço da Seção Derma e eu, pessoalmente, rastreei uma foto dele com outra garota e mostrei a Maddie, sabendo que ela contaria a Scar. Eles se separaram naquela noite.

— Se esse cara entrar na cabeça dela, ele pode arruinar todo o nosso progresso. Ela está prestes a quebrar. Eu posso sentir isso.

— Sim — Jagger ri, com a atenção toda em seu telefone —, ela está prestes a quebrar seu nariz.

— Rá-rá, babaca. Estou falando sério. Ela não pode se aproximar desse tal Eliot.

— É Elias, e não preocupe sua cabecinha bonita. — Neo cutuca o lóbulo da minha orelha e eu afasto sua mão. — Tenho olhos em nossa garota em todos os momentos. — Seu olhar se volta para Jagger e há um momento de silêncio antes de ele se virar e notar que está sendo encarado.

— O que foi? — Jagger resmunga.

Neo inclina o queixo. Qualquer humor que ele tinha se dissipou.

— Você sabe muito bem…

— Tudo bem. O que estou perdendo?

Jagger, por fim, coloca o celular no sofá e se levanta.

— Até parece que eu sei. Mas se Neo tem olhos nela em todos os momentos, ele deve saber exatamente onde ela está para que você possa pegar sua chave de volta.

Não tenho ideia do que está acontecendo, mas se esses caras estão guardando informações novamente, vou perder a porra da minha paciência.

Ainda observando Jagger, Neo pega seu celular no bolso traseiro da calça. agora concentrado no aparelho, ele toca na tela. Jagger e eu observamos atentamente enquanto esperamos que ele diga alguma coisa.

Minha impaciência me vence.

JOGOS SELVAGENS

— O que você está fazendo?

Ele trava a tela do celular e o guarda no bolso.

— Ela está na biblioteca.

— Cara — Jagger diz —, você botou um rastreador nela?

— Não.

Isso é tudo que ele nos diz. E não importa o quanto a gente insistir, é tudo o que conseguiremos. Porque Neo faz apenas o que quer.

— Tudo bem — digo a ele —, tenho que ir para o treino. Vou passar pela biblioteca no caminho e fazer uma visitinha à nossa amiguinha.

Com minha bolsa de equipamento no ombro, saio porta afora. Quando estou prestes a me afastar, a porta se abre novamente.

— Ei, cara — Jagger chama, saindo com uma camiseta e short de ginástica —, você tem um segundo?

Pego minhas chaves, esperando que isso não demore muito. O treino começa em uma hora e preciso dar uma passada na biblioteca.

— Sim, o que foi?

Jagger fecha a porta e sai descalço no piso de cimento.

— O que rolou entre vocês dois depois que saí do refeitório?

— A mesma besteira de sempre. Ele me acusou de ser a fim da Scar; me veio com um monte de merda por tirar sua autoridade. Você sabe como ele é.

— Sim. Escuta — Jagger diz, baixinho —, tenho que te perguntar uma coisa, mas você não pode fazer questionamentos. E preciso que você seja honesto.

Aceno em concordância.

— Pergunte à vontade.

— Você estava nas trilhas do dormitório hoje, durante o horário das aulas?

— Não. Assisti a todas as minhas aulas hoje. Por quê?

— Por nada. — Ele faz uma pausa. — Há duas noites, você estava na Toca das Raposas, usando um manto cerimonial, tirando fotos de Scar?

Aprumo a postura, franzindo o cenho.

— Que porra é essa? Não.

Jagger desvia o olhar, esfregando o queixo antes de olhar para mim.

— Será que pode ter sido Neo?

Dou de ombros.

— Não que eu saiba.

Finalmente, ele dá um tapinha no meu ombro e diz:

— Obrigado, cara. Vejo você depois do treino.

Todo esse segredo está me afetando. Estou começando a pensar que, se eles querem guardar seus próprios segredos, eu também posso muito bem guardar os meus.

Roçando minha bochecha à de Scar, sussurro:
— Lendo alguma coisa interessante?
Seu corpo se arrepia e ela fecha o livro com pressa.
— Puta merda, Crew. Você me deu um susto da porra!
Todos na pequena sala olham para nós com desdém antes de voltarem ao que estão fazendo.
— Bom. Talvez isso signifique que o diabo dentro de você vai parar de me usar como saco de pancadas. — Puxo uma cadeira, sentando-me ao lado dela. — O que você está lendo?
— Se não quer ser meu saco de pancadas, então pare de fazer essas perguntas bestas. — Ela abre o livro na página onde o marcador está e diz: — É *O Conto de Aia*.
— Ah. É aquele sobre o golfinho com a cauda protética?
Com uma expressão carrancuda, ela entrecerra os olhos.
— Não, Crew. Não é. — Então balança a cabeça em aborrecimento. — O que você quer?
— De você? Muitas coisas... obediência, menos atrevimento e talvez até um boquete. Mas também quero minha chave.
— Bem, você não vai conseguir nenhuma dessas coisas. Agora, vaza. Eu já te devolvi as chaves estúpidas.
— Shhh! — reclama uma garota sentada sozinha na mesa à esquerda. Quando a encaro e ela percebe a quem mandou calar a boca, ela baixa o olhar para a mesa, morta de vergonha.
— Não, Scar. Você me devolveu *algumas* das minhas chaves. A chave-mestra não estava no molho e preciso dela de volta.
Scar umedece a ponta do dedo com a língua e, embora esteja fazendo isso apenas para virar a página, acho sexy pra caralho.

JOGOS SELVAGENS

— Não sei o que te dizer. Você deve ter perdido.

Suas palavras, no entanto, não são nem um pouco sedutoras.

— Eu não perdi e sei, com certeza, que está contigo.

— Ah, é mesmo? — Levanta a cabeça. — E como pode ter tanta certeza disso? Estou até curiosa pra saber...

— Você estava com minhas chaves e uma está faltando. Essa é a certeza.

— Isso não é uma certeza, Crew. Isso é uma suposição, e sua suposição está errada. Não estou com a sua chave, então, por favor, me deixe em paz.

Ela vira outra página.

— Você leu a página inteira ou está folheando?

Ela inspira fundo.

— Na verdade, nem estou lendo agora porque alguém está buzinando no meu ouvido. — Sua voz estridente chama a atenção novamente, mas, desta vez, ninguém reclama.

— Bem, se você continuar virando as páginas sem lê-las, não vai saber onde parou.

Scar suspira.

— Por que você ainda está aqui?

— Você tem cinco segundos, Scar. Faça a coisa certa antes de estragar o estudo de todos esses alunos.

Ela continua a me ignorar, virando outra página. Desta vez, tenho certeza de que ela não leu porra nenhuma. Quem lê tão rápido?

— Cinco.

Continua lendo – ou só passando o olho pelas linhas.

— Quatro.

Ergue a cabeça.

— Três.

— Pare com isso, Crew. Não estou com a sua chave.

— Dois.

— Não se atreva a fazer uma cena.

— Um.

Eu me levanto e ela me agarra. Sua tentativa de me puxar de volta para a cadeira é risível.

— Sente-se!

Olhando para ela, sorrio.

— Pensei que você queria que eu saísse.

— Eu quero — admite —, mas prefiro que você se sente e me irrite do que interrompa todas essas outras pessoas.

Estendo a palma aberta, dando-lhe mais uma chance.

— Chave. Agora.

Inspira fundo mais uma vez, a mão agora imprensada por entre as páginas de seu livro.

— Não. Está. Comigo. Eu juro. Ou você perdeu, ou alguém pegou.

Ela está falando sério? Acho que sim. Scar odeia ser o centro das atenções, então, se estivesse a chave, ela devolveria antes de me deixar envergonhá-la na frente de todas essas pessoas.

Mas não tenho como me assegurar realmente.

— Com licença, pessoal. — Eu me levanto, pego a cadeira e a viro ao contrário. Como planejado, atraio a atenção de todos, incluindo a da bibliotecária, que me olha se soslaio antes de baixar o olhar e fingir estar alheia à cena que estou causando.

Scar cerra a mandíbula, o rosto pálido.

— Sente-se, Crew.

Ergo o pé e apoio no assento da cadeira.

— Essa garota ao meu lado é Scarlett Sunder. Tenho certeza de que todos vocês já ouviram falar dela. Bem, ela roubou algo de mim. Algo realmente importante.

Scar esconde o rosto sobre os braços cruzados à mesa.

— Eu não estou com a sua chave — ela sussurra, contra o tecido da camisa de flanela preta e cinza.

— Não acredito em você — rebato, antes de voltar minha atenção para a multidão, que está prestando atenção em cada palavra minha. — Até que Scarlett devolva o que é meu, preciso que todos vocês tenham como missão lembrá-la de como é errado desobedecer a um membro dos Ilegais. — Olho para Scar, que está me encarando. — Infernizem a vida dela.

Ela estremece.

— Okay.

— Okay?

— Tudo bem. Vou te entregar a chave.

— Situação evitada. Por enquanto — digo aos curiosos. — Continue.

Tirando o pé da cadeira, me posto atrás de Scar e pressiono as mãos à, ladeando seu corpo. Enterro meu nariz em seu cabelo e o perfume floral de seu xampu me domina.

— Bem, o que você está esperando? Entregue logo essa merda.

JOGOS SELVAGENS   155

Meu Deus, ela é tão cheirosa. O que é isso? Lavanda? Inspiro fundo outra vez, inalando seu cheiro. *Jasmim, talvez?*

Segundos depois, ela vira a cabeça de supetão e meu rosto é açoitado pelos fios perfumados de seu cabelo.

— Não está aqui comigo. Por que você não me espera aqui enquanto vou buscar?

Ela deve pensar que sou burro. Eu conheço essa garota. Ela vai sumir, me deixando aqui sentado à sua espera como um cachorrinho obediente.

— Boa tentativa, Scar. — Pego sua bolsa, depois o livro.

— O que você está fazendo? Me dê isso. — Ela tenta tirar a bolsa da minha mão, e ambos nos vemos presos em cabo-de-guerra quando a alça arrebenta e as costas de Scar se chocam contra a quina da mesa.

— Ai! — ela resmunga, colocando a mão no ponto dolorido em suas costas. — Você é um idiota!

— Ah, merda.

Ela esfrega as costelas sob a blusa enorme que está usando.

— Ah, merda mesmo.

— Parece que estamos quites. Agora levante essa bunda daí para que possamos pegar minha chave. — Agarro seu braço, puxando-a para cima, mas ela desaba de volta na cadeira.

Scarlett dá uma risada zombeteira.

— Não tá vendo que estou ferida?

— Ferida, o caralho. A pancada nem foi tão forte assim. Você tem trinta segundos para se recompor ou vou restabelecer minhas exigências a todos os alunos nesta sala.

Scar se encolhe na cadeira, ainda fingindo sentir dor. É óbvio que ela está ganhando tempo, porque não quer devolver minha maldita chave. Sua admissão foi apenas metade da batalha. A garota é tão teimosa quanto parece, e é realmente irritante pra caralho. Isso meio que me deixa com um tesão da porra, pra ser sincero. Estou fodido assim.

— Tudo bem — advirto —, o tempo acabou.

— Escuta, Crew — diz ela, virando-se na cadeira e pressionando as mãos nas costas —, preciso que você ouça cada palavra que vou dizer. — Sua voz monótona me faz temer para onde esta conversa está indo. — Eu. Não. Estou. Com. Sua. Chave.

Baixando a cabeça, fecho os olhos momentaneamente, tentando não perder a paciência e explodir ali mesmo.

— Corte essa. Você acabou de admitir que estava contigo.

— Eu menti, porque você estava chamando atenção desnecessária para nós e mandando todo mundo infernizar a minha vida. O que você esperava que eu fizesse?

Essa porra já está me cansando. Passo os dedos pelo meu cabelo, lábios franzidos.

— Tsc, tsc... Você está dificultando que eu seja legal agora.

Ela bufa uma risada.

— Você acha que está sendo legal? Eu odiaria ver o que você faz quando está sendo mau.

— Você está prestes a descobrir. — Agarro seu braço, desta vez com força suficiente para arrancar seu corpo frágil da cadeira. Ela se debate, mas a levo à força da biblioteca, todos os olhares focados em nós. — Cuide da porra da sua vida — rosno na direção de uma mesa cheia de caras que parecem preocupados com a segurança dela.

Passamos por cinco fileiras de livros e, quando encontro um corredor vazio, longe da vista e dos ouvidos dos outros, eu a puxo comigo.

— Ah, ótimo. Isso é apropriado. — Giro seu corpo no meio do corredor e a pressiono contra as prateleiras de livros. — Isso é realmente necessário? — esbraveja, cedendo. Tenho esperança de que ela perceba que não estou mais brincando.

Com as mãos ladeando seus ombros, invado seu espaço pessoal.

— Você acha que isso é um jogo?

Scar inclina a cabeça ligeiramente para o lado, uma expressão interrogativa em seu rosto.

— O que você acabou de dizer?

— Eu disse para parar com essa besteira. Essa chave é minha tábua de salvação neste lugar. Eu preciso dela de volta.

— Não. Depois disso. Repita o que você disse.

— Eu perguntei se você acha que isso é um jogo.

Scar umedece os lábios, sem desviar o olhar do meu.

— Foi você, não foi? Tudo isso. As fotos, o bilhete, a gravação.

— De que porra você está falando?

— O jogo acabou. Eu sei que foi você. É melhor confessar agora.

— Se isso é alguma tática para tentar me fazer esquecer a chave, não está funcionando.

— Foda-se a chave! — Ela literalmente cospe, me acertando no olho.

JOGOS SELVAGENS

Eu viro a cabeça, borbulhando de ódio, mas me controlo ao máximo. — Admita, Crew. Você foi até a Toca das Raposas, ficou me observando por alguns minutos usando uma daquelas vestes horrorosas, então tirou fotos minhas. Hoje cedo, você colocou um bilhete ameaçador dentro da sacola da minha salada, daí ainda teve a coragem de colocar uma gravação de uma conversa entre mim e Maddie através de um alto-falante.

Não faço ideia do que ela está falando. Mas Jagger estava agindo meio esquisito quando saí de casa, e me perguntou se eu estive na trilha e se havia ido ao dormitório das meninas com meu manto cerimonial.

— Eu não fiz nada disso. Se alguém realmente fez essas coisas, não fomos nós.

Chego a uma conclusão na mesma hora – *alguém está sacaneando ela.*

— Olha, Scar. Brincadeiras à parte, se essa porra realmente aconteceu, eu preciso saber, porque não fomos nós e isso significa que alguém está desafiando nossa autoridade e quebrando todas as malditas regras que os Ilegais estabeleceram.

— Ah, é verdade que aconteceu. Ainda ouço a voz dela na minha cabeça. A promessa que fizemos de nunca estudar neste lugar. Vá dar uma olhada nas trilhas. A sacola com meu almoço e o bilhete estão lá fora em algum lugar.

— Porra. — Esmurro as prateleira às costas dela. *Eu tenho que falar com os caras.* — Espere. Você contou sobre isso ao Jagger? — Ela deve ter contado, porque ele sabia. E o filho da puta não me disse nada quando quase me acusou de fazer aquela merda.

— Eu disse ao Jagger porque pensei que era ele no início. Então, você está realmente dizendo que não foi você?

Não posso dizer se ela ainda está suspeitando de mim e me acusando, ou se está morrendo de medo de que não tenha sido eu. Scar não tem medo de mim, mas pode ter medo de outra pessoa.

— Eu juro pela vida de Maddie; não fui eu. E quase posso garantir que não foi Jagger.

— E Neo?

Isso, eu não posso responder. O cara é anda com o pavio curto ultimamente. No passado, eu seria capaz de dar uma resposta honesta. Agora, não tenho ideia do que ele está fazendo.

Dou de ombros, porque afirmar que não era ele é uma mentira, mas dizer a ela que poderia ser... é como trair meu amigo. Vamos torcer para que seja Neo, para o bem de todos os alunos do sexo masculino nesta escola.

— Você acredita em mim? — pergunto, genuinamente.

Ela mordisca o lábio inferior, algo que sempre faz quando está refletindo. Devagar, ela assente com a cabeça antes de dizer:

— Eu realmente não deveria, mas, sim. Conheço suas expressões, e acho que estou começando a perceber quando você está mentindo e quando não está.

— Gostaria de poder dizer o mesmo sobre você. Eu ainda acho que você está com a minha chave.

— Não vou jurar pela vida de Maddie porque é algo precioso demais para ser negociado, mas juro por todo o resto. Não estou com ela. Eu as entreguei de volta pra você, imaginando que estava tudo lá. Se não estiverem, significa que alguém a roubou do meu quarto ou você a perdeu.

— Definitivamente, não perdi.

— Então alguém entrou no meu quarto e roubou a chave e esse pensamento me assusta pra caralho.

Dezenas de cenários se desenrolam em minha mente, e cada um faz meu sangue bombear mais rápido. *Alguém invadiu o quarto dela.* Eles poderiam tê-la visto dormir. Segui-la para os chuveiros. Revistado seus pertences. Se eu descobrir que algum cara neste lugar tocou um fio de cabelo em sua cabeça, vou acabar com a raça deles. Observarei as lágrimas rolarem por suas bochechas, saboreando cada gota enquanto corto seus dedos um por um.

Fora deste lugar, Scar não é minha. Nunca foi. Provavelmente nunca será. Mas aqui, na BCA, ela pertence a nós. Nós a trouxemos aqui por um propósito. Nossos planos cuidadosamente definidos. Seu corpo, nosso templo. Nosso. Eu mal consigo suportar o pensamento de Jagger e Neo tocando-a, muito menos um estranho.

— Crew — ela diz, baixinho, tirando-me dos meus próprios pensamentos fodidos.

Meus olhos se voltam para os dela.

— Ninguém toca em você, a não ser nós, Scar. Se alguém está aí fora tentando te sacanear, anote minhas palavras, eles vão pagar.

— Ninguém me toca, ponto-final.

— É isso que você acha. — Inclino a cabeça de lado. — Que não posso te tocar se eu quiser?

Abaixo a mão, deslizando-a entre suas coxas firmemente pressionadas.

JOGOS SELVAGENS

— Diga-me para parar, Scar.

Suas narinas se alargam.

— Pare.

Eu não paro. Em vez disso, minha mão se arrasta por baixo de sua saia; só que desta vez, ela abre ligeiramente as pernas.

— Uma de suas mãos está livre agora. Se você quer que eu pare, me faça parar.

Sua língua se projeta para fora, umedecendo os lábios.

— Você sabe que eu poderia. Eu posso gritar. Te dar uma joelhada nas bolas, te dar um soco, fazê-lo sangrar, e sei que você não faria nada para me impedir. Você nunca faz.

Meus olhos dançam através de seus lábios molhados e carnudos.

— Talvez eu goste quando você me machuque.

— Bom. Porque depois de tudo o que fez comigo, eu quero que você sinta dor. — Seu tom é plácido, vazio de qualquer emoção, o que é incomum para uma garota tão expressiva.

Movendo a mão mais para cima, acaricio sua virilha, sentindo o algodão macio de sua calcinha úmida.

— Acho que você também se excita ao me machucar. — Sorrio. — Você está molhada, Scar.

Que se dane a humilhação, ela recosta a cabeça à estante e fecha os olhos.

— Talvez sim.

— Hmm… — cantarolo, contra a curva de seu pescoço. — Parece que sim.

Minha boca se entreabre, roçando de leve sua pele, pronto para me deliciar com ela como um vampiro que precisa de uma refeição.

— Porra, Scar. Você é cheirosa pra caralho — exalo, meu hálito quente enviando arrepios pela sua pele.

Soltando suas mãos erguidas acima da cabeça, abaixo as mangas de sua camisa de flanela, que pendem em seus braços dobrados.

Levanto a cabeça e meu olhar ardente se foca ao dela, lascivo.

— Você ainda não está me impedindo.

— Estou esperando o momento certo. — Ela arrasta a língua por sobre os dentes e meu pau se contrai.

Envoltos pelo silêncio, o único som audível é o dos ofegos de Scar conforme seu peito se movimenta contra o meu. Ela está gostando desse joguinho de gato e rato. Na verdade, acho que ela quer que eu dê em cima dela,

160   RACHEL LEIGH

porque adora brigar comigo. Ela sente o maior tesão com nossas discussões constantes, assim como eu.

As pontas dos meus dedos se movem suavemente por baixo da bainha de sua calcinha. Ela respira fundo, o corpo tremendo.

Eu me inclino mais para perto, roçando a boca contra a dela.

— Dê o primeiro passo, gata.

Sem demora, Scar mordisca meu lábio inferior. Seus dentes afiados se cravam na pele fina, e dou uma risada quando ela aumenta a pressão.

— Aí está ela.

Como um elástico, ela solta, usando as gotas do meu sangue como batom.

— É disso que você gosta, Crew? Você anseia pela dor?

Passando dois dedos pelo meu lábio, contemplo o sangue e sorrio. Em um movimento rápido, levanto a saia de Scar, o olhar cravado ao dela enquanto empurro sua calcinha para o lado e enfio os mesmos dois dedos em sua boceta.

Seu corpo treme, os olhos arregalados de choque.

Empurrando mais fundo e com mais força, seu corpo quase escala a estante. Um gemido escapa por entre seus lábios vermelhos perfeitamente entreabertos.

— Eu gosto, Scar. E quanto a você? Você gosta disso, ou isso faz você querer me infligir mais dor?

Suas mãos apertam meus ombros, as pontas dos dedos cravados em minha pele através da minha camisa.

— Como se você fosse capaz de sentir qualquer coisa.

Com uma mão em quadril, eu a faço girar, imprensando meu peito às suas costas. Meus dedos se curvando dentro dela.

— Estamos em uma biblioteca, Crew. Você realmente quer levar uma surra aqui dentro?

Ainda bombeando meus dedos dentro dela, inspiro o perfume gostoso de seu cabelo.

— Isso é a sua cara… fingir que não quer algo, só porque alguém está dando isso a você.

Quando meu polegar esfrega seu clitóris, seu corpo estremece seus dedos se agarram à prateleira.

— Você está errado. Jagger fez a mesma coisa, e eu amei.

Com um rosnado, eu a fuzilo com o olhar ao segurar seu cabelo em um punho, inclinando sua cabeça para trás.

JOGOS SELVAGENS

— Retire o que disse.

— Nunca.

Puxando com mais força, adiciono mais um dedo, flexionando-os e a arregaçando. Ela geme, uma mistura de prazer e dor. Eu sei disso, porque suas pernas se abrem um pouco mais, quase acolhendo o que estou dando a ela.

— Retire o que disse agora ou vou enfiar meu pau em você e te foder com gosto contra uma dessas prateleiras de histórias de terror.

Em um momento de fraqueza, baixo a guarda e Scar sai do meu alcance. Ela se vira, as mãos agora espalmadas contra o meu peito, e avança, me imprensando à prateleira atrás de mim.

— Nunca vou retirar porque, por mais que eu despreze Jagger, me senti bem. Você, por outro lado, tem dedos preguiçosos. Eles apenas relaxam dentro de mim como se fossem um cobertor quente e aconchegante em uma noite fria. — Ela levanta a mão, sorrindo ao movimentar os dedos. — Trabalhe-os, Crew. Dê um jeito de demonstrar que eles estão dentro, sabe?

— Sua puta! — Agarro sua garganta em uma reação instintiva.

Ela levanta a mão, me dando um tapa forte no rosto.

— Babaca!

— Você vai se arrepender disso.

— Duvido! — retruca.

Minhas mãos ainda estão ao redor de seu pescoço, mal apertando, quando uma sombra à esquerda chama minha atenção. Scar e eu desviamos nosso olhar para o final do corredor, onde uma garota baixinha com óculos está de pé.

— Eu... hmm. Sinto muito — diz a menina, com um braço cheio de livros.

— E deveria sentir mesmo — rebato, voltando a me esquivar dos punhos de Scar. — Esta é uma conversa privada. Agora suma daqui.

Ela se apressa, sabendo que não deve abrir a boca sobre o que acabou de presenciar.

Volto a me concentrar em Scar, que agora está escalando meu corpo como um macaco-aranha. Sua camisa de flanela pende de seus braços e cai no chão, à medida que as pernas envolvem minha cintura. Uma torção no meu braço me obriga a afrouxar meu agarre.

— Sabe, se você enfiasse os dedos dentro da minha boceta tão bem quanto está apertando meu pescoço, eu poderia estar gozando agora.

Eu a imprenso mais uma vez contra a estante de livros.

— Você é uma vagabunda de boca suja, sabia?

— Só com você.

É melhor que ela esteja falando a porra da verdade.

Esmago sua boca com a minha, e murmuro:

— Vamos manter desse jeito.

Como dois animais primitivos, nós nos atracamos uma ao outro. Mordida por mordida, garra por garra. Scar agarra meu cabelo, puxando minha cabeça para posicionar onde ela quer. Eu ergo sua saia e afasto a calcinha para o lado novamente, mostrando a ela que posso fazê-la se sentir melhor do que Jagger, ou qualquer cara.

Deslizo os dedos para dentro, até os nódulos, em seguida, curvo os dedos e movimento na velocidade certa para fazê-la gemer no pequeno espaço entre nós.

Sua cabeça pende para trás e eu chupo sua pele, remarcando-a. Mostrando ao mundo que essa menina é minha. Talvez não em todos os sentidos da palavra, mas em todos os sentidos que importam. Ela não deve ser tocada. Ela não é para ser fodida. E ela, com certeza, não tem permissão para foder com ninguém.

— Diga-me que é melhor do que ontem à noite — exijo, precisando ouvir as palavras para minha própria sanidade.

— Parece um absorvente interno preso.

— Vá se foder! — Chupo seu pescoço com mais força, castigando-a por ser uma puta tão desbocada.

— Não — ela cospe —, você vá se foder!

Retirando meus dedos, abaixo suas pernas e a giro.

— Ah, eu vou. Vou te foder até você gritar meu nome. Todos nesta biblioteca vão saber quem está fazendo isso com você.

Com uma mão apoiada em sua cabeça para mantê-la no lugar, solto meu cinto e abro o zíper do meu jeans, deixando a calça cair até os tornozelos. Meu pau salta livre, duro e pronto para enchê-la completamente.

Enfio um joelho entre suas coxas, separando-as antes de empurrar sua calcinha para o lado. Suas costas arqueiam, a bunda empinada para cima. Ela não é somente uma linguaruda, e, sim, uma mentirosa também. Scar quer isso tanto quanto eu, mesmo que não admita.

Dou umas bombadas no meu pau antes de posicioná-lo em sua boceta encharcada. Scar espalma as mãos na prateleira, empurrando alguns livros para trás e fazendo com que outros caiam no chão no corredor de trás.

JOGOS SELVAGENS

Ela não se move da posição em que se encontra, nem eu.

Agarro seu cabelo em um punho, puxando sua cabeça para trás enquanto sussurro em seu ouvido:

— Diga meu nome.

Sua boca se abre em um sorriso largo quando diz:

— Jagger.

A veia em meus braços pulsa, a do meu pescoço palpita quando, com o tom rouco, rosno:

— Diga a porra do meu nome.

Coloco uma mão em seu quadril, e quando ela não me obedece, arremeto com mais força, com toda a intenção de fazê-la gritar em seu clímax.

Ela solta um gemido abafado, o que não é suficiente para mim, então pressiono sua bunda com minha pelve, sacudindo a prateleira em que ela está se apoiando.

— Diga meu nome ou vou te foder com tanta força que esta porra de estante vai desabafar. E quando isso acontecer, vou continuar fodendo você em cima disso com uma audiência.

Sua teimosia é irritante, mas minha urgência por controle supera toda a minha necessidade primordial. Não vou gozar até ouvi-la dizer meu nome, não o dele.

— Você não vai durar. Te dou cinco minutos, no máximo. Caso você tenha esquecido... — Arremeto contra ela com tanta força que minha testa se choca à parte de trás de sua cabeça, mas a cadela não cala a boca: — Já fizemos isso antes. Eu sei que você é uma foda rápida.

— E você está mentindo com a maior cara de pau. Caso tenha esquecido, uma vez te fodi até deixar a sua boceta em carne viva.

— Ah, eu me lembro bem disso. Você estava com preguiça de me deixar com tesão primeiro.

Sua falta de obediência me leva a extremos. Eu me retiro dela e a faço se deitar no chão. Com a saia enrolada na cintura, rasgo sua calcinha em um puxão. Seus olhos se arregalam e agora tenho sua atenção.

— Você quer ficar molhada? Vou te deixar bem molhada.

Deslizando as mãos entre suas coxas, meus dedos roçam sua pele, fazendo-a se arrepiar. Com as pernas separadas, ela abre espaço para mim, e eu abro seus lábios com meus dedos.

Um grunhido gutural me escapa conforme arrasto a língua sobre toda a extensão de sua boceta. Scar estremece, abrindo mais as pernas, e um gemido deixa seus lábios.

RACHEL LEIGH

Ergo o olhar e a vejo apoiada nos cotovelos, me observando.

— Não há como se esconder agora. Qualquer um poderia passar por este corredor e ver você deitada aqui com as pernas abertas.

O olhar em seu rosto não tem preço. É um pelo qual esperei por meses. Um vislumbre de medo e necessidade esmagadora.

Baixo a cabeça e chupo seu clitóris entre os dentes, em seguida, enfio dois dedos em sua boceta. Ela tem um gosto bom pra caralho, e o jeito que está apertando meus dedos por dentro me diz que está amando isso tanto quanto eu.

Scar pode até ter dito que não a deixo molhada, mas ela é uma mentirosa de merda. Eu poderia beber seus sucos e saciar minha sede por dias.

Seus quadris se projetam para cima e seus gemidos ecoam em um belo som; eu poderia ouvi-los o dia todo, mas quando ela se aproxima do êxtase, eu me afasto, esfregando sua excitação com as pontas dos meus dedos.

— Você está muito molhada agora, baby.

Ela choraminga:

— Por favor, não pare.

Sua urgência é sexy pra cacete; não é sempre que Scar tem boas maneiras, então isso vai direto para a minha cabeça.

O canto do meu lábio se curva para cima antes que eu a preencha com meu pau. Com suas pernas apoiadas na curva dos meus braços, empurro seus joelhos até a cabeça.

Caralho. É tão bom estar dentro dela. Apertado, quente, molhado. Como se ela tivesse sido moldada só para mim. Cada músculo meu se contrai. Começo a respirar com dificuldade, em arquejos.

Rebolando os quadris, eu a fodo com força e rapidez. Nossos corpos vibram um contra o outro conforme ela desliza centímetro por centímetro no tapete áspero de cor lilás.

Scar estremece. Ela ergue as mãos e agarra meu rosto, me puxando para perto.

— Cale a minha boca antes de eu fazer uma cena.

Tomo sua boca com a minha com tanta força que nossos dentes se chocam. Com a cabeça levemente inclinada, deslizo a língua por entre os lábios abertos, duelando com a língua dela. Seus gemidos fogem para a minha boca. Uma mistura de ofegos e gritos e apelos silenciosos.

Deslizando uma mão entre nós, levanto sua camisa, expondo sua barriga.

— Porra, Crew — ela, por fim, diz meu nome, e é música para os meus ouvidos.

JOGOS SELVAGENS

Minhas bolas se contraem e eu rosno, me retirando para gozar e encher seu umbigo com a minha porra.

Scar está deitada no chão, olhando para o teto enquanto pairo sobre ela. Nós dois estamos ofegando, e dou a ela um minuto para pensar e se recompor.

Usando sua calcinha rasgada, limpo a prova do meu orgasmo em sua barriga, então me visto outra vez.

Basta um olhar em sua direção para ver o arrependimento em seus olhos. Engolindo a indignação que estou sentindo diante dessa reação, enfio sua calcinha rasgada na estante entre os livros *A Zona Morta* e *Desespero*, de Stephen King.

— Ei, Crew? — ela diz, ajustando a meia na altura do joelho.

— Sim?

Seus olhos espiam por baixo, conforme ajusta a outra meia.

— Quem você acha que está fazendo tudo isso comigo?

O palpite dela é tão bom quanto o meu. Eu sei que, seja lá quem for, não ficará por aqui por muito tempo.

— Não tenho ideia. Mas eu disse que vou descobrir. — Indico com o queixo a saída no fim do corredor, à direita. — Vamos. Se sairmos por aqui, ninguém vai suspeitar de nada.

Não sei por que faço isso, considerando que bondade não é meu forte, mas a guio porta afora com a mão pressionada em suas costas.

CAPÍTULO DEZOITO

SCARLETT

Já se passaram dois dias desde que Crew e eu transamos com toda aquela raiva. Só posso dizer que foi o sexo mais incrível que já experimentei. Em parte, porque nunca havia feito isso — transar com tanto ódio envolvido —, mas se tivesse algo com o que comparar, eu diria que foi o mais incrível. Foi intenso, para dizer o mínimo. Meu corpo explodiu com tantas emoções — raiva, desejo, aversão, luxúria e alívio. Agora que essas emoções foram expulsas, fico com apenas uma. Medo.

Ainda não sei quem é o meu *stalker*, mas sei que tenho um. Alguém está me observando, me ameaçando, brincando comigo. Eliminei Crew e Jagger dessa equação, com base na minha própria avaliação. Suas palavras e expressões me deram todas as razões para acreditar que estavam dizendo a verdade. Isso não quer dizer que minha guarda esteja baixa com eles, mas, nessa situação, tenho certeza de que posso confiar no que eles estão me dizendo.

Neste ponto, Neo é o meu principal suspeito. Ele tem motivos e meios. Neo também é o grande mestre das marionetes dos Ilegais, e mesmo antes de assumir essa liderança, ele era um exímio manipulador quando se tratava de seus amigos. Crew e Jagger sempre o respeitaram e, honestamente, acho que se sentem mal por ele. Não é segredo que o pai de Neo é o maior idiota dos Anciãos. Eu até ouvi minha mãe falar sobre como ela nunca gostou do cara, mesmo que eles sejam forçados a interagir em reuniões sociais. Meu pai, por outro lado, é um grande fã. O que também me leva a acreditar que meu pai é uma marionete de Sebastian.

— Pronta, menina? O ônibus está aqui.

Amarro a camisa preta e cinza em volta da cintura, aceno com a cabeça e pergunto:

— Você sabe alguma coisa sobre os jogos que serão disputados hoje à noite?

Riley nega com um aceno de cabeça.

— Não. Não podemos saber quando os jogos vão rolar. Por quê? Você sabe de alguma coisa?

Pego minha bolsa carteiro de cima da cama e passo a alça pela cabeça, ajeitando-a sobre meu peito.

— Eu não sabia disso, mas, sim, Jagger disse que os caras vão fazer algo hoje à noite.

— É, bem, ele nem deveria ter te contado isso, mas parece que esses caras fazem um monte de coisas *com* e *pra* você que eles não deveriam fazer.

Dou uma risada.

— O que isso deveria significar?

Riley sai porta afora e eu giro o trinco da fechadura antes de fechá-la ao passar.

— Eles te favorecem. Todo mundo vê isso.

Lanço um olhar confuso em sua direção.

— Me favorecem? Mais como me torturam.

— Tsc, tsc... Não sei, Scarlett. Acho que eles gostam de você. Bem, talvez não Neo. Ele é um pouco intenso, mas talvez seja assim que ele flerta.

Mais risadas irrompem.

— Isso não é a escola primária, Ry. Você não intimida alguém para flertar com ele. Confie em mim. Neo me odeia.

— Por quê? Eu simplesmente não entendo. Você fez algo antes de ter entrado aqui que os irritou?

Se ao menos fosse uma coisa em que eu pudesse colocar um Band-Aid. Em vez disso, é uma combinação de eventos que regou seu ódio por mim.

— A irmã gêmea de Neo e eu somos melhores amigas desde que éramos crianças...

— Uau! Neo tem uma irmã gêmea?

— Sim. Uma gêmea não-idêntica. O nome dela é Maddie. Neo sempre foi insanamente protetor com ela, mas se tornou ainda mais quando eles perderam a mãe há quatro anos. Seu pai é político e nunca para em casa. Neo meio que cuidou dela, o que foi generoso da parte dele, mas quando ela ficou mais velha, ele a manteve sob rédea curta. É como se ele tivesse medo de perdê-la, especialmente para mim. Ele odiava nossa amizade e achava que eu a estava tentando corromper. Sendo o conspirador que é, ele virou Crew e Jagger contra mim desde o início. O resto é história.

— Então, onde está Maddie? Por que ela não está aqui?

RACHEL LEIGH

Sinto um aperto no estômago que me faz desejar nunca ter dito nada.

— Ela... não vem para a BCA. Nem agora. Nem nunca.

— Ah, não, Scarlett. Ela faleceu?

— Não! — disparo, antes de baixar meu tom algumas oitavas. — Não. Ela está viva. — Desconforto rói meu estômago como um animal faminto. — Olha, podemos conversar sobre outra coisa?

— Sim. Claro.

Dou um sorriso de leve.

— Obrigada. — Estou agradecida por ela não ter pressionado, porque a última coisa que quero fazer agora é reviver aqueles últimos dias antes de ter ficado apenas com a concha da minha melhor amiga.

Saímos pelas portas principais e o ônibus está esperando por nós. Duas garotas entram e o motorista acena com a mão, chamando-nos.

— Saindo agora. Se você quer uma carona, é melhor se apressar.

Riley e eu corremos até a porta, então ela entra primeiro. Nós duas nos acomodamos em um assento compartilhado. É apenas uma caminhada de sete minutos até a escola, e se o tempo estiver bom, eu nem me importo de andar. Hoje, porém, temos previsão de neve e, pelo que ouvi, não vai diminuir. Esta área do estado praticamente ignora o outono e vai direto para o inverno. É uma pena, porque eu realmente amo a estética do outono nas montanhas.

— De volta aos jogos hoje à noite — diz Riley, e eu a silencio. Se eu não deveria saber, então, definitivamente, não quero que ninguém saiba que sei. — Ah, desculpe. — Sua voz cai para um sussurro: — O que Jagger disse sobre o assunto? É algo que envolve você?

Dou de ombros.

— Não sei. Espero que não. Na verdade, ele me convidou para assistir com ele. — Estremeço, sabendo o quão terrível isso soa depois de tudo que esses caras fizeram para mim. Eu seria uma tola em concordar. — Acho que ele pode ter me convidado apenas para me levar até lá.

— Duvido. — Ela me analisa, com um sorriso. — Ele quer você.

Bato meu ombro contra o dela de brincadeira.

— Pare com isso. Ele não quer.

— Ah, sim. Ele quer. Preciso lembrar que andei na garupa da moto dele por... duas vezes? O cara nunca me convidou para fazer nada. E agora que penso sobre isso, ele, provavelmente, só me deu carona pra te deixar com ciúmes.

JOGOS SELVAGENS 169

— Ciúmes? — Eu quase me engasgo com a palavra no meio do meu ataque de riso. — Agora você está definitivamente errada. Todos eles sabem que eu não poderia me importar menos com o que eles fazem ou com quem eles fazem.

— Não sei, garota. Acho que os quatro têm esse cordão espesso de tensão sexual entre vocês e que está fadado a arrebentar em algum momento.

Recostando-me ainda mais no assento, entrelaço as mãos sobre a minha bolsa no meu colo.

— Sem chance.

Não conto a ela que, há alguns dias, transei com Crew na biblioteca. E no dia anterior, Jagger me masturbou com os dedos hábeis enquanto Neo observava. Se Riley soubesse de algo disso, ela nunca deixaria de lado essa ideia ridícula sobre nós. E eu também pareceria uma vagabunda.

— Venha comigo esta noite então — comento. — Vou te provar que não tem nada de sexual rolando entre mim e Jagger.

Ela franze o cenho.

— E ser uma vela? De jeito nenhum.

Uma ideia me ocorre na mesma hora.

— E se eu te arranjar uma companhia? Então você não será uma vela. O que você não seria de qualquer maneira, já que, definitivamente, não é um encontro entre mim e Jagger. O que acha?

— Eu pergunto... ele é gostoso?

— Bem, ainda não o encontrei, mas vou avisá-la quando o fizer.

— Boa sorte com isso. Todos os caras aqui têm o maior tesão pelos Ilegais.

Eu começo a rir e Riley continua:

— O quê? É verdade. Eu juro, eles passam o dia babando os ovos daqueles meninos.

— Dê-me um dia, e vou encontrar o par perfeito pra você.

Adoro bancar o cupido, e acho que seria bom para Riley tirar os olhos dos Ilegais, porque por mais que ela negue, acho que ela tem uma paixonite por eles. Todas as garotas daqui têm.

RACHEL LEIGH

Mais um dia miserável na presença dos Ilegais. Em cada uma das minhas aulas, tem pelo menos um deles. Na de Literatura americana estão os três: estou sendo ladeada por cada um deles, com Crew sentado à esquerda de Neo.

— Bom dia, Scar — diz Crew, apoiando o braço sobre a mesa enquanto se inclina.

Neo dá uma risada debochada e pende a cadeira para trás como se Crew e eu precisássemos de espaço para conversar.

Flagro o olhar de Crew, assim como seu sorriso largo, e eu retribuo com um olhar perplexo.

Por que ele parece tão feliz?

Jesus Cristo. Se ele acha que algo mudou entre nós desde que transamos há alguns dias, ele precisa de um impactante despertar.

Meu olhar se desvia para o meu livro, e eu o abro apenas para ter algo em que me concentrar, além desses três.

— Ainda não encontrei minha chave — diz ele, como se eu me importasse.

Com meus lábios contraídos, decido ignorá-lo. Falar com qualquer um desses caras em público só me deixa em apuros. Às vezes, acho que é isso que eles querem. Para me cutucar até eu morder de volta.

— É como se tivesse desaparecido no ar — continua ele.

Eu olho para Jagger, que está inclinado contra a cadeira às costas, com o braço pendurado sobre o encosto do assento onde se encontra sentado.

— O quê? — bufo uma risada. — Você acha que estou com a chave dele?

Jagger levanta o ombro.

— Eu não disse nada. Estou aqui apenas pelo entretenimento.

— Sim. Porque isso é tão divertido. — Virando-me para frente, concentro minha atenção em Crew. — Nós já passamos por isso, e pensei que você tinha dito que acreditava em mim. Não estou com a sua chave.

— Eu não acredito em você — a voz rouca de Neo soa ao lado.

Eu retribuo no mesmo tom insolente:

— Não perguntei se você acreditava.

— Só estou dizendo — ele continua —, que te acho uma vadia manipuladora, e que você pode estar abrindo caminho para as boas graças de Crew e Jagger, mas ainda acho que você merece cada merda que vier na sua direção.

A maneira como suas palavras vis saem tão casualmente é uma vergonha para a humanidade. Quem fala assim com as pessoas? Quem tem o direito de tratar outra pessoa de forma tão cruel?

JOGOS SELVAGENS

— Vá chupar um pau, Neo — resmungo, voltando a focar no meu livro, só para não ter que olhar para ele.

Neo bate a palma da mão na mesa com força. Eu me encolho diante do ruído, mas faço de tudo para não demonstrar agitação. Nem olho para cima, porque sei que toda a turma está nos encarando.

— O que você acabou de me dizer? — Sua voz profunda ressoa em meus ouvidos com o tom carregado. — Por que você não fala um pouco mais alto para que todos possam ouvir?

Eu mordo meu lábio, agoniada por ser o centro de toda a atenção indesejada.

Neo pressiona uma mão em cima do meu livro aberto, a outra no encosto da minha cadeira, invadindo meu espaço pessoal.

— Levante-se e repita o que você disse alto o suficiente para que todos ouçam ou infestarei seu quarto com aranhas. Você odeia aranhas, não é, Scar?

Minha pele se arrepia só de pensar. Lentamente, viro a cabeça para olhar para ele, e digo entredentes:

— Eu disse para você chupar um pau, Neo.

— Eles não ouviram você direito. Um pouco mais alto para os da frente.

Respirando fundo, deslizo minha cadeira para trás em um gesto brusco, afastando a mão de Neo.

Com sangue fervendo nas veias, levanto a cabeça e encaro toda a classe antes de dizer:

— Eu mandei o Neo chupar um pau — lanço um olhar para ele, sorrindo —, e ele disse que adoraria.

Neo balança a cabeça lentamente enquanto nos encaramos.

— Senhor Collins — diz ele, olhando para o professor à frente da turma, que finge ignorar o confronto —, é permitido que os alunos falem dessa maneira?

— Não, Sr. Saint. É contra a política da instituição usar tal linguagem.

— Concordo com você. E acho que você concorda que Scarlett deveria ser penalizada por ter uma boquinha tão suja.

— Bem... hmm... O que você sugere, Sr. Saint?

Isso é muito perturbador. Desde quando os professores perguntam aos alunos qual deveria ser a punição de outro aluno? Eu questionaria isso, mas temo que o tiro saia pela culatra. Não sou de ficar de boca fechada quando tenho algo a dizer. Foi isso que meu pai quis dizer quando comentou que a Academia me remodelaria? Se sim, está funcionando.

Neo me avalia de cima a baixo, o olhar passeando pelo meu corpo.

— A detenção depois da escola serve.

O Sr. Collins concorda com Neo.

— Senhorita Sunder, por favor, me encontre depois da aula para discutirmos sobre sua punição, e se você tiver outra explosão como essa que insulte um de seus colegas, notificarei ao diretor.

— Isso não será necessário, senhor.

Desabo na cadeira, de mau humor, mas feliz por estar longe do centro das atenções. Neo parece satisfeito. Afinal, ele orquestrou isso, como faz com tudo.

— Detenção? — resmungo, baixinho. — Isso é o melhor que você pode fazer?

Neo enfia a mão por baixo da mesa e agarra minha coxa, apertando com força. As pontas de seus dedos cravam em meus músculos a ponto de dor, mas não digo nada.

— A detenção é apenas o começo. — Quando tento mover a perna, ele aperta com mais brutalidade. — Qual é o problema, Scar? Estou machucando você?

Sua mão desliza mais para cima na minha saia, e meu estômago dá cambalhotas.

— Não. Seu toque está me enojando. — Eu me mexo novamente, mas seu agarre se firma.

O Sr. Collins apaga as luzes e começa a passar uma apresentação de slides sobre o nascimento da poesia americana, mas a atenção de Neo está apenas em mim. Até Crew e Jagger estão assistindo à aula, ou, pelo menos, fingindo estar. Talvez seja isso que Neo quer – que eles fiquem sentados de braços cruzados enquanto ele lentamente me destrói... onde me encontro com medo de comfrontá-lo, com medo de discordar do que ele está fazendo comigo.

Quando Neo toca minha calcinha, meu coração dispara. Inclinando-se para perto, ele sussurra:

— Tenha medo, Scar. Estou sedento pelo seu medo.

De repente, ele enfia a mão por dentro da calcinha. Gotas de suor brotam em minha testa e minha mente paralisa. Com dois dedos, ele belisca meu clitóris. Não há nada de gentil no que ele está fazendo. Ele aperta com tanta força que tenho que cobrir a boca com medo de fazer um escândalo.

JOGOS SELVAGENS

Com a cabeça grudada à minha enquanto encaro meu livro, balanço a cabeça em negativa, ciente de que ele detecta o meu desdém.

Com a mão livre, tento me afastar de seu toque, mas estamos duelando com nossas mãos por baixo da mesa.

— O que vocês dois estão fazendo? — Crew quer saber.

Neo o ignora e eu não ouso levantar o olhar.

Jagger se faz de bobo, mas sei que é capaz de ver os tremores e movimentos do meu corpo.

Eu umedeço os lábios antes de me acomodar ainda mais no assento. Não sei por que faço isso. Rancor, talvez? Ou pode ser que eu seja simplesmente estúpida. Mas quando Neo curva as pontas dos dedos em minha entrada, me torno vítima da situação. Eu desisto e o deixo me penetrar com os dedos. Ele quer me tirar do sério – me fazer gritar para que todos ouçam. Neo adora chamar a atenção para mim, porque sabe o quanto odeio isso. No entanto, não vou fazer isso. Eu tenho força de vontade.

Ele está tão perto de mim. Seu peito está praticamente recostado ao meu ombro. Seus olhos atentos ainda estão focados em mim. De rabo de olho, confirmo essa impressão. Ele está observando minha boca. Esperando um gemido que escape por entre meus lábios.

Começo a arquejar à medida que ele vai mais fundo, e minha mão se agarra ao seu antebraço. Se eu me afastar, ele vai pensar que estou cedendo, e isso não pode acontecer.

Posso sentir a umidade da minha excitação grudando na pele das minhas coxas, logo, sei que ele é capaz de sentir também.

— Entregue-se, Scar. Você sabe que quer. — Suas palavras agitam meu cabelo, sussurrando contra meu pescoço.

Balanço a cabeça em negativa.

— Uh-hum — gemo, os lábios contraídos.

— Jagger — chama Neo, em um tom abafado —, segure a perna de Scar.

Eu olho para Jagger, balançando a cabeça negativamente, mas ele estende a mão e a coloca sobre a minha coxa, me segurando com firmeza no lugar. Ele sabe exatamente o que está acontecendo, mesmo que esteja fingindo assistir à apresentação de slides.

Neo empurra mais fundo, fazendo com que eu deslize para baixo na cadeira. Minhas pernas se entreabrem instintivamente, e deteto o fato de eu não as fechar na mesma hora.

Com a ponta da língua, molho meus lábios, e agarro o braço de Jagger.

RACHEL LEIGH

As pontas de seus dedos se movem em movimentos lentos, acariciando minha coxa grossa.

Abro mais as pernas para Neo, grata pelas luzes apagadas. Mas quando meu joelho esbarra no de Jagger, atraio sua atenção novamente. Um segundo depois, seu olhar retorna à apresentação de slides.

Franzindo os lábios, contenho o desejo de gritar.

Neste momento, duas coisas são certas: estou prestes a gozar e Neo vai amar cada segundo disso.

E eu odeio esse fato.

Meu estômago retorce. Cada músculo do meu corpo se treme todo diante do orgasmo se avolumando por dentro. Aperto o braço de Jagger com mais força, mordendo meu lábio inferior com mais força. Faço de tudo para extinguir a terrível necessidade de soltar um gemido alto.

Neo está me observando. Ele está me observando enquanto me leva às alturas, pronto para testemunhar o momento exato da minha queda.

Um ofego sobe pela garganta e minhas pernas tremem quando o orgasmo me devasta. No mesmo fôlego, o arrependimento me oprime.

Neo desliza a mão para fora da minha saia e eu me endireito na cadeira, ainda incapaz de olhar para ele conforme ele sussurra:

— De nada. — Em seguida, ele retorna ao seu lugar.

A mão de Jagger permanece no lugar, mesmo depois de eu ajustar minha saia.

Por fim, olho para Neo, apenas para decifrar sua expressão. Ao fazer isso, seu olhar se conecta ao meu e sua língua se arrasta por todo o seu dedo médio.

— Hmm… Doce. — Então ele se vira, me mostrando o dedo do meio.

Eu o odeio. Mas, nesse momento, eu me odeio muito mais.

JOGOS SELVAGENS

CAPÍTULO DEZENOVE

CREW

Quarto dia de almoço com Scar e as coisas ainda não estão se tornando mais fáceis. Sei exatamente o que Neo está fazendo. Ele a está empurrando goela abaixo na esperança de me ver cair de joelhos por ela. Dessa forma, ele pode virar o jogo e usar tudo contra mim.

Falando nisso, onde diabos ela está?

— Ei — digo para Jagger —, onde está Scar?

Seu olhar se ergue da bandeja, passeando por todo o refeitório.

— Não tenho certeza. Mas "onde está Neo?" é uma pergunta melhor.

— Acha que eles estão juntos? — Apenas pronunciar as palavras faz meu estômago doer.

— Duvido.

— Sim. Você provavelmente está certo.

Ainda assim, algo parece errado. É possível que Scar esteja pulando o almoço para evitar Neo, e ele está fazendo o mesmo para ficar longe dela. Mas é uma desculpa da minha cabeça, para não encarar a possibilidade real de que eles estejam juntos em algum lugar.

Encho a boca com uma garfada de burrito coberto com o molho azedinho, tentando minimizar a situação na minha mente.

Scar odeia Neo mais do que ela odeia qualquer um. Não há como ela estar com ele – não de bom grado, pelo menos.

— Estive pensando... — Jagger comenta, interrompendo meus devaneios.

— Sobre o quê?

— Scar. Neo. Nós. Na aula de hoje, Scar disse que você acreditou nela sobre a chave. É verdade?

Deve ser uma resposta simples para uma pergunta simples, mas nada é simples com esses caras. Dizer a eles que acredito nela me faz parecer fraco; no entanto, não acho que ela esteja com a chave. Meu instinto diz que outra pessoa a pegou.

— Honestamente? Sim, acho que sim. Algo sobre toda a situação me diz que ela não estava mentindo desta vez.

— Sim — ele acena com a cabeça, enfiando o garfo na comida e se afundando na cadeira —, eu acredito nela também.

— Sabe, Scar disse algumas coisas outro dia e fiquei remoendo sobre comentar isso com vocês porque queria descobrir por mim mesmo primeiro, mas ela acha que outra pessoa está fodendo com ela.

Jagger se senta ereto na cadeira.

— Sim. — Ele estala os dedos, ficando sério. — Uma merda estranha aconteceu na segunda-feira que me fez pensar o mesmo. Ela me acusou de colocar pra tocar uma gravação de uma conversa entre ela e Maddie, na floresta, e falou sobre um de nós tirando fotos dela. Por isso te perguntei sobre o assunto.

— Sim. Ela me contou tudo.

— Espere. Vocês dois estão se encontrando?

— Não. Não de verdade. Eu estava na cola dela por causa da chave. Então percebi que ela não estava com a porra, daí ela se tocou que não era eu ou você sacaneando com ela. Scar acha que é Neo.

Nós dois nos entreolhamos, nenhum querendo fazer a pergunta que pesava em nossas mentes.

— O que você acha? — ele pergunta, tomando a iniciativa.

— Não sei, cara. E você?

Com a cabeça inclinada para o lado, ele me encara fixamente enquanto pensa.

— Eu também não sei. Só acho que Neo não agiria assim pelas nossas costas. Temos sido bastante francos um com o outro sobre nossos planos.

— Sim. Entre vocês dois, sim. Comigo, nem tanto.

Ele zomba.

— O que você quer dizer?

— Você sabe exatamente o que quero dizer. Foi por isso que fiquei chateado outro dia. Vocês dois estão sempre mudando de planos ou fazendo coisas que não me envolvam. Está ficando batido pra caralho.

— Sinceramente, cara, não fizemos muita coisa sem você.

— Ah, é? — Ergo a cabeça. — E a noite lá nas fontes? Alguma coisa que você queira me dizer?

JOGOS SELVAGENS

Suas sobrancelhas se franzem e ele olha para mim. Nem preciso perguntar. Ele sabe exatamente do que estou falando.

— Como você soube disso?

— Eu tenho meus meios.

— Em minha defesa, não foi planejado. Neo ia foder com ela, mas eu a peguei primeiro.

Posso sentir a raiva se avolumando dentro de mim. Chegando a um ponto sem retorno, elevo o tom de voz:

— Não importa de quem eram os dedos dentro dela, apenas que estavam lá.

Baixando a cabeça, ele enfia os dedos por entre os fios do cabelo.

— Não posso acreditar que ela te contou, porra.

— O que está feito está feito. — Não digo a ele que não foi Scar quem me contou, ou que sei por que vi com meus próprios olhos. — O que precisamos fazer é garantir que ninguém fora dos Ilegais tenha intenções com nossa garota. Quero ter certeza de que sabemos que não é Neo, para que possamos colocar esses idiotas em seu lugar. A questão é: você está comigo?

Jagger abre a boca para falar, mas nossa conversa é interrompida quando Neo larga sua bandeja na mesa com um baque.

— Do que vocês dois estão falando?

Há um momento de silêncio antes de eu, finalmente, dizer:

— Foda-se. — Solto o garfo na bandeja. — Você quer saber do que estamos falando, aqui está: alguém está perseguindo Scar e acho que é a mesma pessoa que está com minha chave. Então, me diga, Neo — eu me viro na cadeira, olhar nivelado ao dele —, é você?

Seu rosto fica vermelho com a pergunta.

— Primeiro de tudo, filho da puta: por que diabos eu roubaria sua chave? Em segundo lugar, por que perseguiria Scar quando posso fazer o que quiser com ela à luz do dia?

— Porque ela é Scar, porra. Com aquela atitude insolente e que não baixa a crista pra você.

— Você acha que eu me importo com o jeito com que ela me afronta? Ela me desafiou três horas atrás na aula e, dois minutos depois, meus dedos estavam nadando em sua boceta.

— Como é que é? — Meu cérebro tenta assimilar o que ele está dizendo. Lanço um olhar a Jagger, que está balançando de leve a cabeça abaixada. — Você sabia sobre isso?

Eu espero esse tipo de merda do Neo. Não me surpreende nem um pouco que ele tenha feito algo assim. Ele provavelmente não lhe deu escolha a não ser ficar lá sentada e obedecer. Mas Jagger é diferente. Um pouco mais equilibrado com uma lasca de coração. Ao passo que não tenho certeza se Neo tem um.

As fibras musculares do pescoço de Jagger se flexionam quando ele ergue o olhar. em seguida, ele coça a testa; cutuca a comida; faz de tudo, menos responder a porra da pergunta.

— E então, porra? — esbravejo, batendo na mesa e chacoalhando os talheres em nossas bandejas. — Você sabia?

Ele sabia. Idiota do caralho. Ele teve todas as oportunidades para me dizer cinco minutos antes de Neo chegar aqui, mas não disse nada.

— Por que diabos você se importa? — Neo pergunta, com sua atitude cheia de si.

— Por que me importo? — Elevo o tom de voz. — Talvez eu me importe porque vocês dois quase me renegaram por ter transado com a Scar e agora vocês dois estão mergulhando seus dedos nela também.

— Quem está mergulhando o quê e onde? — Scar indaga, vindo do nada. Ela está de mãos vazias, o que me faz pensar que já comeu, o que vai contra a regra de que ela almoça na nossa mesa.

Com os braços cruzados, seu olhar se intercala entre nós.

— E aí? Alguém está planejando me contar sobre o que estão falando?

Empurrando minha cadeira para trás, eu me levanto e faço a pergunta que queima em meu cérebro:

— O que aconteceu com você e Neo na sala de aula?

O rosto de Scar fica branco como um fantasma. É toda a resposta de que preciso, mas quero ouvir as palavras da boca dela. Ela olha para Neo, depois para mim.

— Nada que seja da sua conta.

De canto de olho, flagro o sorriso de Neo, e é o suficiente para eu agarrá-lo pela parte de trás da camisa e arrancá-lo de sua cadeira.

— Qual é a porra do seu problema? — Ele empurra meu peito. — Você realmente vai fazer essa merda de novo?

— C-crew! — Scar gagueja, tentando intervir. — Pare com isso.

Por que ela o está protegendo?

Solto Neo, que casualmente alisa a camisa com as mãos como se nada tivesse acontecido. Assim que me viro para Scar, sinto o punho de Neo voar

JOGOS SELVAGENS

em meu rosto. Minha cabeça vira para a esquerda e mordo a língua com tanta força que sinto o sangue na boca. Logo após, cuspo no chão do refeitório.

— Seu filho da puta! — Avanço em sua direção, agarrando-o pela cintura e levando-o direto para o chão. Ele é mais musculoso e pesado do que eu, então sei que é uma batalha perdida, mas minha adrenalina induzida pela raiva não dá a mínima.

— Parem com isso, vocês dois. — Ouço Scar gritando, apavorada. — Jagger! Faça com que eles parem!

Entre socos trocados, alguns acertando o alvo e outros não, Neo consegue prender minhas mãos com as dele acima da minha cabeça. Então, berra na minha cara, pau da vida:

— Você estragou tudo. Você a escolheu em vez de nós pela última vez. Estou farto de você. Tá me ouvindo? Farto!

Em um instante, ele me solta, sai de cima de mim e dá o fora do refeitório.

Jagger estende a mão para mim e eu a agarro. Assim que fico de pé, cuspo mais um bocado de sangue no chão.

Meus olhos disparam para Scar, que parece perturbada.

— Você é inacreditável — digo a ela.

Saio do refeitório da mesma maneira que Neo fez. Eu disse aos caras que trazer Scar aqui era uma péssima ideia. Então briguei com eles e contra esses joguinhos, porque sabia que Neo usaria isso a seu favor. Neo disse que nossa amizade acabou e, nesse momento, estou bem pra caralho com isso.

— Coloque sua cabeça no jogo, Vance! — o treinador grita para mim pela quarta vez desde que o treino começou uma hora atrás.

Ele é a única pessoa neste lugar de quem recebo ordens, e o homem não tem nenhum problema em usar sua autoridade sempre que pode.

Dexter joga a bola para mim e eu checo onde Davis está, indicando que ele vá para a esquerda enquanto a defesa o persegue.

— Jogue a maldita bola, Vance — o treinador rosna.

Hesito, meu olhar percorrendo brevemente o campo antes de arremessar a bola para Davis, mesmo ciente de que ele não vai pegar. Brady mergulha do nada e intercepta a bola. Suas pernas não param de se mover... e ele marca.

Merda.

— Que diabos está fazendo? — o treinador exige saber, invadindo o campo. Ele agarra o gradil do meu capacete e me puxa para a lateral do campo. — Você tem muita sorte por isso ser um treino-amistoso. Jogue assim sexta à noite, e eu te arrebento.

— Desculpe, treinador. Estou com a cabeça cheia.

— Bem, pois trate de clarear as ideias. E durma um pouco. Você está um lixo.

O treinador encerra o treino e saio me arrastando, como um mau perdedor, para o vestiário.

Clarear as ideias. Como se fosse fácil. Ninguém entende a pressão que estou sofrendo agora? Tudo o que estou fazendo é em prol do meu futuro e parece que está prestes a implodir. Neo fazia exigências quando se tratava de Scar e eu fazia tudo o que ele me pedia. Eu desisti dela. Eu me obriguei a odiá-la. Infernizei a vida dela. Apenas para Neo e Jagger se virarem e tentarem tomá-la para si. A diferença é que eles só querem o corpo dela, e eu sempre quis muito mais do que isso.

Pelo menos, eu quis um dia.

Porra. Não sei mais o que quero. Assim que esses jogos terminarem e Scar subir no ranking, espero que possamos relaxar um pouco e tentar ter um ano letivo decente.

A quem estou tentando enganar? Não há nada de normal neste lugar.

Chego ao vestiário e os caras me enchem o saco por causa da última jogada. Eu rio e retribuo os insultos. Fora de campo, eles sabem que não devem me criticar de jeito nenhum. Mas deixo passar aqui porque é o único lugar em que sinto um pouco de normalidade.

Depois de me trocar, pego meu telefone na prateleira do armário e confiro o horário – 16:20h –, antes de guardar o aparelho no bolso do jeans. Scar tem pouco mais de trinta minutos antes de sair de sua detenção de duas horas, então isso me dá tempo suficiente para ir para casa e tomar banho antes de ir atrás dela.

Isso não estava nos meus planos para esta noite, mas ela é tudo em que tenho pensado desde o almoço. Preciso desesperadamente falar com ela sobre o que aconteceu entre ela e Neo antes. Preciso que ela me diga que não significou nada. Só de pensar em alguém a tocando já me deixa louco. Alguns podem dizer que é o caso de querer o que não posso ter, mas acho que é mais sobre recuperar o que sempre deveria ter sido meu.

JOGOS SELVAGENS

CAPÍTULO VINTE

SCARLETT

Não dá para acreditar no Neo. Bem, dá, mas ainda não acredito que ele tenha me colocado na detenção. Não há um único aluno aqui além de mim. Como posso ser a única pessoa a ter problemas?

Claro.

As regras. As patentes. Os Ilegais. Todos obedecem porque são obrigados a isso. Todos menos eu.

Lambo a ponta do meu dedo e viro a página do livro de Literatura americana, sem nem ao menos ler o que está escrito nas páginas, mas folheando-as na esperança de que as palavras, de alguma forma, se prendam à minha memória porque o professor insinuou um teste surpresa amanhã.

Se eu estivesse na escola pública como deveria estar, nem estaria lidando com livros didáticos. Teríamos tablets e acesso *wi-fi*. Para uma sociedade tão rica, eles com certeza economizam em tecnologia.

A Sra. Evans, a supervisora da detenção, faz um som estranho de resmungo que chama minha atenção. Com os braços cruzados sobre a barriga, ela se inclina, parecendo extremamente desconfortável.

Tento voltar ao meu livro, mas os sons que ela está fazendo são dolorosos demais para ser ignorados. Talvez eu devesse perguntar se ela está bem. Ela parece que vai vomitar ou cagar nas calças.

De repente, ela se levanta, com o fino tecido de sua calça rosa cavado por entre as nádegas contraídas.

— Com licença, Scarlett. Eu preciso usar o banheiro. — Quando dou por mim, ela está correndo porta afora.

Não tenho certeza se quero rir ou chorar por ela, porque essa merda é uma merda – literalmente.

Espero que tudo fique bem para ela.

Okay, Scar. Estudar. Século XVII. 13 colônias. Expressar emoções através da poesia.

Aff! Não consigo me concentrar.

Fecho o livro com força e tamborilo com os dedos na capa dura. Eu me pergunto como os caras estão se saindo depois da confusão no refeitório hoje. Parece que minha presença – pela qual eles lutaram muito – causou uma pequena briga entre eles. Não estou surpresa que Crew esteja surtando. Por mais que declaremos um ódio mútuo, sei que ele odeia a ideia de qualquer outro cara me dando atenção. Mesmo que seja atenção negativa.

Não tenho certeza do que pensar de Jagger. Na verdade, ele tem agido supernormal e, por mais que eu não queira admitir para mim mesma, me diverti com ele outro dia. Eu nem me importei com ele segurando minha perna na aula. Na verdade, acalmou meus nervos de uma maneira distorcida.

Então tem o Neo...

Que porra...?

As luzes piscam e me tiram dos meus devaneios. Olho para cima, notando os painéis se apagando, um de cada vez.

Deslizando minha cadeira para trás, eu me levanto e atravesso a sala até o interruptor de luz. No segundo em que chego até lá, todas as luzes estão apagadas. Movimento o interruptor várias vezes, mas não acontece nada.

Que estranho.

Será que acabou a energia? Sei que havia previsão de neve, mas não esperava que fosse uma tempestade grande o suficiente para cortar a energia.

Confusa, agarro a maçaneta da porta, mas ela não gira.

Há um painel de vidro retangular na porta, então tento olhar para fora, mas o vidro está muito embaçado para ver qualquer coisa.

Tento a maçaneta novamente sem sucesso.

Esmurrando a porta, grito:

— Oi!

O medo me percorre na mesma hora. Não só está escuro aqui, por conta das luzes apagadas e do vitral impedindo a claridade natural, mas também estou presa.

Os pelos na minha nuca se arrepiam e meu corpo começa a tremer.

Agarro a maçaneta novamente e puxo, a mão trêmula conforme a outra soca a porta.

Um vislumbre de uma sombra chama minha atenção através do vidro grosso e embaçado da porta. Aguço o ouvido, começando a me acalmar, e fico à espera.

JOGOS SELVAGENS

Quando o único som audível é o bater do meu coração, digo baixinho:

— Tem alguém aí?

Inclinando-me para perto, pressiono o ouvido à porta e não tenho certeza se estou esperando que alguém esteja lá fora ou com medo de que possa haver.

Uma batida estrondosa na porta me faz pular para trás. Minhas pernas bambeiam e eu tropeço, mal conseguindo me manter de pé quando esbarro em uma mesa atrás de mim.

Algo, ou melhor, alguém, se aproxima da vidraça. Posso ver sua sombra. Eu me endireito e dou um passo em direção à porta, esperando ver quem está do outro lado.

Tudo o que enxergo é a cor preta. Um capuz? Uma capa, talvez? A mesma túnica que os caras usaram na cerimônia e a mesma túnica que o intruso usou nos dormitórios. Tem que ser.

Quem quer que seja, eles estão me observando. Estão cientes de cada arquejo, meus olhos em pânico, o tremor em meu lábio inferior. Se olharem de perto, também poderão ver as lágrimas cintilando nos cantos dos meus olhos.

Quem é você? Dou mais um passo para perto da porta, olhando através da janelinha em busca de um vislumbre de semelhança com alguém conhecido.

— Neo? — sussurro, me aproximando um pouco mais. Mas ao fazer isso, eles recuam, se distanciando cada vez mais a cada passo que dou. Estou a poucos centímetros da porta quando eles desaparecem.

Esperando que a porta esteja destrancada agora, tento abrir a maçaneta, mas ainda está trancada.

— Deixe-me sair! — berro, batendo as mãos na porta repetidamente, enquanto grito sem parar: — Deixe-me sair daqui!

Em um piscar de olhos, algo acerta a porta e espatifa o vidro, me fazendo voar para trás e cair de bunda no chão. Solto um grito, apavorada, a alma saindo do corpo conforme fico ali sentada, com as mãos pressionadas nos pedaços irregulares de vidro grosso ao lado.

Eu não me mexo. Estou chocada demais para me mexer. Assustada demais.

Em vez disso, espero, porque eles fizeram isso por um motivo. Para incutir medo em mim, talvez?

Tenha medo, Scar. Estamos sedentos pelo seu medo.

Neo disse isso. E foi ele quem me fez pegar a detenção.

Todo esse tempo eu estava pensando que não era um deles, mas quem mais faria isso comigo?

Reunindo coragem para enfrentar o que está esperando por mim do outro lado da porta, eu me levanto. Minhas pernas vacilam e ameaçam ceder, mas sou mais forte do que isso. Não sou um saco de pancadas e me recuso a ser derrotada. Vou morrer antes de me rebaixar para esses idiotas.

— Mostre a cara, covarde. — Minha voz sai um pouco trêmula e não demonstra minha resiliência... nem para mim mesma.

Talvez eu seja a covarde. Afinal, sou eu que estou do outro lado desta porta e à beira de um colapso mental.

É tão fácil fazer as pessoas acreditarem que você é forte quando cobre as partes frágeis de si mesma com ousadia e humor grosseiro. Eles só veem o que eu mostro. Mas algo me diz que essa pessoa já viu de tudo. Eles conhecem minhas fraquezas e têm toda a intenção de usá-las a seu favor.

Meu corpo inteiro treme quando me aproximo da porta, pisando em cacos de vidro temperado. Cada estalo sob minhas botas envia um espasmo pelo meu corpo que lança meu coração em outro frenesi de batidas aceleradas.

É seguro assumir que a porta ainda está trancada, mas agora há uma abertura que posso usar para alcançar o outro lado e destrancá-la. Acho que deveria ser grata por isso.

Qualquer fagulha de otimismo que tive é arquivado quando olho para o chão e vejo uma grande pedra envolta por uma fita de cetim e com um papel dobrado preso a ela. Não é qualquer fita – é uma branca com esquiadores bordados em preto e com uma medalha na extremidade. *Minha medalha.*

Com a mão trêmula, pego a pedra. Nem preciso olhar a medalha para saber qual é, mas faço de qualquer maneira. Viro a pedra e lá está ela. *1º lugar no Campeonato de Snowboarding de Coy Mountain, 2020.*

A curiosidade me faz desdobrar o papel branco, mas quando o faço, outro papel cai. Eu me abaixo e o apanho no chão, notando na mesma hora o recorte de jornal.

Um nó se forma na garganta conforme o desdobro. A manchete me faz fechar os olhos, as lágrimas descem soltas.

JOGOS SELVAGENS

Garota de 16 anos, do Condado de Essex, em coma após trágico acidente de snowboard em Coy Mountain

— Por que você está fazendo isso? — berro, agarrando a pedra antes de jogá-la na porta. Ela acerta a madeira e cai com um baque surdo no chão.

Não entendo por que alguém me provocaria com essa informação. Não é nada que eu não saiba.

É sobre Crew? Sobre nosso relacionamento após o acidente de Maddie? Neo odeia o que fizemos. Tanto que ele quer que minha vida seja um tormento. Essa é a maneira dele de representar isso?

Em uma fração de segundo, o medo dentro de mim se transforma em indignação.

Calor percorre meu corpo enquanto minhas botas estilhaçam ainda mais os cacos conforme sigo até a mesa em que estava sentada. Guardo a medalha no bolso lateral da jaqueta – junto com o papel amassado –, pego meus pertences e sigo para a porta antes que a Sra. Evans volte.

Há bordas afiadas se projetando da janelinha, então tomo cuidado ao enfiar o braço pela abertura. Flexionando o pulso, clico na trava e giro a maçaneta por fora.

Olho para a esquerda, depois para a direita, conferindo que a barra está limpa. Nenhum som a ser ouvido. Isso até a porta do banheiro das meninas se abrir e um cheiro nojento se infiltrar pelo ar.

Balanço a mão na frente do nariz, tentando impedir a catinga de chegar às minhas narinas.

— Scarlett! — exclama a Sra. Evans. — O que você está fazendo fora da detenção?

Confiro o relógio no meu pulso, em seguida, lanço um olhar de volta para ela.

— São 5 da tarde. — É mentira. Na verdade, são apenas 16:45h, mas perto o suficiente. Assim que ela vir a bagunça na sala, não vai importar muito que eu tenha fugido quinze minutos antes.

Seus olhos se arregalam.

— Mesmo? Já é essa hora?

Eu aceno com a cabeça, os lábios franzidos.,

— Está bem, então. Aproveite o resto da noite e espero não te ver aqui novamente.

Se fosse qualquer outro professor, seria um adeus estranho, mas considerando a detenção, também espero o mesmo.

Antes que ela se afaste e veja o vidro quebrado, corro pelo corredor. Assim que estou quase virando o canto, ouço-a gritar:

— Scarlett Sunder!

Estremecendo, eu me afasto e corro desesperada até a porta.

De uma forma ou de outra, tenho que me livrar dessa. Tenho certeza de que ela está entrando em contato com o diretor agora mesmo e discutindo outra punição. Tudo o que sei é que, se for forçada a ficar detida mais um dia, completamente engolfada em silêncio, minha cabeça pode explodir.

Eu sabia que estava nevando, mas não estava preparada para o que estou enfrentando ao sair do prédio. Um cobertor de penugem branca cobre tudo à vista. Há pegadas frescas indo e vindo por todo o lugar, e eu olho para baixo conforme corro, me perguntando se alguma delas pertence ao meu perseguidor.

Assim que me distancio o suficiente da escola, desacelero meus passos para uma caminhada rápida e sigo em direção à trilha com meu livro pressionado contra o peito.

Os pensamentos estão se atropelando na minha mente, tentando compilar tudo o que aconteceu desde que cheguei aqui. Não tenho ideia do que está acontecendo, mas preciso descobrir quem está fazendo isso. Infelizmente, acho que existem apenas algumas pessoas que podem me ajudar, porque tenho certeza de que não são elas. E eu realmente não quero pedir ajuda a essas pessoas.

Falando no diabo.

— Ei — Crew diz, aparecendo na trilha e caminhando em minha direção.

JOGOS SELVAGENS

Antes mesmo de ele me alcançar, sua colônia de sândalo com especiarias chega às minhas narinas. Seu cabelo úmido brilha sob a claridade que se infiltra por entre as folhagens altas das sempre-vivas. É óbvio que ele acabou de tomar banho, mas flocos de neve também umedecem as pontas de seu cabelo.

Sigo até ele, querendo ser legal porque a crueldade não vai me ajudar em nada. Nós nos encontramos na metade do caminho e paramos.

— Oi, Crew — digo, um pouco nervosa.

— Na verdade, eu estava indo para a escola para encontrar você. Você saiu mais cedo?

Pisco para afastar os flocos caindo em meus longos cílios e paro por um instante antes de dizer a verdade:

— Não. — Enfio a mão no bolso e tiro a medalha, segurando-a para mostrar a ele. — Fui forçada a sair.

Sua cabeça se inclina enquanto ele lê a gravura.

— Você ganhou uma medalha por ir para a detenção?

— Não — balbucio —, alguém foi até a sala de detenção e jogou uma pedra no vidro da porta com a minha medalha enrolada em volta dela e uma reportagem sobre o acidente de Maddie. Alguém ainda está fodendo comigo, Crew, e isso está realmente começando a me assustar. — Estou divagando e, enquanto continuo, a ansiedade mostra sua cara feia novamente. — O que eles querem? O que eles sabem? Não faz o menor sentido.

Crew pega a medalha da minha mão e olha para ela como se fosse um objeto estranho que caiu de uma nave espacial. Ainda segurando a medalha, ele me lança um olhar na defensiva.

— Não fui eu.

— Eu sei que não foi você. E sei que não era Jagger. Olha — digo, pronta para fazer as pazes —, preciso que vocês me ajudem. Começando por me livrar de problemas com a Sra. Evans. A sala de aula ficou uma zona. Eu sei que não somos amigos, Crew, mas você tem influência aqui e contatos. Não posso ter medo de que alguém apareça em cada esquina.

Ele morde o canto do lábio.

— Posso falar com Jagger, mas não acho que vai funcionar com Neo. Ele está muito empenhado em mostrar o quanto te odeia.

— Sim. Ele não está de brincadeira.

— O que me leva à minha questão. — Ele inclina o queixo, os olhos grudados nos meus. — O que aconteceu entre vocês dois na aula?

Estou surpresa com a pergunta e realmente não acho que seja necessário divulgar qualquer informação, mas estou temporariamente tentando cair em suas boas graças.

— Provavelmente apenas mais um de seus joguinhos.

— Não. — Ele balança a cabeça. — Aquilo não foi um jogo, mas mesmo que fosse, por que você participaria voluntariamente?

Exalo uma respiração pesada.

— Não sei. Realmente não sei, Crew. Acho que parecia um jogo para mim. Neo estava tentando me irritar e eu queria mostrar que ele não conseguiria isso.

É a verdade. Quando começou, eu tinha toda a intenção de controlar a situação, mas conforme as coisas avançaram, perdi o controle e Neo venceu.

— Como foi para você?

Não há nada que eu odeie mais do que a sensação de derrota, mas admiti-la é um segundo lugar muito próximo. Com os lábios contraídos e as sobrancelhas arqueadas, admito:

— Nada bem.

Crew passa as mãos pelo rosto, depois massageia as têmporas com as pontas dos dedos com um pouco mais de agressividade.

— Scar. Scar. Scar… tsc, tsc, tsc — balança a cabeça —, o que vou fazer com você?

Dou de ombros e forço um sorriso.

— Me ajude.

Há algo tão diferente sobre Crew agora. Nenhuma agressão. Sem má intenção. Quanto mais o observo, mais vejo vislumbres de arrependimento em seus olhos. Faz tanto tempo desde que vi Crew demonstrar qualquer emoção que não fosse raiva. Atrevo-me a dizer que ele está me lembrando muito o Crew de quem eu costumava gostar.

Ele inclina a cabeça na direção de onde veio.

— Vou acompanhá-la de volta ao seu dormitório.

Aceno em resposta, seguindo logo atrás dele.

Percorremos a trilha, lado a lado, em silêncio. Mas o silêncio é tão alto na minha cabeça, e eu odeio esse sentimento dentro de mim. Não o medo do desconhecido ou a preocupação sobre quem está me perseguindo. É algo mais, algo maior. É a atração que sinto em relação a Crew. Todas as nossas memórias me atingem com força total. O cheiro de neve misturado com o cheiro de sua pele. Calor fluindo pelo meu corpo, mesmo quando

JOGOS SELVAGENS

está frio pra caralho. A sensação de segurança e saber que tenho alguém ao meu lado quando quero chorar. Eu sentia tanto a falta dele, mesmo quando o odiava. E agora ele está aqui e, às vezes, ainda sinto falta dele. É tão estúpido. *Eu* sou idiota demais.

Eu gostaria de poder me convencer de que tudo o que ele fez tem a ver com o ódio de Neo por mim, mas senti as mãos maliciosas de Crew em todo o meu corpo. Ouvi as palavras cruéis saindo de sua boca. Palavras destinadas a me ferir. Mãos com o intuito de me machucar.

Chegamos aos dormitórios e Crew se vira para mim.

— Vou falar com Jagger, mas não posso prometer nada. As coisas estão meio complicadas com os caras agora.

Concordo com um aceno de cabeça, analisando as emoções embaralhadas que estou sentindo. Quero perguntar a ele por que ele faz isso, por que permite que Neo o controle do jeito que ele faz. Eu preciso saber se ele realmente pretende me machucar ou se só quer que eu pense que é isso o que ele quer. Tenho tantas perguntas sem resposta, mas vou com a mais difícil de todas, porque parece que estou pedindo a ele para escolher:

— Você acha que é Neo?

Se ele disser não, é porque sua lealdade está com ele, certo ou errado. Porque a verdade é que Crew não deveria saber, a menos que seja, de fato, Neo.

Se ele me disser que não sabe, saberei exatamente para quem estou olhando agora. Não o estranho que me atormentou no último ano e meio. Estarei olhando para Crew Vance – o cara que me segurou quando tudo que eu queria fazer era desabar.

Crew engole em seco, o pomo-de-adão se agitando. Em seguida, passa a língua pelos lábios e enxuga as gotas de neve derretida da testa.

— Eu realmente não sei, Scar. — Dá de ombros e volta pelo caminho que acabamos de percorrer, cabisbaixo.

Bem, isso foi inesperado.

CAPÍTULO VINTE E UM

CREW

Às vezes, a realidade te dá um tapa na cara e você não sente um pingo de dor. Isso parece acontecer muito comigo. A ponto de ser quase irreconhecível, então ignoro e continuo com minha vida.

Outras vezes, bate tão forte que você perde o fôlego. O golpe deixa uma marca que não vai desaparecer tão cedo. Você fica com o lembrete constante de como as coisas deveriam ter sido.

Não sei mais o que é real. Não sei em que acreditar. Não sei quem me protege, quem está ao meu lado ou quem está caminhando três passos à minha frente.

Neo é meu amigo, meu *melhor* amigo. Fazemos tudo juntos desde que me lembro. Neo, Jagger e eu nunca brigamos. Não desse jeito. Neo nunca foi de se abrir sobre seus sentimentos, mas depois do acidente de Maddie, ele ficou com raiva e deixou isso claro. Ele quer alguém para culpar por tudo o que perdeu e não é apenas sobre sua irmã — tem a ver com sua mãe e seu pai também. Mesmo que o pai ainda esteja por aqui, é como se não estivesse. Após a morte de sua esposa, Sebastian começou a beber além da conta, o que o torna instável e imprevisível. Sei que Neo arca com o pior de sua ira, e odeio que isso aconteça com ele.

Mas por que todos nós deveríamos sofrer junto com ele? Sou um péssimo amigo por não querer? Tentei ajudar Neo quando ele se fechou. Jagger e eu tentamos. Mas não adiantou nada, então, um tempo depois, nós dois paramos de tentar.

Assim que chego à porta de nossa casa, ela se abre.

— Onde diabos você estava? — Neo pergunta, a raiva exalando de seus poros.

— Tive que cuidar de uma coisa. — Passo por ele, tirando meu casaco e pendurando-o no cabideiro. — Você pegou minha nova chave?

Ainda não sei quem pegou a porra da minha chave, então era esperado que o pai de Neo passe por aqui para deixar outra. São poucas unidades feitas, porque é um risco ter muitas por aí. A chave-mestra abre todas as portas da BCA, inclusive as subterrâneas.

— Ele não apareceu. — O olhar inexpressivo de Neo está fixo na parede antes que ele o desvie e volte a agir como o típico idiota. — Que porra foi essa que você teve que cuidar?

Gesticulo com a mão e sigo até a cozinha.

— Nada importante.

Neo vem logo, não deixando o assunto de lado.

— Isso envolveu *ela*?

— Ela tem um nome.

— Apenas responda à maldita pergunta.

— Não. — Eu me viro, as mãos pressionadas contra o balcão de mármore da cozinha. — Eu não tenho que responder suas perguntas, mas que tal você responder a uma das minhas? — Eu o encaro, sem nem ao menos piscar, porque quero que ele saiba quão sério estou falando. — Você está perseguindo a Scar?

Uma risada debochada irrompe.

— Não, eu não estou perseguindo *ela*. Que tipo de pergunta é essa?

— Uma que já perguntei antes e tenho certeza de que você mentiu para mim na época, assim como acho que está mentindo agora.

Neo se vira, evitando contato visual, o que levanta algumas bandeiras vermelhas.

— Você precisa esquecer essa garota antes que ela te arruíne completamente.

Não tenho certeza se acredito nele, mas sei um jeito de descobrir.

— Se eu for arruinado, não será culpa de Scar.

Sua cabeça vira de supetão.

— O que você está dizendo?

— Estou dizendo que ela não é o problema.

Há duas maneiras de fazer isso, mas conheço Neo e ele nunca concordaria em ajudar Scar se não houvesse algo para ele. Se ele sabe que pode colocá-la ao seu alcance para controlar, pressionar e sacaneá-la sempre que quiser, não há como deixar passar o que estou prestes a oferecer.

Cruzando os braços, ele pergunta:

— Você está dizendo que eu sou a porra do problema?

— Não. Estou dizendo que tem alguém brincando com Scar, usando Maddie para entrar na cabeça dela. Eles estão tentando…

— Opa. — Ele levanta a mão, me calando enquanto me encara com os olhos entrecerrados. — Do que diabos você está falando? O que isso tem a ver com Maddie?

— Alguns dias atrás, alguém seguiu Scar pela trilha fora do prédio da escola e tocou uma gravação de uma conversa particular entre ela e Maddie. Hoje, na detenção, alguém atirou uma pedra pelo vidro da porta com um recorte de jornal relatando o acidente de Maddie.

Neo inclina um pouco a cabeça para trás.

— Você está brincando, certo?

Eu o encaro, sem demonstrar qualquer emoção.

— Parece que estou brincando?

— E você tem a coragem de perguntar se fui eu, porra? — Sua voz se eleva. — Você acha que eu macularia minha irmã assim? Que teria gravado uma conversa particular dela só para foder com a cabeça da Scar?

Não digo a ele que acho. Mas diante da sua reação, não tenho certeza se acredito que foi ele por trás disso tudo.

— Olha, eu tive que perguntar, porque se não foi um de nós três, significa que alguém está tramando algo e não é apenas por ela estar aqui. Isso remonta a anos, quando Scar e Maddie andavam juntas o tempo todo. Deve ter sido antes de Scar ser expulsa do Essex High.

Neo fica quieto por um minuto, andando pela cozinha enquanto coça a cabeça, imerso em pensamentos.

— O que você está pensando? — sondo, e ele levanta um dedo, mastigando o lábio inferior.

Os segundos se transformam em minutos e observo como a raiva o domina, centímetro por centímetro. Assumindo completamente o controle de seu corpo. Ele agarra as panelas penduradas na ilha central e as arremessa contra a parede. Em seguida, joga tudo de cima da mesa no chão, rosnando e praguejando. Eu observo enquanto Neo perde todo o controle e nem sequer vacilo, porque já vi de tudo antes.

Por fim, ele para, a testa coberta por uma camada de suor e as bochechas vermelhas.

— De todas as coisas que aquela cadela fez, esta supera todas. — Dá uma risada ameaçadora. — Ela vai pagar. Ah, se vai, porra.

Franzo o cenho, confuso.

JOGOS SELVAGENS

— O quê?

Ele começa a falar seus pensamentos como se estivesse dizendo para si mesmo e eu nem estivesse presente:

— A vadia fodida ataca minha irmã... minha família! Daí, ela teve a ousadia de vir aqui e se fazer de vítima. Tentando armar para mim e colocar meus malditos amigos contra mim. Ela achou a sensação estranha de ter meus dedos dentro dela? Espere até sentir meu pau em sua garganta, sufocando-a até que ela admita que não passa de uma víbora. E mesmo assim, continuarei até vê-la dar seu último suspiro, porque ela nem merece respirar o mesmo ar que Maddie.

Bem, isso não saiu como planejado. Scar não está fingindo essa merda. Esta não é uma tentativa de manipular a mim e a Jagger, para que deixemos Neo e fiquemos do lado dela ao invés do dele.

É?

É Scar quem está três passos à nossa frente o tempo todo?

Não. Sem chance. De jeito nenhum. Eu conheço Scar. Ela não usaria Maddie assim. Simplesmente não há como. Ela ama Maddie tanto quanto todos nós. A coisa é, Neo nunca vai enxergar isso, e eu preciso protegê-la e proteger a Sociedade ao mesmo tempo.

— Só há uma maneira de descobrir — digo, por fim, esperando que isso funcione.

Neo para de andar, aprumando a postura.

— Como?

— Fácil. Nós jogamos o jogo dela e ela joga o nosso, mesmo sem saber.

Seus olhos se animam.

— O que você tem em mente?

— Ela perguntou se poderíamos ajudá-la a descobrir quem é a pessoa que a está perseguindo, então nós a ajudamos... enquanto nos ajudamos ao mesmo tempo.

Neo assente lentamente, esfregando o queixo. Seus olhos brilham com malícia.

— Continue.

— Precisamos ficar de olho nela... um olhar mais atento.

— Desde que seja eu quem a apunhale pelas costas quando terminarmos, conte comigo.

CAPÍTULO VINTE E DOIS

SCARLETT

— Ah, hmm... Oi — Riley diz, levantando-se da minha cama em um pulo e se afastando de Elias.

Meus olhos viajam dela para ele.

— Oiiii... — Arrasto a palavra, tentando descobrir exatamente o que está acontecendo aqui. — Você está... aqui à minha procura? — pergunto a Elias, sem saber o que ele está fazendo no meu quarto, na *minha* cama.

— Estou — diz ele, rindo nervosamente.

Largando meus livros sobre a escrivaninha, fico imóvel enquanto Riley mordisca as unhas do seu lado no quarto.

Elias continua:

— Vim trazer isto. — Ele puxa um livro de trás das costas. Não é qualquer livro... é A Cor Púrpura, de Alice Walker.

— O quê? Você está falando sério? — Eu o pego de sua mão, virando-o e passando os dedos pela lombada. — Onde você conseguiu isso? Não estava na biblioteca.

Elias sorri.

— Eu tenho meus métodos.

— Obrigada, Elias. Isso é incrível.

— Sem problema, sério.

Há um momento de silêncio constrangedor antes de me referir ao elefante na sala.

— Vejo que você conheceu Riley.

Olho para minha adorável colega de quarto, cujas bochechas estão rosadas. Normalmente, eu diria que é por culpa da maquiagem, mas não desta vez. Elas estão em um tom especial hoje.

— Hmm… Sim. Nós nos conhecemos. — Elias meneia a cabeça, o olhar intercalando entre mim e Riley.

— Bem — digo, esperando aliviar o clima embaraçoso —, já que se conheceram, você deveria sair conosco esta noite. Ouvi dizer que haverá algo emocionante acontecendo perto do centro atlético ao entardecer.

Não menciono os jogos porque, aparentemente, são informações confidenciais, mas o fato de omitir os detalhes torna tudo mais empolgante.

— Parece divertido. — Elias bate com as mãos nas pernas e se levanta. — Posso te encontrar do lado de fora do seu dormitório por volta das oito, se estiver tudo de boa? Duas garotas bonitas como vocês realmente não deveriam sair andando sozinhas à noite.

E agora é a vez de as minhas bochechas corarem, com um sorriso tímido.

— Você é muito gentil.

— O que posso dizer? Sou um cavalheiro. — Ele e Riley trocam um olhar antes de ele seguir até a porta. — Vejo vocês duas hoje à noite.

Concordo com um aceno de cabeça, e Riley esconde o rosto.

Assim que a porta se fecha, estou em cima dela.

— Desembucha. Agora.

— O quê? — Ela faz de tudo para evitar o contato visual, então eu agarro seu braço e a giro. — Ele veio aqui há uma hora. Não sabia que você estava em detenção. Eu disse que ele poderia esperar aqui, daí começamos a conversar.

— Você estava flertando — caçoo.

— Não pude evitar. Você viu aquele cara? — ela confessa, sorrindo de orelha a orelha. — Mas se ele estiver a fim de você e vice-versa, vou recuar totalmente.

Eu rio, porque a situação é risível.

— Elias *não* está a fim de mim e nem eu dele. Nós somos apenas amigos.

Ela levanta uma sobrancelha.

— Ele sabe disso?

— Bem, eu diria que ele sabe agora. Ainda mais porque minha colega de quarto estava dando em cima dele.

As bochechas de Riley coram mais uma vez.

— Desculpe. Faz tanto tempo desde que um cara se interessou o suficiente em ter uma conversa profunda comigo.

— Bem, eu, pelo menos, estou feliz. Na verdade, acho que vocês dois deveriam continuar se conhecendo. Só estou com raiva de mim mesma por não ter percebido antes. Mas, eu disse que arranjaria um encontro para você hoje à noite. Então, de nada.

Sua expressão se torna séria e ela coloca as mãos nos meus ombros.

— Olhe nos meus olhos e jure que não está a fim dele.

— Eu. Não. Estou. A. Fim. Dele.

Ela junta as mãos animadamente.

— Graças a Deus, porque ele é tão gostoso e faz muito o meu tipo.

Abro a boca, procurando as palavras certas, já que não o rotularia exatamente como gostoso.

— Ele é... muito atraente.

Elias tem boa aparência. Não é todo musculoso, mas posso dizer que tem cérebro. Ele tem esse visual nerd sexy e posso imaginá-los totalmente se dando bem. Na verdade, é perfeito. Agora, isso a manterá longe dos Ilegais.

Uma batida soa à porta e meu olhar dispara para Riley.

— É a Melody — informa. — Ela veio buscar meu uniforme de torcida para lavar a seco.

Enquanto ela reúne o uniforme para Melody, aproveito para sacar meu telefone da bolsinha de maquiagem e ligar para minha mãe.

Quando Riley abre a porta, passo por Melody, que me lança um olhar cínico. Retribuo o gesto e mostro a língua para ela como uma criança petulante.

— Já volto... Preciso usar o banheiro — digo a Riley.

Em vez de ir direto para o banheiro, vou até a varanda que fica no final do corredor. Estou bem ciente de que telefones não são permitidos aqui, mas não havia como passar o ano letivo inteiro sem ouvir a voz de minha mãe ou saber notícias de Maddie. Depois de tudo o que aconteceu em torno de seu acidente, ela está sempre na minha mente e preciso saber se está bem.

Já esperando um sermão da minha mãe, digito o número dela no celular pré-pago. Não fico nem um pouco surpresa por ela não atender ao número desconhecido, então deixo uma mensagem, esperando que me ligue de volta imediatamente.

— Oi, mãe. É a Scarlett. Eu sei o que você está pensando: *como você está me ligando?* Não se preocupe. Ninguém sabe. Eu só preciso falar com você. Me liga de volta, por favor. Amo você. Tchau.

Encerro a mensagem de voz, guardo o celular de novo na bolsa de maquiagem e aguardo.

JOGOS SELVAGENS

Com as palmas das mãos pressionadas no corrimão, contemplo a propriedade da BCA. A neve está caindo com força agora, mas graças à cobertura, sou atingida apenas por alguns flocos.

É tão bonito aqui. Tão tranquilo quanto permito que seja. Se todos os dias pudessem ser sossegados e silenciosos, eu poderia aprender a amar este lugar.

Meu telefone zumbindo rapidamente me lembra que o silêncio é uma raridade aqui. Tiro-o do bolso e atendo imediatamente.

Antes que eu possa dizer "alô", minha mãe começa a dar a bronca:

— Scarlett Gwyneth Sunder! Onde, em nome de Deus, você conseguiu um telefone para usar aí? Você conhece as regras. Está tentando ser expulsa?

Ela nem me dá a chance de responder a todas as perguntas, então ouço, e ouço mais um pouco.

— Se os Ilegais ou o diretor pegarem você com essa coisa, sabe o que eles vão fazer? Você será abandonada à própria sorte diante de todo o corpo estudantil. Eu sei disso, pois fizeram o mesmo comigo. Não é uma boa posição para se estar. Oi? Querida, você está aí?

— Estou aqui, mãe. É muito bom ouvir sua voz. Quase esqueci o quanto senti falta disso.

— Estou falando sério, Scarlett. Assim que encerrarmos esta ligação, você precisa jogar essa coisa no rio.

— Okay, mãe.

— Você está me ouvindo, Scarlett?

Elevo o tom de voz:

— Eu disse tudo bem, mãe!

Eu a ouço engolir em seco, provavelmente engolindo a saliva acumulada na boca por conta do estresse e da tagarelice.

— Como você está, querida? — Sua voz agora está calma, e sou grata por isso.

— Eu estou... bem, mãe. Eu só queria ouvir sua voz e ter certeza de que você deu uma checada na Maddie. Como ela está?

— Bem — ela começa, e essa única palavra dá um nó no meu estômago —, eu liguei para saber notícias dela, como prometi que faria, e, aparentemente, eles mudaram o esquema de contatos aprovados, então não faço mais parte da lista. Tenho certeza de que faz parte da política de privacidade deles e...

— Eles mudaram a política? Por que fariam isso? Não é como se ela estivesse em um hospital ou em uma cela de prisão.

Tenho visitado Maddie desde que ela foi morar naquela instalação particular. Minha família sempre esteve na lista.

— Como eu estava dizendo — mamãe continua —, tenho certeza de que faz parte da política de privacidade da clínica e eles atualizaram essa norma apenas para a família. Se quiser alguma informação, você poderia perguntar ao Neo. Mas não mencione esta ligação. Ele é um membro dos Ilegais. Sem falar que você sabe como são os homens Saint.

— Sim, mãe. Eu sei. — Minha mãe despreza os Saint, e isso não é nenhum segredo. — Duvido que Neo me diga alguma coisa. Eu mesmo ligarei para a clínica.

— Não, Scarlett. Se eles registrarem as ligações, o pai dela terá acesso a isso, e ele sabe muito bem que você está na BCA agora.

— Mãe! Eu tenho que saber como ela está. Preciso saber se ela está bem. Por favor, fale com o papai e peça pra ele resolver isso pra mim.

— Verei o que posso fazer. Encerre logo esta chamada e livre-se desse telefone, Scarlett. Você não precisa criar problemas para si mesma.

— Espera, mãe — digo, rapidamente, antes que ela desligue —, quero que diga ao papai que fiquei muito chateada por ele ter deixado meu *snowboard*. Ele sabe o quanto eu não queria isso aqui.

Ela fica em silêncio por um minuto antes de dizer:

— Ele não deixou. Coloquei de volta no armário do seu quarto quando chegamos em casa.

— O que quer dizer com "colocou no armário do meu quarto"? Encontrei a bolsa debaixo da minha cama no dormitório.

— Deve ser uma bolsa e uma prancha diferentes, porque eu, definitivamente, guardei a sua em casa depois que te deixamos aí. Agora, livre-se do telefone e fique longe de problemas. Te amo, querida.

— Okay. Eu te amo, mãe.

Ela encerra a ligação, e eu aperto o celular com força.

Com certeza, era a minha bolsa debaixo da cama. Tinha até a minha etiqueta de identificação do resort. Sem pensar duas vezes, ligo para a clínica onde Maddie está – sei o número de cor. De jeito nenhum Sebastian teria me tirado da lista de contatos aprovados. Ele pode ser um idiota, mas sabe o quanto Maddie e eu somos próximas e o quanto me preocupo com ela.

— Clínica Heartland. Quem fala é Tammy. Como posso ajudá-lo?

— Oi, Tammy. É Scarlett Sunder.

JOGOS SELVAGENS   199

— Ah, oi, querida. Como vai?

— Estou bem, obrigada por perguntar. Eu queria saber como Maddie está...

— Sinto muito, Scarlett. Infelizmente, o pai de Maddie removeu todos de sua lista autorizada, exceto o irmão dela. Eu bem que gostaria de poder lhe dar mais informações.

— Você não pode estar falando sério... Maddie é minha melhor amiga. Por que ele faria isso?

— Ele não disse e eu, realmente, não posso contar muito mais. Sugiro entrar em contato com o Sr. Saint.

Não faz sentido discutir isso com Tammy, porque sei que não é culpa dela, mas, com certeza, vou discutir com alguém sobre isso.

Encerro a chamada com o coração pesado. Não importa o quanto Neo me odeie ou o quanto minha mãe odeie Sebastian, eles sabem o tanto que Maddie e eu somos próximas. Sem falar que meu pai e Sebastian são como irmãos.

Simplesmente não faz sentido, mas vou garantir que alguém explique o que diabos está acontecendo.

— Você se tocou de que está fazendo 4 graus e nevando — digo a Riley, ao vê-la abotoando a saia jeans.

Ela se inclina e volta com uma *legging* branca na mão.

— É por isso que tenho isso. Elas combinam com a neve. — Ela enrola uma perna do tecido e passa um pé, depois o outro, puxando-o a peça por baixo da saia.

— Bem, pelo menos você vai combinar com a natureza. — O sarcasmo na minha voz é aparente quando visto um moletom preto enorme. Ele fica folgado, quase na altura do rasgo na coxa do meu jeans azul.

Riley adiciona o toque final com uma jaqueta de couro preta por cima da blusa de gola alta branca. Ela fica linda pra caramba com o cabelo em tranças francesas, enquanto adotei o visual totalmente crespo. Ela calça botas de couro até o joelho, enquanto eu opto por um tênis preto. Nós realmente somos o oposto uma da outra, mas nos damos super bem. Riley tem sido um alento neste lugar, e nunca imaginei que seria grata por ela ter sido escolhida como minha colega de quarto, mas sou.

Ao saímos do quarto, Riley tranca as portas. Como prometido, Elias está esperando por nós lá fora. Nunca mencionei a Jagger que levaria uns amigos, então espero que ele não se importe. Eu ainda não consigo entender o fato de que estou fazendo qualquer coisa com Jagger que não envolva estar falando mal dele.

— Olhem para estas duas lindezas. — Elias sorri conforme descemos os degraus em direção a ele.

Riley cora.

— Você é tão fofo, Elias.

Sou péssima com elogios, mas acrescento:

— Sim. Tão fofo.

A neve realmente acumulou nas últimas horas, mas há um caminho escavado, o que é bom, considerando que estou usando tênis e não botas.

O rugido de um motor, ou talvez de alguns motores, me faz olhar ao redor. Não consigo imaginar que os caras estejam em suas motocicletas com esse tempo.

— Limpadores de neve? — pergunto a Elias, quando ele percebe meu olhar atento.

— Sim, e motos de neve. Os Ilegais retiraram seus trenós e estão percorrendo as trilhas.

Ah, que alegria. Mais meios de transporte para eles. Se todos nós pudéssemos ser tão sortudos. Em vez disso, caminharemos debaixo de temperaturas congelantes, apenas para chegar aonde queremos ir.

Elias enfia a mão no capuz de sua pesada jaqueta de inverno e tira uma garrafinha de bebida. Ele desenrosca a tampa e entorna um gole. Quando ele passa a garrafa para Riley, ela também bebe um pouco e então a entrega para mim. Eu deveria manter a mente afiada esta noite, mas que diabos. Minhas narinas ardem com o cheiro de canela, e prendo a respiração à medida que roço o gargalo contra os lábios e ingiro uma pequena quantidade. Sinto a queimação por todo o caminho, mas a sensação desaparece rapidamente.

— Nada mal — comento, devolvendo a bebida a Elias. — Onde conseguiu isso afinal?

— Há uma aluna aqui que terceiriza de moradores locais, e ela pode nos conseguir praticamente tudo o que quisermos.

JOGOS SELVAGENS

— Ah, Melody?

— Sim. Esse é o nome dela.

— Você a conhece bem?

É difícil imaginar Melody e Elias tendo algo em comum, além de bebida e maconha. Não que eu o tenha visto fumar, mas o considero um maconheiro enrustido. Aquele que fica chapado e lê livros no escuro com uma lanterna. Na verdade, essa costumava ser eu. Mas Elias e eu temos tanto em comum que não me surpreenderia.

— De jeito nenhum, na real. Eu estava conversando com um cara que conhecia um cara que transou com ela e ele me arranjou algumas garrafas.

— Neo? — Eu rio, sabendo que Melody é obcecada por ele.

— Não. Acho que não. Neo Saint não ajudaria ninguém se não houvesse algo em troca para ele.

Isto é verdade.

Saímos da trilha e avistamos o centro atlético. Na mesma hora, lanço um olhar para o telhado, onde Jagger disse que estaria, mas está muito escuro para ver qualquer coisa além das luzes brilhantes no campo e dos postes na calçada.

— Quem você disse que vamos encontrar aqui? — Elias pergunta.

Sem saber se ele está falando comigo ou com Riley, respondo:

— Jagger.

— Jagger Cole? — Ele bufa uma risada, surpreso.

— Sim. Isso é um problema?

Seus lábios se contraem e sua cabeça se inclina para trás.

— Só um pouco chocado que você converse com qualquer um desses caras, depois do que eles estão fazendo com você.

Não tenho certeza do quanto ele sabe, mas não é como se meus encontros com os caras fossem de conhecimento público. Claro, os alunos aqui sabem que estou participando dos jogos, mas não sabem o que aconteceu com todos nós. A menos que haja algo que eu não saiba.

— Por que você diz isso?

— Meu colega Steven...

Estaco em meus passos.

— Você disse Steven?

— Sim. Foi ele quem me arranjou a bebida.

— Ah, não! — Chuto uma bolota de neve, imediatamente me arrependendo quando ela espirra pela minha calça. — Você é amigo daquele idiota? Ele é um dos caras que me sequestrou.

Meu peito aperta quando considero a possibilidade de Elias também ser um deles. Ele é um sênior, no entanto. Não poderia ter sido ele, poderia?

Riley dá um passo para o meu lado, olhando para Elias com as mãos pressionadas nos quadris.

— Você sabia sobre isso?

Meio assustado, Elias arregala os olhos.

— Quero dizer, ouvi sobre o que aconteceu, mas não sabia até depois do fato. Foi um jogo, no entanto. Jogos para os quais ela se inscreveu.

Há tanta coisa que quero dizer para me defender, mas não posso, porque a verdade é que me inscrevi para isso. Não posso ficar com raiva dos meninos que me levaram lá; eles estão apenas tentando passar por isso da mesma maneira que eu.

— Está tudo bem — digo, por fim. — Elias tem razão. Foi um jogo.

Começo a andar de novo, mas a cada passo as lembranças daquela noite inundam minha mente. A sensação de estar naquela água, incapaz de ver qualquer coisa ou falar. Aquela porcaria poderia ter acabado mal, e me preocupo com os futuros participantes desses jogos. Agora consigo entender por que alguns desapareceram ou morreram. Um pequeno erro pode mudar o curso de seu destino.

— Scarlett — diz Riley, correndo para me alcançar —, não acho que ele quis dizer isso.

— Sei que não, e não estou chateada.

— Tem certeza?

— Sim, Riley. — Eu rio. — Não sou louca. É um jogo. Um jogo que terminará em breve.

Ela acena com a cabeça em resposta assim que alcançamos a calçada coberta de neve. Uma rajada de vento envia arrepios pelos meus braços.

— Droga. Eu gostaria que eles fizessem isso em ambientes internos, onde é quentinho.

— Onde exatamente você disse que iríamos nos encontrar com Jagger?

Eu olho para o prédio.

— Lá em cima.

Elias estremece.

— Tipo… lá no alto?

— Uhum. Só não tenho certeza de como chegamos ao topo.

Elias aponta a cabeça para a lateral do prédio.

— Por aqui. Acho que tem uma escada na parte de trás.

JOGOS SELVAGENS

— Você não mencionou que estaríamos em um telhado — diz Riley, meio hesitante.

— Vai ficar tudo bem. É só uma pequena subida. Contornamos o prédio e, com certeza, haverá uma escada anexada.

— Não — diz Riley —, de jeito nenhum. — Balança a cabeça. — Não curto alturas e certamente não subo escadas.

— Sério, Ry? Não é tão alto.

— É fora do chão e isso é alto o suficiente para eu me retirar graciosamente com todos os meus ossos intactos.

Elias levanta um ombro.

— Riley e eu podemos assistir daqui de baixo. Está tudo bem para você?

Eu olho para ela, vendo se é isso que ela quer, e ela me dá um aceno sutil.

— Sim. Isso é totalmente de boa. Só não deixe Ry sozinha, certo?

— Claro que não. — Ele enlaça a cintura dela, e sei que ela está em boas mãos.

— Fique segura — Riley diz para mim, conforme subo a escada.

— Você também.

Quando chego ao topo, fico de pé e avisto Riley e Elias caminhando juntos, e isso me faz sorrir. Riley merece aquele friozinho na barriga que sei que está sentindo.

Jagger surge do nada, me assustando.

— Você conseguiu.

Ele parece quente em um par de jeans pretos, coturnos e um moletom azul-marinho da BCA. Seu cabelo castanho está salpicado de flocos de neve que brilham à medida que se aproxima.

Com um movimento lento e um pouco cambaleante, ele continua em minha direção.

— Sim. Decidi ver se os caras têm que aguentar o mesmo tipo de tormento que eu.

— Querida — diz ele, enlaçando minha cintura —, você ainda não viu nada. — Ele me puxa para perto, e na mesma hora sinto o cheiro da bebida exalando de seus poros.

Dou um empurrãozinho de leve para que ele se afaste e eu possa ver seus olhos. Estão vermelhos e meio nublados.

— Você está bêbado?

— Um pouquinho. E você?

— Não. Tomei um pequeno gole no caminho, mas não teve nenhum efeito em mim — digo, colocando a mão em suas costas e o conduzindo para longe da beirada. — Devemos nos sentar.

Jagger dá uma gargalhada, como se eu tivesse dito algo engraçado. Ele se afasta do meu toque e se posta bem na minha frente. Seus dedos acariciam meu cabelo e ele coloca uma mecha atrás da minha orelha.

— Como uma garota tão bonita como você acabou na nossa mira? — Seu corpo oscila um pouco mais, mas ele é forte o suficiente para ficar de pé.

— Você está muito bêbado e realmente deveria se sentar.

— Estou falando sério, Scar. Por que você simplesmente não ficou longe por todos esses anos? Talvez então Neo não quisesse tanto você aqui só para foder contigo.

Ele está falando demais, mas suas palavras bêbadas podem realmente ser benéficas – se eu puder evitar que ele caia da beirada do telhado, quero dizer.

— Podemos conversar sobre isso o quanto quiser, mas, por favor, venha se sentar.

— Tudo bem — ele berra, agarrando minha mão e me puxando pelo telhado. Nossos dedos se entrelaçam e meu coração dispara.

Contornamos um gerador e algumas caixas de ventilação em nosso intento de chegar ao outro lado.

Pouco depois, avisto um cobertor xadrez nas mesmas cores do uniforme da BCA perto da beirada e de frente para o campo de futebol. Em cima, há uma garrafa de uísque pela metade.

— Você bebeu tudo isso sozinho?

Jagger sorri.

— Sim. Quer um pouco? — Ele se abaixa, ainda segurando minha mão, e a pega.

— Talvez mais tarde — digo, para apaziguá-lo. A verdade é que não vou beber aqui em cima, tão distante do chão, e ele também não deveria. É um acidente premeditado.

Soltando sua mão, eu me ajoelho no cobertor, esperando que ele faça o mesmo.

— É uma bela vista.

— O campo está vazio agora, mas espere até ver o que eles estão prestes a fazer lá fora.

Por fim, ele se acomoda ao meu lado. Bem, *desaba* seria a palavra certa. Sua cabeça está perto do parapeito do prédio e as pernas estão estendidas ao meu lado. Com a cabeça apoiada na mão, ele me encara.

JOGOS SELVAGENS

— Ah, Scar — ele suspira.

Sorrindo, retribuo a brincadeira:

— Ah, Jagger.

Ele gargalha.

— Você é diferente, sabia? Sempre nos dando trabalho.

Nem me dou ao trabalho de responder.

Sua mão descansa na minha coxa e ele brinca com o rasgo no meu jeans.

— Acho que é por isso que gostamos. Você não se entrega a ninguém. E isso torna tudo mais interessante.

— Ah, é mesmo? É por isso que Neo também gosta?

— Nããão — diz ele, com a voz arrastada —, Neo não gosta disso. Neo quer que você se renda, e ele adoraria te fazer rolar montanha abaixo.

— Uau. Obrigado pela explicação detalhada.

Jagger dá de ombros.

— Desculpe, mas é verdade.

— Está tudo bem. Não é nada que eu já não soubesse. — Inclino a cabeça ligeiramente, ainda olhando para ele. — Mas o que não sei é por que você e Crew, de repente, estão sendo gentis comigo.

— Ah, como você é ingênua, Scar. Não confunda a bondade de ninguém com fraqueza. Não há um aluno na BCA que não esteja pintando um belo quadro para todos verem, usando como tinta o sangue de outra pessoa em sua tela.

Não tenho certeza se isso é conversa de bêbado ou honestidade brutal, porque se o que ele está dizendo for verdade, ele e Crew estão me usando como seu próprio estêncil pessoal.

— Talvez eu deva ir então. — Movimento as pernas, fazendo menção de me levantar e sair dali. — Se você só me convidou para vir até aqui como uma tática diabólica para conquistar minha simpatia, eu nunca deveria ter vindo.

A mão de Jagger aperta minha coxa, me segurando no lugar.

— Não foi isso que eu disse. Esta noite, você pode confiar em mim.

— E amanhã?

Ele inclina a cabeça para trás e contempla o céu.

— Por que se preocupar com o amanhã quando temos o hoje?

Repouso minha mão sobre a dele.

— Porque tenho que cuidar de mim. Ninguém mais aqui vai fazer isso. Pedi ajuda ao Crew e é óbvio que foi um erro. — Tiro seus dedos de cima de mim, um por um, depois pego sua mão e a coloco sobre o cobertor.

RACHEL LEIGH

— O que quer dizer com pedir ajuda ao Crew?

Eu observo atentamente enquanto ele agarra o tecido do cobertor em um punho.

— Eu estava convencida de que era alguém de fora dos Ilegais que estava me perseguindo, mas agora não tenho tanta certeza.

— E você perguntou ao Crew se poderíamos ajudá-la?

Balanço a cabeça em concordância.

— Ele nunca mencionou isso. Não para mim, de qualquer maneira.

— Hmm… Parece que vocês três não estão tão unidos quanto gostariam que todos acreditassem.

Ele morde o lábio inferior, olhando fixamente para a garrafa ao meu lado.

— Parece que você está certa. — Ele chega mais perto, colocando mais uma vez a mão na minha perna. — Talvez seja hora de parar de me preocupar com o que Neo e Crew querem e pegar o que sempre quis.

Sua mão livre desliza pela minha bochecha antes de agarrar meu queixo e me puxar para baixo. Minha boca encontra a dele, mas, desta vez, não me rendo. Cedi a todos esses três caras em um momento ou outro, e olha onde isso me levou.

— Não — eu digo a ele, me afastando de seu toque.

Ele solta um suspiro pesado e se deita no cobertor.

— O que você quer de mim, Scar? Você quer minha ajuda para encontrar esse cara que está te sacaneando?

— Sim — admito, sem rodeios —, é exatamente o que quero. E mais uma coisa. Um bônus, se preferir.

Seu olhar encontra o meu quando ele estica o pescoço.

— E o que você vai fazer por mim?

— Me ajude e eu faço o que você quiser. Mas você não pode *fingir* que vai me ajudar. Quero que você encontre mesmo esse cara, porque, seja lá quem é esse babaca, ele está me observando há um tempo e isso realmente me assusta.

— E o bônus?

— Descubra como Maddie está por mim. Não tenho como checar como ela está.

Deixo de fora a parte em que tentei e a informação foi negada, pois eles saberão que liguei.

Jagger se senta no cobertor, com as pernas dobradas e pressionadas ao peito e os braços pendurados sobre os joelhos.

JOGOS SELVAGENS

— Tudo bem. Vou perguntar ao Neo e informá-la.

— Então você vai me ajudar a descobrir quem está me perseguindo?

— Vou falar com os caras, que tal?

Claro. Ele não pode fazer nada sem a aprovação deles.

— Bem, Crew já deveria ter conversando com você e Neo sobre isso, então acho que vamos esperar para ver o que o mestre diz. — Reviro os olhos enquanto Jagger pega a garrafa e toma um gole.

— O mestre? — Ele ri. — Talvez eu seja o mestre e Crew e Neo façam o que eu digo.

— Duvido.

Ele pisca para mim, e um friozinho se alastra na minha barriga.

— Como você disse, vamos esperar para ver.

Quando me dou conta, cerca de uma dúzia de caras está correndo para o campo. Eu suspiro e começo a rir, observando-os entrar em campo usando fraldas geriátricas com chupetas com dois tons distintos de azul na boca e mamadeiras nas mãos.

Os olhos de Jagger seguem minha linha de visão, e ele ri também.

— Eu te disse que seria divertido.

— Homens seminus vestidos como bebês? Definitivamente, vale a pena subir aqui.

Um cara de capa preta com buzina de ar entra em campo; não tenho certeza se é Neo ou Crew.

— É assim que funciona: você é dividido em duas equipes, azul-marinho e azul-petróleo. O time perdedor vai à festa de amanhã nas Ruínas… exatamente com o que estiver vestido agora; isso significa que não pode trocar de roupa, e se você cagar nas calças, tem que usar aquela fralda cheia de merda. Quaisquer bebidas que for tomar amanhã só serão permitidas das mamadeiras em mãos. O time vencedor tem a noite de folga e é livre para beber o que quiser enquanto curte a festa.

— Então o que é isso? Uma partida de futebol?

— Tipo isso. É como pique-bandeira, mas você rouba a chupeta do jogador em vez de uma bandeira. Se deixarem cair a mamadeira, estão automaticamente fora.

— Esta é a coisa mais fodida que eu já vi.

— Certo — ele ri —, meu dinheiro está no time azul-marinho, e o seu?

— Acho que, para discordar de você, vou com o azul-petróleo.

Jagger olha para mim, as sobrancelhas levantadas.

— Gostaria de fazer uma aposta?

— Depende. Quais são as condições?

— Se o marinho vencer, eu ganho aquele beijo.

— E se o petróleo ganhar?

— Sua escolha.

Tamborilo meu dedo indicador no queixo, pensando, porque, se eu puder escolher, tem que ser algo bom.

Eu poderia pedir a ajuda deles novamente, mas isso não é algo que Jagger sozinho pode me dar. Eu preciso dos três. Talvez pudesse dizer a ele que quero ser liberada do meu dever de sentar com eles no almoço, mas, novamente, essa era a moeda de troca de Neo.

— Não sei. Que tal se eu puder guardar minha vitória?

Ele dá de ombros.

— De boa pra mim. Você vai perder de qualquer maneira.

Nós assistimos, morrendo de rir, os caras correndo e dando passes no campo. É libertador depois de passar tantos minutos do dia me preocupando e me perguntando o que vai acontecer comigo a seguir.

No final, há apenas um vencedor. E é o time azul-marinho, o que também significa que perdi para Jagger.

— Há algo revigorante em uma vitória, sabe? — ele provoca. — Bem, você não sabe. Porque você perdeu. — Ele toma outro gole de seu uísque. Assim que enrosca a tampa de volta, ele larga a garrafa, fica de joelhos e se inclina para mim. — Agora é hora de ganhar a recompensa.

— Você realmente quer me beijar? De todas as coisas que você poderia ganhar, você escolheu um beijo?

— Eu realmente quero. Vamos, Scar. Apenas um beijo. Mostrei a você o meu lugar secreto. Eu te convidei pra vir aqui pela sua companhia. Estou sendo o mais legal que posso.

— E agora você está usando seus gestos simples para me manipular para te beijar.

— Não, estou lucrando com minha vitória. — Seus lábios pairam a poucos centímetros da minha boca. — Mas você também quer, não é? — Suavemente, ele roça os lábios aos meus, nossos narizes se tocando.

O cheiro inebriante de uísque e sua colônia me seduzem. Se ele não fosse tão sexy, eu teria mais força de vontade, mas tenho um fraco pela sua beleza. Isso mascara sua malevolência e me atrai ainda mais.

Jagger embala minha cabeça na palma de sua mão, guiando lentamente minha boca para a dele.

JOGOS SELVAGENS

— Só me beije, Scar.

Então eu obedeço. Porque Jagger venceu e sou uma garota de palavra. Eu agarro seus ombros e intensifico o beijo. É abrasivo e áspero, nada doce. Anos de angústia se derramam em sua boca enquanto ele retribui o gesto.

O gosto amargo do uísque envelhecido encharca minha língua enquanto lambo a dele. Ele agarra meu cabelo, cravando os dedos em meu couro cabeludo, entrelaçando os fios entre seus dedos. Em seguida, eu desabo no cobertor e seu corpo forte pressiona o meu.

— Puta merda, Scar. Você não tem ideia de há quanto tempo eu te desejo.

Suas palavras ressoam em meus ouvidos como um tambor, a vibração disparando entre minhas coxas. Nunca vou admitir em voz alta, mas sonhei em como seria ter os três, individualmente e ao mesmo tempo.

Uma vitória da parte dele, de repente, se tornou uma vitória minha, e não há uma parte de mim que sinta um pingo de arrependimento.

— Que diabos está acontecendo aqui?

Até agora.

Empurro Jagger para longe de mim e ele rola de costas. Ergo o corpo de supetão.

— Crew?

O olhar traído me devasta, e é um sentimento que não vou esquecer tão cedo.

Sem outra palavra, Crew se afasta tão rápido quanto veio.

— Crew, espere. — Eu me sento direito e puxo meu moletom para baixo. Jagger tenta me puxar de volta para o cobertor, mas desta vez não desisto.

— Deixe-o ir. Ele está bem. Tudo está bem.

Não. Não está tudo bem. Se estivesse, eu não sentiria que traí Crew de alguma forma. No trajeto que percorremos juntos na trilha, as coisas pareciam diferentes. Como nos velhos tempos. Eu odiaria arruinar o progresso que fizemos. Mesmo que não fosse real da parte de Crew, era da minha.

— Desculpe. — Eu me levanto, afastando os flocos de neve da minha calça. — Eu tenho que ir.

— Espere um minuto, porra. — Jagger se levanta também, trazendo a garrafa com ele. — Eu irei com você.

Eu concordo com um aceno.

— Okay. — Ele realmente estar acompanhado de alguém quando descer aquela escada. Eu odiaria ser a responsável se algo acontecesse e eu fosse a última pessoa que poderia ter ajudado.

Estamos seguindo em um ritmo lento por conta do estado de Jagger. Quando chegamos à escada, eu o deixo descer primeiro porque, por mais que eu não queira ver seu cérebro espirrar no fundo, também não quero que ele me derrube.

— Aqui — pego a garrafa —, me dá isso pra que você possa usar as duas mãos.

Ele bufa e resmunga:

— Deixa comigo. Deixa comigo. — Então a enfia debaixo do braço. De frente para mim, ele desce e parece estar bem.

— Devagar — alerto.

— Quer parar de se preocupar tanto? — Seu corpo desaparece e tudo que vejo é sua cabeça quando ele diz, com um sorriso torto: — Você ainda me deve um beijo, já que aquele foi interrompido.

Caramba. O que mais se pode obter de um beijo? Foi intenso pra cacete.

— Acho que você foi pago integralmente.

— Depois vemos isso.

Ele abaixa a cabeça, e um segundo depois, ouço o som da garrafa se espatifando.

— Droga, Jagger! —Exalo um suspiro quando me aproximo da beirada. Olho para baixo e o vejo parado na escada, me encarando.

— *Ops...* escorregou.

— Vai logo.

Ele continua descendo e eu vou em seguida, esperando que Crew não esteja muito longe.

Assim que meus pés tocam o chão, eu o vejo. Cara a cara com Jagger; os punhos cerrados ao lado do corpo. Ele nem sequer olha para mim. Simplesmente ergue um punho e esmurra a bochecha de Jagger.

— Crew! Não!

JOGOS SELVAGENS

CAPÍTULO VINTE E TRÊS

CREW

Eu perco todo o controle. Sobre minha mente, meu corpo. As palavras jorram da minha boca enquanto meus punhos golpeiam, mas não consigo parar.

— Quem diabos você pensa que é para tocar Scar desse jeito?

Outro soco, desta vez na parte de trás de sua cabeça. Se Jagger não estivesse tão bêbado, seria eu que estaria com as costas pressionadas no chão.

— Saia de cima dele, Crew.

Sua voz ressoa ao redor, mas não dou ouvidos. Tudo o que ela está dizendo soa como palavras vazias.

Estamos rolando em cima dos cacos de vidro, e posso senti-los cravando nas minhas mãos, mas a dor não me impede de seguir com os golpes. Somente quando Scar posiciona os braços entre nós é que eu, finalmente, consigo me controlar. Cerro os dentes em advertência.

— Fique longe de mim.

Sou capaz de ver os olhos atormentados só por causa dessas poucas palavras.

Em um momento de fraqueza, Jagger me empurra para longe dele e eu caio para trás, me apoiando com as mãos no chão.

— Qual é a porra do seu problema? Ela não é sua. Nunca foi e nunca será! — Jagger grita, chutando um caco de vidro com a ponta da bota.

— Ela também não é sua.

— Oiii? — Scar ergue o tom de voz. — Estou bem aqui. Parem de agir como se eu não estivesse.

Nós dois olhamos para ela, mas ela só olha para ele.

— Jagger. Você pode nos dar um minuto? Por favor.

Uma sensação de alívio toma conta de mim e eu me levanto do chão, limpando as mãos ensanguentadas na calça.

Jagger não diz nada enquanto rosna e vai embora.

Scar me empurra alguns passos para trás.

— Qual é o seu problema?

— Você o beijou!

Erguendo as mãos, ela berra:

— E daí?

— Porra, você é burra, Scar? Não aprendeu a lição da última vez que deixou aquele filho da puta tocar em você? É um jogo para ele. É tudo um jogo!

— É um jogo para você também. Não é disso que se trata esta semana? Um monte de jogos estúpidos que machucam todo mundo?

— Não! — Nego com um aceno de cabeça, esperando que ela ouça a verdade em minhas palavras — Não é um jogo para mim. Não dessa vez.

Seus ombros relaxam e ela inclina a cabeça de leve.

— O que você quer dizer?

— Estou dizendo que quero te ajudar a descobrir quem é esse idiota que está te sacaneando. Eu estava subindo lá para falar com Jagger sobre isso, já que Neo concordou, então vi você com a língua enfiada na garganta dele.

Ela cruza os braços, o quadril empinando de um lado.

— O que vocês querem em troca?

Ela não vai gostar disso, mas se quer nossa ajuda, ela tem que cumprir nossas regras, e todos nós sabemos o quanto Scar odeia regras.

— Em troca, queremos que você fique com a gente o tempo todo. Você não pode ficar sozinha, a menos que estejamos te usando como isca para atraí-lo.

— O tempo todo?

— O tempo todo. Você vai se mudar para a casa dos Ilegais.

Ela ri, como se fosse algum tipo de piada.

— Aham, certo.

— Estou falando sério, Scar. Se alguém está tentando chegar até você, não é seguro ficar nos dormitórios. Não há câmeras, nem proteção. Tem que ser assim.

— Então deixe-me ver se entendi: você surta quando me vê beijando Jagger e perde a cabeça com Neo me tocando na aula. Mas quer que eu vá morar com esses caras?

JOGOS SELVAGENS

— Bem, eu estarei lá também.

Ela move os pés, inquieta.

— E isso torna tudo melhor?

— Talvez não para você, mas para mim já serve.

Scar fica quieta, o que não é típico dela, e isso me leva a acreditar que ela está realmente pensando nisso. Isso até que ela dispara:

— Não. Não vai rolar.

Passando por mim no chão coberto de neve, ela não para. Apenas continua se afastando.

Eu me viro e grito:

— Aonde você está indo?

— Pra casa!

Sem que ela saiba, sigo logo atrás, porque Scar tem problemas em dar ouvidos à voz da razão. Mesmo depois de eu ter dito que teria que ficar o tempo todo com a gente, ela ainda se afasta como se não houvesse um louco à sua espera na floresta.

Meus passos são silenciosos enquanto os dela são ruidosos; ela respira com dificuldade, bufando e resmungando por todo o trajeto de volta ao dormitório.

Estou a cerca de três metros de distância quando outra pessoa aparece na trilha. Alguém que a faz estacar em seus passos. Eu me escondo atrás de uma árvore, para ouvir que estão dizendo.

— Onde está Riley? — ela pergunta ao cara.

— Acabei de deixá-la no dormitório. Aparentemente, ela se arrependeu de sua escolha de roupas esta noite e estava congelando.

Scar ri e diz:

— Eu tentei avisar.

— Estou voltando para comer alguma coisa. Quer me fazer companhia?

Quem diabos é esse cara e por que eles estão agindo como velhos amigos?

— Na verdade, estou muito cansada. Vou para o meu quarto, dando a noite por encerrada.

— Tudo bem. Estarei do lado de fora da biblioteca por um tempo, se quiser conversar.

— Obrigada, Elias.

Elias? Por que esse nome soa tão familiar?

Este é o cara que Neo comentou que estava saindo com Scar direto. Ele deve ser amigo de Riley também, já que a acompanhou de volta ao dormitório.

Scar continua andando, enquanto *Elias* vem na minha direção. Assim que ele passa pela árvore onde estou escondido, estendo a mão e o agarro pela gola do casaco.

— Uou... Uou — ele diz, com as mãos erguidas em sinal de rendição.

Eu o giro e o empurro contra a árvore.

— Quem diabos é você?

Seus olhos estão arregalados de pavor conforme lentamente abaixa as mãos.

— Elias. Elias Stanton.

— Como você conhece Scar?

— Eu... eu a c-conheci quando ela c-chegou à Academia — ele gagueja. — Eu a vi na festa. Nós somos apenas amigos.

— Não, você não é. Scar não tem nenhum amigo homem. Fique longe dela, a menos que queira viver um ano infernal aqui dentro.

Ele assente, embora com ceticismo.

— Okay. Sim. Sem problemas.

— Marque minhas palavras. Se eu te vir perto dela de novo, vou acabar com a tua raça. — O cara engole em seco e eu dou um empurrão que o derruba no chão coberto pela neve. — Agora se manda e volte para o seu dormitório. Você não vai lanchar porra nenhuma esta noite.

Elias se levanta e sai da trilha, seguindo na direção do Poleiro dos Urubus, onde deduzo que esteja hospedado. Continuo caminhando até o dormitório de Scar e, quando chego lá, encontro um lugar onde não há neve, perto de uma árvore, e me sento na posição mais confortável possível. E é isso. Eu observo. E espero. Não tenho certeza do que estou esperando. Talvez que alguém suspeito apareça. Talvez aguardando até Scar dormir.

Depois de passar uma boa hora e torturar minha mente pensando no que poderia ter sido e no que ainda poderia ser, vejo as luzes se apagarem no quarto de Scar. Por capricho, ligo para Neo e peço que envie um Novato com a chave do quarto dela.

— Por que você precisa disso? — ele pergunta.

— Isso não diz respeito a você. Pare de questionar tudo o que faço.

— Certo. Vou mandar nosso Ás rebaixado, Victor, até aí. Mas não estrague tudo se apegando a essa garota.

— Não se preocupe comigo. Que tal você se preocupar com Jagger? Ele é quem estava dando uns amassos nela quinze minutos atrás.

— Jagger está aqui, e está bêbado pra caralho. Ele tinha uma desculpa.

— Claro que sim. Porque ele não faria isso sóbrio. Então, se eu tomar uns goles, posso transar com ela e dizer que a amo e que tudo está perdoado?

JOGOS SELVAGENS

Há um momento de silêncio antes de Neo perguntar:

— Você a ama, Crew?

— Não, eu não a amo, porra. Estou tentando provar um argumento.

— Pronto. Já provou seu argumento. Vou falar com Jagger. Vocês dois precisam parar de brincar, porque estão fazendo todos nós parecermos fracos pra caralho. Precisamos dela com a cabeça no lugar para amanhã.

Amanhã. Porra. Quase me esqueci do que vai acontecer amanhã.

— Sobre isso — começo —, não acho que ela esteja pronta. O rio e o enigma eram uma coisa, mas este é um novo nível de tormento.

— Tormento que ela merece. Vai acontecer, então sugiro que, enquanto estiver no quarto dela, você a destrua peça por peça, para que todos possamos vê-la desmoronar por completo.

— Tanto faz — digo a ele, sabendo que essa conversa é inútil. — Só mande a chave.

Vinte minutos depois, estou subindo.

Não me incomodo em bater, ciente de que vou acordar Riley. Se isso acontecer, terei que forçá-la a sair do quarto, e não estou com vontade de bancar o idiota agora. Minha mente está exausta e só quero falar com Scar. Não posso mais ficar longe. Sou atraído por essa garota como uma mariposa é atraída por uma chama e acho que um dia ela também pode se sentir assim por mim novamente.

Com a chave na fechadura, giro com cuidado até ouvir o clique que indica que consegui destrancar. Lentamente, giro a maçaneta e tiro a chave, abrindo a porta ao mesmo tempo.

Assim que a vejo em sua cama, através da penumbra de sua luz noturna, meu coração salta uma batida. Ela está de lado, com os olhos fechados; essa garota é um demônio linguarudo quando está acordada, mas um anjo de cabelo escuro quando está dormindo.

Fecho a porta com cuidado, então guardo a chave no bolso da minha calça jeans.

Com passos silenciosos, sigo até a sua cama e me sento na beirada, tomando cuidado para não a acordar – ainda não.

Até estar pronto, eu a observo e penso em uma época em que nos dávamos bem juntos. Um tempo antes do caos ser desencadeado, e eu me tornar um de seus grandes lobos maus.

— *Você está me observando, não é?* — *Um olho se abre, depois o outro.*

Afasto as mechas do cabelo escuro de seu rosto, alguns fios grudados na testa suada.

— *Talvez.*

Ela abre um sorriso, passando um braço pelo meu corpo e com a bochecha amassada no travesseiro.

— *Que horas são?*

— *Quase meio-dia.*

Ela se levanta de supetão, as sobrancelhas erguidas quase até a raiz do cabelo.

— *Meio-dia! Temos que ir. A família Aaron vai usar a cabana neste fim de semana.*

— *Calma, Bela Adormecida. Eu cuidei disso.*

Ela arqueia uma sobrancelha, sorrindo.

— *O que quer dizer com 'cuidou disso'?*

Deslizo pela cabeceira da cama e me deito de frente a ela.

— *Fiz uma ligação e disse a eles que o encanamento estava entupido. A cabana é nossa durante todo o fim de semana.*

Seus lábios se contraem e a cabeça balança contra o travesseiro.

— *Não, Crew. Não posso ficar o fim de semana inteiro. Eu tenho que visitar a Maddie no hospital. Você deveria ir também.*

Meu peito aperta com o pensamento de ver Maddie deitada naquela cama de hospital, ligada a todas aquelas máquinas. Ainda não fui vê-la. Não acho que consigo. Receio que, quando o fizer, a culpa que sinto se tornará um fardo que não poderei suportar.

— *Ainda não* — *digo a Scar.*

Ela se apoia em seu cotovelo, o rosto pairando sobre o meu.

— *Então quando?*

Dou de ombros.

— *Um dia.*

— *Olha, Crew. Eu sei como você está se sentindo. Eu também sinto o mesmo. Nós dois amamos Maddie, mas por mais errado que isso seja, acho que ela gostaria que fôssemos felizes.*

Eu bufo uma risada de escárnio.

— *Tente dizer isso ao irmão dela. Ele nunca concordaria.*

— *Então guardamos nosso segredo. É nosso e de mais ninguém. Um dia, quando as coisas se acalmarem, podemos contar a todos.*

Meus lábios pressionam seus lábios macios e quentes.

— *Se ao menos o mundo pudesse ver o que sentimos e sentir o que vemos.*

— *Eles não precisam* — *ela sussurra em minha boca.* — *Se minha única chance de ter você é tê-la em segredo, então esse segredo eu vou manter.*

Podemos ter nosso segredo novamente, se ela nos deixar. Eu sei que podemos.

JOGOS SELVAGENS

— Ai, meu Deus, Crew! — Scar se sobressalta, puxando o lençol claro para cobrir o peito. — Que diabos você está fazendo no meu quarto?

— Shhh… — pressiono meu dedo em seus lábios. — Você vai acordar a Riley.

Sua respiração ofegante suaviza, e ela segura minha mão, afastando meu dedo de sua boca.

— O que você está fazendo? — pergunta, agora sussurrando: — Como você entrou?

— Eu tenho uma chave. Eu precisava te ver.

— Você não deveria estar aqui, Crew. Você precisa sair.

— Venha morar com a gente, Scar. Para sua segurança. Pela minha sanidade.

— Você invadiu meu quarto à meia-noite para me convencer a morar com você? Você perdeu o juízo?

— Talvez sim. — Baixo a cabeça, passando os dedos pelo meu cabelo. — Porra. Não sei. Eu me sinto pirado ultimamente. Toda vez que vejo você com Neo ou Jagger. Toda vez que eles fazem gato e sapato de você, ou quando tentam tirar proveito. Eu não aguento. Eu sei que eles estão te cercando, e sei que tem algo rolando entre você e Jagger, mas ver isso me deixa louco.

— Não sei o que te dizer, Crew. Jagger e eu não temos nada, mas se é isso que quer pensar, acho que precisa superar, porque não sou sua e nunca serei. Não depois de tudo o que você fez comigo.

— Mas você vai ser dele? Você vai beijar Jagger? O que vem a seguir? Você está planejando transar com ele? Você já o deixou enfiar os dedos dentro de você, porra.

Ela me dá uma bofetada.

— Eu mereci isso.

— Você merece muito mais — ela rosna, pau da vida. — Agora, pare de me julgar e saia do meu quarto.

— Eu sei que você ainda sente isso.

Agarro suas mãos, segurando-as enquanto me aproximo dela. Ela se inclina para trás, mas invado seu espaço pessoal. Seu peito arfante me mostra que está nervosa. Seu olhar dispara para a minha boca, mas se desvia rapidamente de volta para os meus olhos.

— O que você quer de mim, Crew?

— Tudo.

RACHEL LEIGH

— É tarde demais — diz ela, em um tom repleto de desprezo. — Você perdeu Maddie e me perdeu também.

Suas palavras me ferem, me privando de oxigênio.

— Eu sempre quis você. Sempre foi você.

Ela engole em seco, pestanejando.

— Você me machucou.

— Eu sei que fiz isso e sinto muito. Eu gostaria de poder fazer você entender como é estar deste lado das coisas. Nunca fará sentido, então tudo o que posso fazer é pedir que confie em mim.

Sua cabeça se move lentamente antes de balançar com vigor.

— Acho que nunca mais poderei confiar em você. Não quando sua lealdade está atrelada ao Neo. E sua lealdade *sempre* será dele. Desde que você era criança.

— Só me dê uma chance.

Com uma postura retraída, tudo o que ela diz é:

— Não posso.

A esperança diminui na mesma hora. Não posso fingir que não vejo o vazio em seus olhos. Eles não possuem mais a admiração e o desejo por mim que uma vez tiveram.

Eu a perdi. Mas não vou desistir de tentar recuperá-la.

— Tudo bem — digo a ela, meneando lentamente a cabeça. — Estou indo, mas nada mudou, Scar. Se você quer que nós a ajudemos, tem que fazer o que pedirmos. Arrume suas coisas neste fim de semana, para que você possa se instalar em casa no domingo à noite.

JOGOS SELVAGENS

CAPÍTULO VINTE E QUATRO

SCARLETT

Acordei esta manhã com um bilhete ao lado da porta endereçado a mim. Desde que o peguei, tenho andado pelo quarto, de um lado ao outro, me convencendo a não o abrir, porém a curiosidade para saber do que se trata corrói meu estômago. Ou talvez meu estômago esteja comendo minhas entranhas, porque estou com muita fome.

— Apenas abra — Riley diz, de sua penteadeira, onde está aplicando sua maquiagem.

— São sete da manhã. Quem faz essa merda tão cedo?

— Os Ilegais. Eles fazem. Você está jogando o jogo deles, lembra?

Sim. Eu me lembro. E só tenho trinta e seis horas até estar livre. Mas será que algum dia serei realmente livre? Exigiram que eu me mudasse para a casa deles e, embora não tenha decidido, também não contei a Riley. Se eu aceitar, significa proteção, mas também significa que a estou abandonando. Se eu recusar, significa que terei que tentar pegar essa pessoa sozinha. O que parece quase impossível, já que eles já estão à minha frente muito antes de eu chegar.

— Okay. Vou abrir e acabar logo com isso. É apenas um bilhete. Nada demais.

— Nada demais? — Riley ri. — Qualquer coisa deles é algo demais.

Eu rosno para ela.

— Você não está ajudando.

— Apenas abra!

Deslizo o dedo pela aba. É o mesmo envelope, endereçado a mim da mesma forma que aquele que estava no rio, então não há dúvida de que é dos caras.

Pego a carta e a leio em silêncio.

> *A reta final está próxima. Apenas mais algumas jogadas e você chega a uma nova classificação no ranking.*
>
> *Infelizmente, quando um ganha, outro perde.*
>
> *Vá até a lavanderia do centro atlético e pegue os uniformes das líderes de torcida. Suas instruções estarão à sua espera.*
>
> *Você tem trinta minutos.*

Meu coração salta uma batida enquanto rapidamente dobro a carta e coloco de volta no envelope.

— Bem, o que dizia?

Merda. Merda. Merda. Eu bato o pé no chão. *O que diabos eles estão aprontando?*

— Hmm. Nada. Vejo você na escola. Vou andando hoje.

Pego minha bolsa na cama e vou até a porta, esperando que Riley não insista para arrancar mais informações.

— Espere. Scarlett ...

Abro a porta e a fecho com força antes que ela possa fazer qualquer outra pergunta.

Com a carta em mãos, quase amasso o envelope de nervoso.

Não tenho certeza do que está esperando por mim no centro atlético, mas este bilhete tem o nome de Crew escrito. Figurativamente. Não em sentido literal. Na verdade, tem meu nome, mas tenho certeza de que ele o deixou. Ele veio ao meu quarto ontem à noite, tentou me seduzir – o que quase funcionou –, depois saiu e deixou o bilhete na porta.

Estou correndo em disparada pela trilha, sentindo a neve se infiltrar por dentro dos meus tênis; *porra, como eu queria ter optado por botas desta vez.* Não há tempo a perder, então pensar demais não é uma opção.

Em breve, tudo acabará.

Chego ao centro em tempo recorde, faltando vinte minutos. Só espero que minha próxima tarefa não demore muito, porque a aula começa em meia hora.

JOGOS SELVAGENS

Onde fica a lavanderia? Olho para a esquerda, depois para a direita.

Eu sei que os alunos têm lavanderias nos dormitórios, mas não tenho ideia de onde se localiza a do interior deste prédio.

— Oi — cumprimento um zelador, que está arrastando um esfregão pelo chão —, você sabe onde fica a área de serviço?

— Fim do corredor à direita.

— Obrigada! — grito, me apressando pelo piso de mármore escorregadio e tentando não cair de bunda.

Uma placa acima da porta, no final, diz "Lavanderia", então eu a abro. Tem sinto um cheiro de brisa marítima e água fresca, se é que isso é um perfume. Se não, é como eu descreveria esse cheiro.

Meus olhos percorrem a sala e vejo os uniformes na mesma hora – todos pendurados em um cabideiro de parede e cobertos individualmente com plástico.

Quando me aproximo, vejo outro bilhete que faz meu pulso acelerar.

Baixo a cabeça, suspirando fundo. *Eu realmente não quero abrir essa porcaria.*

Confiro o horário no meu relógio. *Dezesseis minutos.*

Arrancando o papel grudado, percebo que está preso em uma... lata de líquido inflamável. E tem algo mais. Rapidamente rasgo o envelope, desta vez sem ter o menor cuidado de deixá-lo intacto.

Uma caixinha de fósforos cai do envelope, mas a pego no ar. Segurando-a em uma das mãos, leio o bilhete:

> *Queime tudo.*
> *Se você falhar em sua missão, é sua bunda que vai queimar.*
> *Você tem cinco minutos.*

Cinco minutos! Mas que porra... eu não deveria ter trinta no total?

Caralho! Pego todos os uniformes, amontoando-os em meus braços – são cerca de dez no total –, então pego a lata de inflamável.

Esta é outra das coisas mais fodidas que já tive que fazer, mas é melhor do que ser jogada no rio.

Se Riley descobrir o que estou fazendo, ela vai ficar superchateada comigo. Mas, ela mesmo disse que *tudo faz parte dos jogos.*

Assim que saio do prédio, largo os uniformes no chão. O recado não dizia onde eu deveria queimá-los, apenas dar cabo do serviço. Também não disse nada sobre queimar até se transformar em cinzas. Há tanta neve aqui que o fogo deve extinguir rapidamente. As pessoas passam por ali, algumas me olhando com estranheza, outras nem me dando atenção.

Com as mãos trêmulas, abro a lata do inflamável, esperando até que mais algumas pessoas se afastem. Assim que o fazem, começo a encharcar o plástico que cobre os uniformes. Antes que eu perceba, toda a maldita embalagem está vazia.

Olho de um lado ao outro, me certificando de que a área está limpa antes de abrir a caixa de fósforos e retirar um palito.

— Desculpe, garotas. É apenas um jogo. — Risco o fósforo e jogo na pilha de uniformes. Em questão de segundos, as chamas dançam no ar enquanto lentamente devoram o plástico.

Jogo a caixinha de fósforos no meio de tudo, fazendo com que o fogo cresça mais rapidamente, então saio correndo dali.

— Não encham o saco — digo a Neo e Jagger, enquanto coloco minha bandeja na mesa.

Eles ainda não disseram nada e não tenho certeza se estavam planejando fazer isso, mas parece adequado por conta da minha manhã. Estou transpirando de nervoso o dia todo, esperando uma líder de torcida me dar um soco no queixo.

— Olá para você também — responde Jagger, mal conseguindo levantar a cabeça da mesa. — E da próxima vez, você poderia colocar sua bandeja com um pouco mais de delicadeza?

Ele está de ressaca. Que bonitinho.

Levanto minha bandeja a centímetros da mesa, e, em seguida, a coloco com força na superfície.

Ele ergue a cabeça e eu digo:

— Desculpe — murmuro, com minha melhor voz infantil.

— O que você fez com Crew? — Neo pergunta, fixando-me um olhar.

JOGOS SELVAGENS

— Eu não fiz nada com ele. Talvez você devesse perguntar o que ele fez comigo, considerando que invadiu meu quarto ontem à noite.

Agora que eles mencionaram isso, Crew não esteve em nenhuma aula. Deduzi que estava vagabundando, o que ainda pode ser verdade.

Jagger esfrega as têmporas com força, encarando o hambúrguer intocado.

— Ele não voltou para casa ontem à noite.

— Ele não voltou? — Pego uma batata frita e a mergulho no ketchup. — Onde ele teria ficado? — Enfio a batata na boca, observando os dois e esperando por uma resposta.

— Ele sempre volta para casa — Neo diz, inclinando-se sobre a mesa com uma expressão severa — Então me diga, Scar. O que você fez com ele?

— Voltando ao que eu disse quando cheguei... Não encham o saco.

Estou tentando ignorar seus olhares indesejados enquanto como, mas é difícil, considerando que Neo parece querer me comer viva. Talvez se ele enchesse a barriga de vez em quando, ele não ficaria tão mal-humorado.

— Sua cadela. — O cumprimento ressoa em meus ouvidos, então viro a cabeça na mesma hora.

— Como é? — digo a Melody, que está acompanhada de sua gangue, incluindo Riley.

Ah, merda.

— Você ateou fogo nos nossos uniformes e vai pagar por isso! — Melody sibila a ameaça com as mãos pressionadas nos quadris.

Ignorando-a, olho para Riley.

— Foi um jogo. Eu tive que cumprir.

Riley balança a cabeça, a decepção nítida, então ela se vira e vai embora.

— Sentem-se e não venham à nossa mesa sem um convite novamente. — Olho para o outro lado e vejo Jagger, com as mãos firmemente pressionadas à mesa, encarando Melody.

— Mas ela...

Desta vez, é Neo quem interrompe:

— Não me importo com o que ela fez. Não se aproxime de Scar ou fale com ela novamente, a menos que ela fale com você primeiro.

Estou sem palavras. Nem sei como reagir ao que ele acabou de dizer. Neo está me defendendo?

Melody me lança um olhar mortal antes de dar o fora dali com seu pelotão.

— Por que você fez isso? — pergunto, sem rodeios.

— Você vai se mudar para nossa casa? — Neo sonda.

— Não sei. Ainda não decidi.

— Bem — ele respira fundo, a expressão firme —, se fizer isso, você estará sob nossa proteção. Se não o fizer, que o Senhor tenha misericórdia da alma de Melody Higgins.

— Por que ela precisaria de misericórdia?

Jagger ri.

— Porque ela virá atrás de você e você vai estraçalhar a garota.

Eu olho para baixo, mordendo meu lábio para conter o sorriso. Isso quase soou como um elogio.

Nós terminamos de almoçar e até que me saio bem. Neo estava seminormal hoje e, embora eu não confie em suas intenções, vou aproveitar enquanto posso.

O resto do dia passa bem rápido, mas quanto mais o tempo passa, mais começo a me perguntar sobre Crew.

Onde quer que ele esteja, espero que esteja bem.

— Acho que te devo um agradecimento — diz Riley, enquanto descemos a trilha para as Ruínas. — Se você não tivesse tacado fogo nos nossos uniformes, estaríamos congelando esta noite. Graças a você, podemos usar nossos agasalhos.

Eu quero rir, mas ainda me sinto mal por isso.

— Estou feliz que você não está brava. Esses caras inventam os jogos mais medonhos. Se é que dá para chamar de jogos. Parece mais um trote para mim.

— Está quase acabando, querida.

— Sim. Quase — murmuro, baixinho.

Riley consegue ler minha expressão e sei que é óbvio que meus pensamentos estão estampados na minha cara.

— Ainda preocupada com Crew? — pergunta.

— Tem alguma coisa errada. Não é típico do Crew perder um jogo. Em Essex, ele nunca faltou a um treino.

— Pode até ser, mas é realmente um problema nosso?

Ela não entende, e não estou surpresa. Guardei segredo sobre tanta coisa... Talvez seja hora de revelar a ela um pouco sobre meu relacionamento com os caras.

— Há algo que tenho que te dizer, Ry.

Ela vira a cabeça, os olhos fixos em mim conforme continuamos andando.

— Parece sério.

— É. Bem, mais ou menos. Na verdade, não.

Ela ri.

— É ou não é?

— É. Olha só — começo —, eu menti quando disse que as coisas com os caras eram bem de boa em casa. Meu problema com eles não tem a ver apenas com os jogos que sou forçada a participar. Vai além disso.

— Uau. Espere aí — ela diz, me parando e avaliando o entorno. Sua voz se torna quase um sussurro: — Vocês tinham alguma treta?

— Por que estamos sussurrando? — sussurro de volta. — Não é como se toda a escola não tivesse visto como eles me tratam.

— Verdade. Prossiga.

— Sim. Há uma rivalidade — continuo. — Você se lembra de eu te contar sobre a irmã de Neo... a Maddie?

— Lembro.

— Maddie e eu éramos melhores amigas. Maddie também era namorada de Crew.

Riley ofega.

— Ela era?

Não posso deixar de rir de suas reações dramáticas.

— Sim, ela era. Maddie sempre foi apaixonadinha pelo Crew desde que me lembro. Eu também era, mas nunca contei a ninguém. Bem, Maddie teve um acidente horrível sobre o qual não vou entrar em detalhes, mas que a deixou em coma.

— Ai, meu Deus, Scarlett. Eu sinto muito. Então, o que aconteceu com ela e Crew?

— Obviamente, Crew seguiu em frente. O problema é que ele seguiu rápido demais. Tipo, alguns dias depois... — Fecho os olhos ao dizer: — Comigo.

Eu continuo contando a ela como Crew e eu nos apaixonamos ao longo dos anos – muito antes de ele e Maddie começarem a namorar. Que ele só estava com Maddie para agradar ao Neo, porque *tudo* o que ele faz é isso. Então conto a ela como Neo e Jagger nos pegaram juntos em uma das cabanas da Seção Aima e Neo virou Crew contra mim nem mesmo um dia depois.

— Mas como? Quero dizer, eu entendo por que Neo ficaria chateado... já que ele era o namorado da irmã, mas como Neo exerce tanto domínio sobre esses caras?

— Eu tenho tentado descobrir isso a vida toda. Acho que se trata de superioridade. A família Saint é poderosa e mestre em manipulações. Posso honestamente ver Neo Saint como o futuro presidente dos Estados Unidos.

— Totalmente. — Riley ri. — Sério, Scarlett. Esse lance que rolou com a sua amiga é horrível. Posso entender por que você se sentiria culpada, mas não podemos evitar por quem nos apaixonamos. Os Sangues Azuis não são exceção.

— Só que, como Sangue Azul, não temos a escolha de seguir nossos corações, o que é muito triste, pois a alma gêmea de um membro pode ser um estranho, e eles nunca terão a chance de sentir esse amor devido às regras.

— Ei — ela sussurra, me puxando para o lado da trilha —, quer ouvir um segredo?

— Você sabe que quero.

— Ouvi um boato de que um membro já teve um relacionamento aqui na BCA e quando os Ilegais descobriram, mataram o cara.

— Qual é... — gesticulo a mão no ar. — Você não pode acreditar em tudo que ouve. Claro, todos os Ilegais, antes e agora, são idiotas, mas não são assassinos de verdade. — Mesmo que nem tenha sido há tanto tempo, deduzi que todos seriam capazes disso. Engraçado como as coisas mudam.

Ela dá de ombros e estala a língua no céu da boca.

— Não sei. Acho que você ficaria surpresa.

Nosso momento de segredos e fofocas é interrompido quando três rapazes, usando fraldas, descem a trilha carregando mamadeiras.

Riley e eu caímos na gargalhada enquanto os caras, morrendo de vergonha, evitam a todo custo fazer contato visual.

Eu bufo uma risada de escárnio.

— Esses malditos jogos.

Terminado o show na trilha, vamos para a festa, onde a verdadeira diversão nos espera. Depois do inferno que passei, estou pronta para me divertir e tomar alguns drinques.

Assim que vejo Elias perto da grande fogueira, Riley me cutuca.

JOGOS SELVAGENS

— Te alcanço daqui a pouco, tá?

— Sim. Vá. Divirta-se.

Eu observo enquanto ela saltita até Elias, que me encara por cima do ombro de Riley. Seu olhar não se desvia do meu até que dou um leve sorriso e me afasto. Tive a sensação, em mais de uma ocasião, de que Elias está a fim de mim, e pode ser um pouco presunçoso presumir isso, mas agora sinto isso mais do que nunca.

Afastando os sentimentos, vasculho a área em busca de uma bebida. Há uma multidão reunida no mesmo local onde o barril estava na última festa, então sigo até ele, e quem diria, Victor está na frente e no centro segurando a torneira.

Este Novato está prestes a descobrir como se comporta a vadia que serve a cerveja. Opto por esperar na fila desta vez, mas quando Victor me vê, ele gesticula para que eu vá para a frente.

— Afastem-se, todos. Deixem minha amiga Scarlett passar.

— Amiga? — Eu rio, conforme passo por entre a galera amontoada. — Nós não somos amigos.

— Diga isso ao Ilegais. Eles deixaram claro para todos que você deve ser tratada como uma rainha.

— Eles não fizeram isso!

— Ah, sim. Eles fizeram. — Ele me entrega um copo, já cheio até a borda.

Não tenho certeza se devo me sentir lisonjeada ou humilhada, porque esses idiotas sabem o quanto odeio ser o centro das atenções.

Aceito a oferta e tomo um gole antes de dizer:

— Obrigada. Eu acho.

— Aí — Victor anuncia —, se alguém vir Scarlett com a mão vazia ou com o copo vazio, dê a ela uma maldita bebida. — Ele olha para mim e pisca. — Deixa comigo, garota.

Até onde eu sabia, Victor ainda era um Novato, então é bem ousado da parte dele estar gritando ordens para alguém. Deve estar em sua natureza assumir o controle. Ou isso, ou ele foi instruído a fazê-lo.

Estou respirando com dificuldade quando começo minha busca por meus queridos amigos Ilegais. Eles estão tramando algo; posso sentir em meus ossos.

Parado a dois metros de distância, encostado em uma rocha com metade de seu tamanho, está Jagger. Tornozelos cruzados à frente. Braços cruzados no peito. O olhar focado em mim.

Meu corpo se aquece diante do olhar ardente, e aceno de leve para ele, enquanto tomo um gole da minha bebida. *Por que diabos eu acenei?*

Jagger se afasta da rocha e vem até mim com passos lentos, gesticulando para o meu copo pela metade.

— Como está a bebida?

— Gelada, gostosa e refrescante.

— Fico feliz em saber.

— Ei — digo, com o tom mais sério —, você sabe do Crew?

— Não. Eu estava prestes a te perguntar a mesma coisa. O que aconteceu com vocês dois ontem à noite?

Lambo o excesso de cerveja dos meus lábios, pensando em todos os eventos da noite passada.

— Ele ficou chateado quando viu a gente se beijando. Me encheu a paciência, então voltei para meu dormitório. Mais ou menos uma hora depois, acordei e ele estava no meu quarto.

— Ele disse o motivo para ter ido lá?

Nego com um aceno de cabeça. Não tenho certeza se devo contar a ele sobre a conversa que tivemos, pois temo o risco de colocar Crew em apuros com Jagger e Neo.

— É tão estranho. Ele deve ter ficado muito chateado por simplesmente desaparecer assim sem contar a ninguém.

— Você não acha que aconteceu alguma coisa com ele, não é?

— Eu não sei, mas... — Para de dizer quando seu telefone começa a vibrar no bolso. Ele o pega e lança um olhar para a tela antes de se focar em mim. — É o Crew.

Eu deveria saber que ele estava bem. Ele provavelmente só precisava de um tempo para lamber suas feridas e descobrir como moraria comigo e me manteria fora do alcance de Jagger e Neo ao mesmo tempo.

— Cara. Acalme-se, porra, para que eu possa te entender. A ligação está cortando.

Meu coração acelera, e eu me aproximo de Jagger em uma tentativa de ouvir Crew pelo telefone.

— Tudo bem. Fique onde está. Estou indo. — Jagger encerra a chamada e diz: — Eu tenho que ir. — Ele se afasta com passos apressados, mas eu sigo em seu encalço.

— Espere. Ele está bem?

— Fisicamente, sim. Mentalmente, ele está pronto para matar alguém.

JOGOS SELVAGENS

Ele está trancado nos túneis.

— Ah, meu Deus. Quem faria isso?

Ignorando-me por completo, Jagger digita em seu telefone. Depois de alguns segundos, ele pragueja e encerra a ligação.

— Tentando ligar para Neo? — pergunto, e ele assente.

— Filho da puta. Como diabos Crew se trancou lá?

— Bem, é Crew. Portanto, há uma boa chance de que ele tenha feito isso sozinho, considerando que ele não tem mais uma chave-mestra. — Jagger olha para mim com ceticismo. — O quê? — Dou uma risada irônica. — Não está comigo.

— Eu sei que não. Vá encontrar Riley e fique com ela esta noite. Se você vir Neo, conte o que está acontecendo.

— Hmmm. Sem chance — protesto. — Eu vou com você.

Jagger balança a cabeça.

— De jeito nenhum. Não sabemos o que nos espera lá embaixo.

Ele acelera o ritmo e eu tento não espirrar a cerveja pra todo lado enquanto ando e falo ao mesmo tempo:

— Desde quando você se preocupa com a minha segurança? Caso tenha esquecido, vocês me jogaram no rio e me tornaram o alvo de uma turma de líderes de torcida enfurecidas. A propósito, por que vocês fizeram isso se planejavam mandar que elas recuassem?

— Queríamos provar um argumento.

— Beeem — digo, arrastado —, eu, pessoalmente, não entendi que argumento era esse, então, se você não se importar em me dizer…

— Você realmente gosta de conversar, não é? Não me lembro dessa característica sua na nossa infância. Você sempre foi tão quieta. O que aconteceu?

— E você sempre muda de assunto quando faço uma pergunta. Mas se você precisa de uma resposta, a culpa é toda de vocês três. Vocês me transformaram no que sou hoje.

— Você deveria estar nos agradecendo por esse caráter fortalecido, então.

— Obrigada. Agora responda minha pergunta. Qual era o objetivo com as líderes de torcida?

Chegamos às Ruínas e Jagger ainda não me obrigou a ir embora, então deduzo que vou poder descer com ele. Não que ele pudesse me impedir de qualquer maneira.

Agachado, ele enfia uma chave em um cadeado e o abre, antes de levantar um lado da escotilha de metal, depois o outro.

— A que distância você acha que ele está?

— Nenhuma porra de pista.

Jagger entra primeiro, e quando ele já está na metade do caminho, sigo seus passos.

Está bem iluminado, e sou grata por isso. Ainda tem o mesmo cheiro, a mesma aparência, a mesma sensação. Só que algo sobre estar aqui embaixo de novo parece estranho, como se alguém estivesse nos observando.

Estamos seguindo pela passagem familiar quando Jagger, por fim, responde à minha pergunta a respeito dos uniformes.

— Tínhamos que garantir que elas soubessem que você estava fora dos limites. Melody é uma cadela e quando ela descobrisse que você se mudaria para a casa dos Ilegais, ela teria ferrado com você.

— E isso é um problema?

— Agora é.

Certo. Porque estou indo *morar com eles*. Nunca concordei com isso e eles já estão fazendo planos como se fosse acontecer. Ainda não entendo o porquê disso, ou qual é o súbito interesse deles em me proteger. Claro, pedi a ajuda de Crew, mas não achei que Neo, de todas as pessoas, concordaria. Jagger, talvez. Ele tem sido decente comigo nos últimos dias. Mas Neo? Sem chance.

Continuamos andando e então avistamos Crew, a cerca de três metros à nossa frente, vindo em nossa direção. Ele está balançando a cabeça, coberto de sujeira e puto da vida.

— Eu vou matar alguém. Quem fez essa merda está morto! — Seu tom é frio, até eu estou nervosa pelo mané que fez essa gracinha. — O que ela está fazendo aqui?

— Eu vim para ter certeza de que você estava bem.

— Ela me seguiu — Jagger declara, respondendo por mim, mesmo que eu tenha feito isso.

— Por quê?

— Não sei. — Dou de ombros. — Acho que estava preocupada. Talvez por ser um pouco intrometida.

Crew passa por mim, esbarrando o ombro no meu, e Jagger segue ao lado dele.

— Tudo bem. Comece do início. O que diabos aconteceu?

— Nem sei dizer. Eu estava saindo da Toca das Raposas quando fui atingido na cabeça. Quando dei por mim, acordei aqui com isso. — Ele entrega um bilhete a Jagger.

JOGOS SELVAGENS

— Espere — interrompo —, esse é o mesmo envelope que tenho recebido instruções para os jogos. Isso é apenas uma coincidência?

Jagger abre o envelope enquanto Crew fala:

— Definitivamente não é uma coincidência. Neo encomendou este papel de carta on-line e entregaram aqui.

Isso tem dedo do Neo, mas não digo em voz alta, porque sei que esses caras vão defendê-lo.

Jagger lê o recado:

— *O sangue é mais espesso que a água.* — Ele olha para Crew, as sobrancelhas arqueadas. — O que isso quer dizer?

— Tenho tentado descobrir isso nas últimas vinte horas enquanto passeava pelos túneis, procurando sinal de telefonia e batendo nas portas, esperando de alguma forma que alguém me ouvisse.

Alcançamos a escada novamente e eles gesticulam para que eu vá primeiro. Se a situação agora não fosse tão absurda, eu diria que eles só me mandaram ir na frente para poderem *secar* a minha bunda. Não desta vez, no entanto. Esses caras estão em uma missão e, pela primeira vez, não estou envolvida no rolo.

— Venha comigo — Crew diz, pegando minha mão.

Eu olho para ele, então para Jagger, e, por fim, de volta para Crew.

— Por quê?

— Porque não vou te deixar sozinha. Há uma boa chance de eu ter sido nocauteado pela mesma pessoa que tem te sacaneado. Eu te disse, Scar. Se quiser nossa ajuda, você ficará na nossa companhia o tempo todo. Eu nunca deveria ter deixado você ontem à noite.

Dou uma risada sombria.

— Eu estava bem. Parece que é você quem precisa de proteção.

Crew respira fundo, ainda me puxando pela mão.

— Vamos.

Um olhar para trás me mostra Jagger encolhendo os ombros para mim. Acho que estou indo.

232　　RACHEL LEIGH

CAPÍTULO VINTE E CINCO

SCARLETT

— Você tem certeza de que Victor deu o recado para a Riley?
— Certeza. Ela disse que está bem e que vai vê-la mais tarde hoje. — Crew pega o telefone, digita algo e o desliga. — Eu tenho que colocar algum bom senso em Neo. Fique aqui — diz ele, referindo-se ao seu quarto.

Estou sentada de pernas cruzadas na cama de Crew, vestindo sua camiseta. Lugar onde acordei esta manhã, porque não importou o quanto discuti ontem à noite, Crew não me deixou ir embora. Desta vez, não recorri a um embate físico, pois ele estava sendo muito bacana e não merecia sair machucado. No entanto, eu o fiz dormir no chão.

É surreal estar aqui. Como se eu não pertencesse a este lugar. Mas não vou fingir que não me sinto segura, porque me sinto. Por mais que odeie o que esses caras fizeram comigo, me sinto segura com todos eles, até com Neo. Por alguma razão, eles querem me assustar, mas não acho que queiram me machucar.

Uma batida na porta entreaberta me faz endireitar as costas.

— Ei — digo para Jagger, que está enfiando a cabeça para dentro.
— Onde está Crew?
— Acho que ele foi colocar algum juízo em Neo...?

Jagger cruza o quarto com passadas largas enquanto esfrega o braço tatuado para cima e para baixo. Ele está sem camisa, vestindo apenas um short cinza de ginástica. Seu cabelo está bagunçado e, se eu não estivesse tão tensa agora, provavelmente estaria babando.

Metade de sua bunda se acomoda ao meu lado na cama.

— Queria avisar que conversei com Neo e ele disse que Maddie está bem. Sua pressão arterial está estável. Nenhuma mudança, mas suponho que seja uma coisa boa, certo?

Suas palavras são como música para meus ouvidos.

— Isso é ótimo. Tenho estado tão preocupada com ela. — Coloco a mão sobre a dele. — Obrigada, Jagger.

Um sorriso curva seus lábios.

— Dormiu bem?

Não tenho certeza de quando passamos de ameaças e insultos para conversa fiada, mas a mudança abrupta na atmosfera que nos rodeia está me deixando zonza.

— Sim. Dormi muito bem. Você? — É mentira, porque, por mais que eu adorasse afastar o passado ao conversar com Jagger ou com qualquer um dos caras, ainda tenho a sensação de que isso é forçado. Portanto, desabafar sobre o fato de eu não dormido nada é inútil.

— Nem uma piscadela. Tem tanta coisa acontecendo, sabe?

Eu concordo.

— Sim. Mas você esperava tudo isso.

— Os jogos? Sim. Essa outra merda? Nem tanto.

— Bem — digo, pronta para ser otimista em uma situação em que eu deveria estar reclamando —, hoje é o último dia dos jogos, então espero que as coisas se acalmem depois do Encontro.

Ele balança a cabeça em movimentos lentos, mordendo o lábio.

— Então... acho que isso não vai rolar.

Eu também não. Algo me diz que as coisas vão piorar antes de melhorar. Piorar meeesmo.

Ele posiciona a mão na minha perna e dá um aperto suave.

— Tenha cuidado hoje, okay?

— Okay... — Faço uma careta. — Eu sempre tenho cuidado.

— Hoje vai ser diferente. Apenas mantenha a cabeça erguida. Está quase acabando. — Ele sai da cama, deixando meus pensamentos nublados.

— O que isso significa?

Parando à porta, ele me lança um olhar por cima do ombro.

— Você vai ver.

Quando Jagger sai, recosto a cabeça no travesseiro e encaro o teto.

Não tenho certeza de quanto mais disso posso aguentar. Para alguém que é maníaca por controle, com certeza sinto que perdi todo ele.

Decido me levantar e sigo até o banheiro da suíte. Não tenho escova de dentes, então coloco um pouco de pasta no dedo e faço o possível para limpar os dentes. Depois de jogar um pouco de água no rosto, visto a roupa da noite anterior e saio do quarto com os tênis na mão.

Já era tarde quando chegamos ontem à noite, e Crew me trouxe direto para o quarto dele, então não estou familiarizada com o ambiente.

É uma casa antiga, mas super bem-conservada. Tudo é limpo e novo. A pintura, os pisos, os móveis.

Estou andando pelo longo corredor, passando por portas fechadas, quando algo do lado de fora da janela no final do corredor chama minha atenção.

Descalça, sigo pelo piso de madeira, mas paro pouco antes da janela, para que as pessoas do lado de fora não notem minha presença.

Não são quaisquer *pessoas*. São Neo e seu pai, Sebastian Saint.

O que ele está fazendo aqui?

Minha tentativa de abrir a janela é um fiasco, então desço a escada às pressas. Quando chego ao piso inferior, reparo nas portas francesas abertas à esquerda. Na ponta dos pés, sigo até lá e me escondo ao lado da porta, para poder ouvir a conversa.

— Você acha que eu me importo com seus joguinhos e seus amigos idiotas? — Sebastian grita, em tom autoritário. — Esta Sociedade é o que importa e você a protegerá a todo custo. Você tem que deixar para lá essa coisa com a sua irmã. Nós cuidamos disso. Acabou. Fui claro?

Espreito pelo canto e avisto Neo com as mãos cruzadas à frente, cabisbaixo. A única pessoa que já vi intimidar Neo é seu pai. Eu achava que era por respeito, mas com o passar do tempo percebi que é por medo.

— Sim, senhor — Neo diz, evitando contato visual com o pai.

— Não me faça voltar aqui ou haverá consequências graves. — Sebastian entrega algo a Neo e rosna: — Se Crew perder outra chave, ele é a porra de um azarado. — Então está ao volante de seu Quadriciclo.

Com a mão trêmula, enfio um tênis em um pé – sem saber para onde foram minhas meias – e depois o outro.

— Espere! — grito, correndo porta afora enquanto tento calçar o tênis direito.

Neo e Sebastian olham para mim.

Meus pés afundam na neve conforme corro até eles. Neo dispara e se posta ao meu lado, gritando no meu ouvido:

JOGOS SELVAGENS 235

— O que você está fazendo, porra?

Eu levanto um dedo para Sebastian.

— Não vá ainda. Por favor. Eu preciso falar com você.

Sebastian imobiliza Neo com um olhar severo.

— O que diabos ela está fazendo aqui?

Neo está atordoado demais para falar, o que não é comum nele, então respondo por ele:

— Estou aqui com o Crew.

— Cale a boca, Scar — Neo esbraveja, ainda encarando suas pegadas na neve.

Sebastian liga o veículo e o som faz meu coração bater forte.

— Espere. Por favor, não vá. Preciso saber por que você me tirou da lista de contatos de Maddie. — Minha voz falha quando disparo as palavras. — Minha mãe e meu pai também. Por que não podemos mais saber notícias dela?

— Tire-a daqui e coloque esta escola de volta em ordem. — A voz de Sebastian se altera para um tom que me deixa amedrontada: — Agora!

Ele acelera, sem me dar a resposta de que preciso tão desesperadamente.

— Por quê? — grito, para me sobressair ao som ensurdecedor do motor, mas não adianta. Ele se foi.

Segundos depois, Neo pressiona o peito contra o meu, furioso.

— Sua puta do caralho!

— Eu preciso saber, Neo!

— Como você soube disso? Essa é a minha pergunta. Quem te deu a porra de um telefone para ligar daqui? Foi Crew?

— Não — nego com um aceno —, Crew não me deu um telefone. Eu... não importa. Só me diga por quê, caramba! — Eu o empurro, mas ele não arreda o pé.

— Por quê? — Ele solta uma risada maldosa. — Você quer saber por quê? — Neo está tão perto que posso sentir o cheiro de sua pasta dental e sentir o calor de sua raiva se espalhando pelo meu corpo trêmulo. — Porque você não a merece. Não acredito na sua atuação como eles, Scar. Eu conheço você de verdade. Podemos protegê-la daqueles que estão fora dos Ilegais, mas é apenas porque *nós* queremos todas as suas lágrimas. Eu quero ser aquele que te acorda dos seus sonhos e transforma seus dias em pesadelos.

— Neo — murmuro, em tom suave. — Eu... não entendo. Por que você me odeia tanto? Por que você quer me manter longe dela?

— Porque ela é minha irmã! *Minha*! — Seus olhos brilham com maldade, os lábios contraídos. — É sua culpa ela estar deitada naquela porra de cama de hospital.

Arregalo os olhos, em pânico.

— Minha culpa? Por que você diria isso?

— Você sabe exatamente o que fez e não vou deixar você sair impune! — Com um empurrão no peito, sou jogada no chão. A neve se infiltra pelas mangas do meu moletom e as lágrimas ameaçam escorrer pelo meu rosto frio.

— Você está errado! — berro, vendo-o se afastar. — Eu nunca machucaria Maddie. Nunca!

Olho na direção das portas francesas, para onde Neo se encaminha, e vejo Crew e Jagger parados ali, observando, sem dizer uma palavra.

Neo entra e eles o seguem. As portas se fecham e fico sozinha na neve, me perguntando o que diabos aconteceu.

JOGOS SELVAGENS

CAPÍTULO VINTE E SEIS

SCARLETT

Depois de arrastar meus pés congelados pela neve, por conta do tecido fino dos meus tênis, voltei ao meu dormitório e não saí da cama o dia todo. Riley está jantando com Elias e, embora eu tenha sido convidada, não estou a fim de ficar perto de pessoas.

Eu me deitei aqui, bem acordada, repassando a conversa com Neo, e ainda não consigo entender.

É sua culpa ela estar deitada naquela porra de cama de hospital.

Nem sei o que pensar. Não tenho mais certeza do que é real. Neo me culpa pelo acidente de Maddie, mas foi apenas isso, um acidente.

Não foi?

Posso estar errada? Estaríamos todos errados?

Alguém bate na porta e eu me encolho. Se for importante, quem quer que seja pode voltar depois.

As batidas se tornam mais altas.

E mais altas.

Até que, finalmente, afasto o cobertor e sigo até a porta.

Assim que abro, esbravejo:

— O quê?

Minha cabeça aparece pela porta e olho para os dois lados, mas não há ninguém lá.

Quando olho para baixo, vejo um bilhete e a raiva me invade.

— Sério? — resmungo, me abaixando para pegar a porra do envelope.

De todos os malditos dias em que poderiam ter feito isso, eles escolheram logo hoje. Um dia em que mal consigo reunir forças para sair da cama.

Ainda estou na porta quando abro o envelope e tiro o bilhete.

> *Esteja no topo da Montanha Eldridge em uma hora.*
> *Se você não aparecer, você não sobe.*

— Que porra?! — Jogo o papel no corredor e fecho a porta com força.

Sabendo que tenho pouco tempo, me recomponho e visto roupas quentes: meu macacão de neve preto, casaco de inverno e um par de botas de neve. Coloco um gorro sobre meu cabelo bagunçado e sujo e saio porta afora.

Fico surpresa quando vejo um *snowmobile* com um piloto sentado diante do prédio. À medida que desço os degraus, Jagger desmonta o veículo e abaixa o visor do capacete, me entregando um sobressalente.

Estou me sentindo tão anestesiada neste momento que nem tenho forças para discutir quando Jagger se senta e diz:

— Suba.

Eu poderia discutir com ele e seguir a pé, mas nunca chegaria a tempo.

— Você é muito cara de pau, porra. — Coloco o capacete e deslizo as pernas ao redor dele.

— Não é nada pessoal, Scar.

— Tudo sobre isso é pessoal. Por exemplo, por que Neo me acusou de ferir Maddie? É isso que todos vocês pensam?

— Não importa o que pensamos. — Ele acelera o trenó e dispara.

Nada é dito durante o passeio, porque o ruído é alto demais e está muito frio até para falar. Paramos no outro lado da montanha, perto do rio, e Jagger tira o capacete e desce, estendendo a mão para me ajudar. Arranco o capacete da cabeça e o jogo na neve a seus pés, recusando sua oferta.

— Na verdade, comecei a acreditar que você e Crew eram sinceros. Mas era tudo mentira, não era?

— Não, não era. Eu quis dizer o que disse, Scar. Nem tudo é um jogo para mim e tenho certeza de que também não é para o Crew.

— Por que permitir essa merda então? Por que deixar Neo controlar suas vidas assim?

— Você não sabe como é. Nunca entenderia.

Meu peito parece estar desmoronando. Não posso mais fazer isso.

— Me diga, Jagger. Eu preciso saber. — Lágrimas brotam em meus olhos, as palavras ficam presas na garganta. — Ele acha mesmo que machuquei Maddie?

JOGOS SELVAGENS

Jagger se senta no banco do *snowmobile*, mexendo em seu capacete.

— Sim. Quero dizer, eu sei que ele culpa você.

— Você acha que fiz alguma coisa com ela? — grito. — Você acha que eu a machuquei?

— Não! Merda, Scar — ele passa os dedos pelo cabelo —, eu não sei em que acreditar. Quanto mais tempo passamos juntos, começo a pensar que talvez ele esteja apenas exagerando. Suas demandas estão fora de controle. Sua raiva se intensificou.

— Ele *está* exagerando, Jagger. Neo sempre exagera.

— Você pode estar certa. Neo nunca gostou de você e acho que ele só quer alguém para culpar. Você é um alvo fácil.

— Bem, faça com que ele entenda. Isso não está certo!

— Nós tentamos, mas ele não quer ouvir. Acho que a única pessoa que pode fazê-lo entender é você. — Seus ombros cedem em derrota e sua voz suaviza: — Termine os jogos, Scar. Mude-se para a casa e deixe-nos lidar com o que quer que esteja acontecendo lá fora. Mostre a ele que você não é quem ele pensa que você é. Mas não force demais, isso só vai piorar as coisas.

Caio de joelhos na neve e não importa o quanto eu tente, não consigo evitar que as lágrimas escorram.

— Tenho tantas saudades dela.

— Todos nós temos — diz ele, passando uma perna por sobre o assento. — É uma boa caminhada de dez minutos até a parte de trás. Se você for agora, pode chegar a tempo.

Eu olho para a montanha, inúmeros sinais de alerta berrando na minha cabeça.

— Eu tenho que ir lá em cima?

Jagger assente.

— Suas instruções estão esperando.

— Não. Não! Não posso subir lá.

Ele enfia o capacete na cabeça e diz:

— Você consegue fazer isso.

Antes que eu possa agarrá-lo, gritar com ele ou pular na garupa do veículo, ele se vai.

Ficar de pé nesta neve intensa é uma luta, mas eu consigo. Estou sem fôlego antes mesmo de chegar ao topo, mas consigo.

Meu coração está batendo forte, todo o meu corpo começou a suar sob as camadas que estou vestindo, e mal consigo respirar.

— Estou aqui, idiotas! — grito para o céu noturno. — Estão felizes agora?

A ansiedade dá as caras quando avisto minha bolsa de equipamento de *snowboard*, com um bilhete preso.

Com um nó na garganta, esbravejo a plenos pulmões:

— Não!

Ando de um lado ao outro, diante da sacola, por não sei quanto tempo, até pegar o recado e ler o que está escrito.

> Desça a montanha.

Sinto o calor se alastrar pelo meu corpo, começando nos dedos dos pés e subindo, até minha cabeça parecer um balão inflado. Não posso fazer isso.

Todas as lembranças reprimidas me atingem de uma vez. Como uma onda arrebentando na praia, elas se rompem e se espalham, e só espero que desapareçam. Porque não quero lembrar.

— *Onde está Maddie?* — *Crew pergunta, caminhando em minha direção e vindo da encosta da colina. Seu andar preguiçoso e arrogante e o sorriso brincalhão no canto de sua boca fazem meu coração pular, então rapidamente me viro.*

— *Maddie está fazendo xixi e Finn já desceu.*

— *Aquele filho da puta. Ele deveria ter esperado por mim.*

Posso sentir sua presença cada vez mais perto. Seu hálito quente soprando pelo meu pescoço exposto.

— *Você está nervosa?* — *ele pergunta.*

— *Nem um pouco. Além disso, estou chapada demais para ficar nervosa.*

— *É mesmo.*

Ele está perto. Muito perto.

Eu me viro e ficamos cara a cara.

— *O que você está fazendo?* — *sondo, e ele me dá outro sorriso malicioso.*

— *Apenas esperando.*

Eu arqueio uma sobrancelha.

— *A minha melhor amiga? Sua namorada?* — *É mais uma afirmação do que uma pergunta para lembrar a Crew que ele está namorando minha melhor amiga.*

— *Vou terminar com ela hoje à noite.*

— *Não, Crew!* — *arfo.* — *Você não pode fazer isso. Vai partir o coração dela.*

JOGOS SELVAGENS

— Pensei nisso por um tempo e preciso. O coração dela vai sarar, mas preciso seguir o meu. Eu não a amo, Scar. Não como eu deveria.

— Você tem apenas dezesseis anos, Crew. Não se espera que você ame alguém de uma determinada maneira.

— Eu amo, no entanto.

Meu coração incha com suas palavras, porque sei aonde ele quer chegar. Crew me disse muitas vezes que tem sentimentos por mim. E eu disse a ele outras tantas vezes que, independentemente de como qualquer um de nós se sente, não podemos fazer nada sobre isso.

Antes que eu possa reagir, Crew agarra meu rosto e puxa minha boca para a dele. Quanto mais tento lutar contra seu agarre, mais intensamente ele me beija.

Assim que consigo me soltar, dou um soco em seu rosto.

— Por que diabos você fez isso? — rosno, limpando seu beijo dos meus lábios.

— Scar — Maddie dispara. — Você acabou de bater nele?

Ela não viu o beijo. Graças a Deus, ela não viu o beijo.

— Eu… hmm. Ele tentou roubar minha prancha. — Eu me abaixo e a pego do chão, como se não estivesse ali aos meus pés o tempo todo.

— Então você bateu nele por causa disso? — Ela se posta ao lado dele, que está segurando o nariz. — Crew! Você está sangrando!

Olho para baixo e noto as gotas de sangue vermelho-vivo caindo na neve, pintando-a como uma casquinha de cereja. Talvez eu tenha ido longe demais, mas ele não pode simplesmente me beijar assim. Estou feliz que Maddie não tenha visto.

— Sinto muito, Crew — digo.

— Estou bem — Crew diz a ela. — Vamos descer.

— Você desce. Scar e eu precisamos conversar.

Quando Maddie dá as costas a Crew, ele murmura as palavras:

— Sinto muito.

Um minuto depois, com os pés na prancha, ele me pede para ajudá-la a descer a montanha. Ciente de que ela é uma amadora, aceno com a cabeça e ele desaparece pela encosta íngreme.

Maddie me lança um olhar maldoso.

— Você quer me explicar o que foi aquilo?

— Foi um mal-entendido e não é grande coisa. Estou muito chapada e ansiosa para descer. Será que podemos conversar sobre isso depois?

— Não! Vamos falar sobre isso agora. Eu sei que você não gosta de Crew, ou do Jagger, ou do meu irmão, mas sério que você tem que ser tão fria com eles o tempo todo?

— Eu? — Dou uma risada. — Seu irmão me odeia, Maddie. Quanto a Crew

RACHEL LEIGH

e Jagger, eles só gostam de mim quando ele não está por perto.

— Sabe, todo esse tempo, pensei que talvez eles fossem o problema. Agora estou começando a perceber que tem sido você o tempo todo. Crew é meu namorado e sempre estará por perto, goste você ou não. Se não pode lidar com isso, você pode só...

Suas palavras vacilam, mas não preciso que ela conclua a frase.

— Tudo bem, então — assinto, sutilmente —, você escolhe ele. Certo. — Sigo até a encosta e enfio os pés nas fixações da prancha, curvando o corpo para afivelar as tiras. — Aproveite a descida pela porra da montanha.

Maddie pode continuar vivendo nas nuvens enquanto eu mantenho meus pés no chão. Hoje à noite, quando Crew partir seu coração, não estarei lá para juntar os pedaços.

— Scar! Espere. Não me deixe. Você sabe que não consigo descer esta montanha sozinha.

Lágrimas deslizam sem controle algum pelo meu rosto, uma após a outra. Engulo em seco, tentando me livrar do nó na garganta.

Eu a deixei. Eu a deixei em uma das colinas mais íngremes e perigosas do estado, sabendo que ela estava com medo de descer. Todo esse tempo, não permiti que minha mente voltasse à memória. Eu encobri a culpa, substituindo-a por algo novo – meu relacionamento com Crew.

Quando concluí a descida, Finn e Crew estavam esperando, porém Maddie não apareceu. Esperamos por quase uma hora antes que Crew voltasse para buscá-la e, mesmo assim, demorou mais uma hora até recebermos a notícia.

Um esquiador encontrou Maddie inconsciente, não muito longe da montanha. Somente quando o helicóptero médico pousou foi que soubemos que havia algo errado. Crew pisou fundo no acelerador para que pudéssemos encontrá-la no hospital, mas ela foi levada às pressas para a cirurgia para estancar o sangramento no cérebro. Quando saiu do centro cirúrgico, não acordou mais.

Talvez Neo esteja certo ao pensar que a culpa é minha. Posso não ter empurrado Maddie montanha abaixo, mas também pode ser que sim.

Assim que me recompondo, abro o zíper da bolsa e olho para a minha prancha – está do mesmo jeitinho. A plotagem de uma paisagem montanhosa com o logotipo da Burton no centro. Passo os dedos pela superfície lisa e fecho os olhos, Eu corro meus dedos sobre ela e fecho meus olhos, contendo as lágrimas.

Por fim, pego minha prancha e a posiciono na neve. Em seguida, coloco os óculos de proteção.

JOGOS SELVAGENS

Com os joelhos trêmulos, enfio os pés nas fixações que ainda estão ajustadas ao meu tamanho.

Eu me aproximo da beira da encosta e sussurro ao vento:

— Sinto muito, Maddie.

— Ela sabe. — Viro a cabeça para a esquerda, seguindo o som da voz rouca de Crew. — Você está pronta para fazer isso?

— Por que você está aqui? — pergunto a ele, com a prancha oscilando na borda. Ele está usando a mesma roupa de esqui de sempre. Seus óculos estão erguidos à testa, e sua prancha está enfiada debaixo do braço.

— Pensei que você não deveria fazer isso sozinha. Não conte para os caras. Eles provavelmente vão me abolir de toda a maldita Sociedade.

— Seu segredo está seguro comigo.

Os sentimentos de segurança que recebo do Crew retornam e apenas tê-lo aqui torna tudo melhor. Não deveria – não depois de tudo que ele fez comigo –, mas torna as coisas melhores. Ninguém me atiça como Crew faz. E ninguém mais me faz ansiar por isso, a não ser ele.

— Agora responda à minha pergunta. Você está pronta para fazer isso?

Balanço a cabeça em negativa.

— Acho que não consigo.

Depois do acidente de Maddie, jurei nunca mais descer uma montanha. Só de pensar nisso já sinto todo o conflito que se desencadeou durante os dias que se seguiram. Se não fosse por Crew, não tenho certeza de como teria sobrevivido. Por tantas vezes considerei acabar com meu sofrimento de forma permanente. Ele me salvou e, de certa forma, acho que o salvei também. Nossa dor nos uniu, mas também foi nossa dor que nos separou.

— Você é mais forte do que pensa, Scar. — Ele estende a mão enluvada. — Pegue minha mão.

Com os dedos curvados em minha luva, lentamente estendo a mão e agarro a dele.

— Obrigada, Crew.

Ele abre um sorriso.

— Vamos fazer isso.

Nós nos agachamos, levantamos e tomamos impulso ao mesmo tempo. Ao partirmos, somos forçados a nos separar, mas Crew fica por perto. O vento açoita meu rosto e grito de volta, uivando e berrando conforme um sorriso se abre. Uma das coisas que sempre adorei neste esporte é a sensação de sua alma deixando o corpo. É como se ela estivesse atrás de você, lutando para te acompanhar, mas você é mais rápido. Por um curto período, você está livre... livre de tudo.

Estou indo em direção ao brilho alaranjado do pôr do sol, e coloco meu peso no lado esquerdo para contornar uma árvore. Mudando para a direita, eu me esquivo de uma grande pedra. É um terreno acidentado e a neve não está compactada, mas isso torna tudo ainda mais emocionante.

— Eu tenho que ir! — Crew grita. — Você consegue fazer isso.

Pouco depois, ele toma a esquerda e pega um caminho diferente enquanto eu continuo em frente.

Estou sozinha em meus pensamentos e, embora em um dia normal isso seja assustador, agora é exatamente o que preciso.

Neo me odeia – disso eu tenho certeza. Depois de me lembrar daquele dia, não posso dizer que o culpo. Não significa que vou me acovardar, apenas significa que preciso consertar as coisas.

Crew ainda me ama – também tenho certeza disso. Ele queria me odiar e me culpar, porque era o que Neo queria, mas é nítido que seus sentimentos não mudaram.

Jagger está tentando. Ele está preso na confusão do que é certo e errado. Na verdade, acho que todos nós estamos.

Quando chegar ao fim desta montanha, tenho que fazer uma escolha. Posso continuar fingindo que nada aconteceu. Posso voltar para meu dormitório, morar com Riley e tentar sobreviver a tudo isso sozinha.

Ou posso me mudar para aquela casa, mostrar a Neo o quanto sou resistente antes de me desfazer; posso provar que não sou o monstro que ele quer que eu seja. Ao fazer isso, também vou garantir que eles me ajudem a descobrir quem está tentando me machucar.

O sol baixou ainda mais no horizonte, e resta apenas uma lasca de luz quando me aproximo do fim da descida. Com o corpo inclinado, faço uma curva acentuada para a direita e contorno uma imensa sempre-viva. Quando saio na frente dela, vejo alguém.

Não é Crew, mas outra pessoa. Está parado ali, usando um sobretudo e com o capuz cobrindo a cabeça. Sem prancha, sem esquis. Arrepios se alastram pelo meu corpo, e quando passo por ele, olho por cima do ombro, notando que ele se virou para continuar me observando descer.

Meu equilíbrio se torna instável e eu me inclino para trás, tentando sustentar meu peso. Ao me inclinar demais, aumento a velocidade da descida.

Merda.

JOGOS SELVAGENS

Vejo a queda chegando antes que aconteça, então flexiono as pernas, cruzo os braços e caio de costas.

Estou de bunda no chão quando olho para trás e vejo que a pessoa se foi. Este não um estranho qualquer passeando pela montanha. Não. Seja lá quem for, sabia que eu estaria aqui. E a única pessoa em quem consigo pensar é Neo.

Eu me levanto e, lentamente, tomo impulso outra vez; um minuto depois, estou voando novamente.

Quando chego ao final, o sol já se pôs totalmente, mas isso não importa. Ao sopé da colina está uma grande multidão, provavelmente metade do corpo estudantil. Há uma grande fogueira, pessoas ao redor, bebendo e se divertindo.

Antes de parar por completo, Neo dá um passo à minha frente e eu ergo a ponta da prancha, espirrando neve nele.

— Sabia que isso ia acontecer — diz ele, limpando o peito e enxugando o rosto.

— Você merece. — Solto as fivelas da prancha e a pego do chão, enfiando-a debaixo do braço. — Está feliz agora?

— Tenho que dizer que achei que você não conseguiria.

— Seu primeiro erro seria duvidar de mim. O segundo seria pensar que você me conhece.

Passo por ele e ergo os óculos à testa. Avisto Jagger perto da fogueira e ele levanta seu copo em um brinde, sorrindo para mim.

Riley vem correndo e se joga em meus braços.

— Não acredito que você desceu aquela colina enorme. — Ela não tem ideia das inúmeras montanhas que já dominei na minha vida. Eu a convidaria para um passeio, mas não tenho certeza se algum dia levarei um amador de volta às pistas.

Estou sozinha, assimilando tudo, quando vejo Crew ao lado de Neo. Ele não está mais com as roupas de esqui, e está sem a prancha, o que me leva a crer que ninguém mais sabe que ele desceu um trecho comigo.

Neo está falando, mas Crew está prestando pouca atenção, me observando o tempo todo por cima do ombro do amigo. Dou um sorriso e ele faz o mesmo. Neo está no meio da frase quando Crew dá um tapinha em seu ombro e caminha em minha direção.

— Como você se sentiu? — ele pergunta, ainda sorrindo de orelha a orelha.

— Muito bem, na verdade. Sabe, vocês realmente precisam intensificar seus jogos se quiserem destruir totalmente alguém.

É uma piada, e Crew sabe disso. Se não fosse por ele, talvez eu não tivesse descido.

— Vou repassar a informação. — Ele levanta o queixo. — Você precisa de uma carona de volta para o seu quarto para se trocar?

— Ah. Sim. Seria ótimo. Ei — digo —, alguém estava na encosta depois que você desviou o percurso. Um cara, talvez?

Com as sobrancelhas erguidas, ele sugere:

— Talvez fosse algum morador da região?

Balanço a cabeça em negativa.

— Acho que não. Tenho quase certeza de que era ele. Quem quer que seja.

— Tudo bem — ele coloca a mão nas minhas costas, me guiando —, vamos cuidar disso. Você vai ficar bem.

Crew me leva até seu *snowmobile*, que está lado a lado com os de Jagger e Neo. Estamos caminhando juntos quando passamos pela fogueira e meu olhar se encontra com os olhos suaves de Jagger. Meus pés continuam se movendo, mas continuo o encarando, conforme ele faz o mesmo. Ele toma um gole de sua bebida, olhando para mim por cima da borda do copo.

— Você vem? — Crew pergunta, e percebo que parei de andar, sua mão ainda nas minhas costas.

Viro a cabeça e recomeço a andar.

— Sim.

Lanço mais uma olhada para Jagger, e agora ele está conversando com Hannah, que parece estar flertando com ele.

Sinto o ciúme fermentar dentro de mim e meu estômago se retorce. Não gosto disso. Nem um pouco.

JOGOS SELVAGENS

CAPÍTULO VINTE E SETE

CREW

Scar desce da garupa do *snowmobile*, e eu retiro meu capacete. Segurando-o no colo, respiro fundo.

— Tem sido uma noite e tanto.

— E parece que está apenas começando. — Ela aponta o polegar por cima do ombro. — Vou me trocar e... acho que te vejo na festa?

— Não tão rápido. — Passo a perna pelo banco e me levanto. — Nós tínhamos um acordo. Você não deve ficar sozinha. Eu subo contigo e você volta comigo.

— Ainda latindo ordens, pelo que vejo.

— Um dia você vai me agradecer.

— Veremos.

Sua atitude me faz rir e me deixa louco ao mesmo tempo.

— Apenas suba as escadas para ir se arrumar.

Assim que chegamos ao seu quarto, fecho a porta e me recosto à madeira, observando-a retirar o casaco e seu traje de neve.

— O quê? — ela pergunta, retirando o moletom por sobre a cabeça e expondo a regata fina por baixo.

— Nada. Só olhando.

Ela bufa uma risada.

— Bem, pare com isso.

— Como chegamos aqui, Scar? De amigos para inimigo, para algozes... para isso?

Seus lábios se contraem e ela se senta na cama, as mãos apoiadas às costas, no colchão.

— Isso?

Com passos lentos, elimino a distância entre nós e eu me sento ao lado dela.

— Sim. Isso.

— Bem. Eu não diria que somos amigos, mas estou grata por sua ajuda hoje e admito que, quando você faltou ao Encontro ontem, fiquei muito preocupada.

Coloco uma mecha úmida do seu cabelo atrás da orelha. É uma mistura de suor que cobre sua testa por causa do capacete e umidade do frio. Com o dorso da mão, faço uma carícia em sua bochecha corada.

— As coisas vão mudar daqui para frente. É hora de retomar o controle da minha vida. Seja em campo, seja com os caras.

— Só acredito vendo.

— Se eu estivesse mentindo, faria isso? — Seguro suas bochechas geladas entre as mãos, puxando sua boca para a minha.

— E a festa? Minha classificação no ranking? — murmura, baixinho, contra a minha boca.

— Parabéns, você foi promovida. Vamos pular a festa.

— Mas Neo vai…

— Neo que se foda. Agora me beije.

Nossos lábios se roçam, lentos e firmes, e inalo cada respiração trêmula que ela exala. Minha boca se abre um pouco e eu arrasto a língua pelo seu lábio inferior.

— Deixe-me mostrar o quanto estou arrependido.

Scar assente e acomoda as mãos à minha nuca.

Meu pulso acelera quando nossas bocas se conectam. Cada centímetro do meu corpo está focado nesse beijo enquanto gentilmente deito Scar de costas. Meu corpo repousa sobre o dela como um cobertor quente. Arrastando uma mão por sua coxa, dou um aperto suave quando alcanço sua virilha.

Um gemido escapa por entre seus lábios abertos, e eu o engulo.

Já beijei Scar desde que ela chegou aqui, mas não foi nada assim. Aqueles foram momentos desprovidos de qualquer emoção, mas isso, agora, me deixa explodindo, pronto para dar a ela tudo de mim – mente, corpo e alma.

Meu pau cutuca seu osso ilíaco quando deslizo para cima e para baixo em seu corpo, fingindo o ato sexual. Eu a quero mais do que já quis qualquer coisa na minha vida.

Ela enlaça meu pescoço e enfia os dedos pelo meu cabelo. Seus quadris impulsionam para cima e ela resmunga:

JOGOS SELVAGENS

— Me fode, Crew.

Suas palavras são como música para meus ouvidos. Acaricio sua bochecha com a ponta do meu nariz e inalo seu cheiro.

— Tem certeza?

Ela se afasta.

— Você pediu permissão na biblioteca?

— As coisas eram diferentes naquela época. Nós somos diferentes.

Deslizando a mão entre nós, ela abre os botões da calça jeans, os olhos tomados pela luxúria.

— Você tem minha permissão.

Eu me sento na cama e a puxo para o meu colo. Suas pernas enlaçam minha cintura com firmeza. Correndo meus dedos ao longo da parte inferior de sua blusa, eu levanto a peça de roupa. Scar ergue os braços e eu me livro da blusa, largando no chão.

Arquejo ao contemplar os seios espreitando pelo sutiã. Umedeço os lábios antes de empurrar para baixo o bojo do lado direito. Distribuindo beijos molhados, vou trilhando um caminho até seu mamilo, sugando-o entre meus dentes. Scar arqueia as costas, então dou atenção ao outro seio. Minhas mãos se arrastam pelas costelas, subindo pelas escápulas e sob a alça do sutiã. Com um toque sutil, solto o fecho e a lingerie cai.

Espalmando seus seios, meu olhar se foca em seus olhos ansiosos.

— Você é sexy para caralho.

Então nos jogamos em beijo apaixonado. Avassalador, mas não brutal. É como se nossas bocas fossem moldadas apenas para esse beijo. As mãos de Scar deslizam por sob a minha camisa, as unhas arranhando minha pele, deixando um rastro de arrepios. Seus braços continuam subindo, e quando ela começa a tirar minha camisa, eu interrompo o beijo... só para devorar sua boca de volta quando, por fim, me livro da peça.

Eu me movo para seu pescoço, saboreando cada gosto. Com a cabeça inclinada para o lado, caio matando em cima dela quando suas costas imprensam o colchão. Posicionado entre suas pernas, abro o zíper de seu jeans já desabotoado e o retiro.

Meu peito roça todo o seu corpo até que minha cabeça se acomode entre suas coxas. Quando ela tenta fechá-las, rosno e mordo a pele sensível da parte interna de uma delas.

— Abra as pernas.

Ela obedece, deixando-as bem afastadas. Lambo meus lábios quando noto a mancha úmida em sua calcinha branca de algodão. Meu pau reage na hora com um espasmo.

— Pensei que eu não te deixava molhadinha — resmungo, puxando a calcinha e pressionando o polegar na marca nítida de sua excitação.

Ela movimenta os quadris, colando a boceta gostosa no meu rosto.

— Apenas cale a boca e faça alguma coisa.

Jogando a calcinha para o lado, beijo seu clitóris.

— Você é tão sexy quando fica exigente.

Suas pernas se fecham e apertam minha cabeça, seu corpo se contorcendo abaixo, então eu a castigo com outra mordida em sua coxa e ela as abre novamente.

Enfio dois dedos dentro, observando o movimento de entrar e sair. Seus fluidos revestindo meus dedos. *Garotinha mentirosa.* Scar sabe muito bem que eu a deixo mais molhada do que qualquer fantasia com que ela já possa ter sonhado.

Com minha boca em clitóris, roço os dentes sobre a protuberância sensível, arrancando um gemido dela. É um som que eu poderia ouvir o dia todo, então trabalho incansavelmente para ouvi-lo outra vez.

Meus dedos cavam mais fundo, até que tudo o que consigo ver são os nódulos da mão pressionados contra seu centro.

— Crew — ela murmura, em êxtase, e esse também é um som que eu gostaria de gravar e reproduzir todas as horas do dia.

Tudo sobre Scar é perfeito. Cada som, seja um gemido ou um grito. Cada toque, seja um tapa ou puxão no meu pau.

Eu olho para cima, flagrando seu olhar lascivo. Com os lábios entreabertos, ela ofega.

— Não pare — resmunga, agarrando meu cabelo e forçando minha boca a continuar o tormento.

Com um grunhido, eu a chupo ao mesmo tempo em que a fodo com meus dedos. Inspiro o cheiro de sua excitação e guardo na memória, para que eu possa me masturbar com este aroma e esta vista em um dia chuvoso.

— Ah, caramba! — ela grita, agarrando os lençóis ao lado. Com um puxão, ela quase ergue o tronco todo do colchão. Eu projeto minha língua, golpeando sem misericórdia seu clitóris. Cada vez mais rápido, afundando ainda mais os dedos. — Porra, Crew.

Seus músculos internos se contraem, e quando relaxam, diminuo o ritmo até retirar os dedos de sua boceta. Sem perder tempo, arranco minha

JOGOS SELVAGENS

calça e me livro da cueca, me atirando sobre ela como um animal feroz.

Meu pau desliza em seu interior como se estivesse voltando para casa. Ela me recebe com os quadris erguidos e um beijo. E, meu Deus, é tão bom estar dentro dela.

Enfio minhas mãos por trás dela e a faço erguer o tronco. Puxando seu lábio inferior entre meus dentes, retribuo o favor de quando ela me mordeu no outro dia, sem reprimir meu anseio. Seus gemidos dolorosos me atraem ainda mais e eu estico seu lábio inferior até o limite. Só então eu solto, um pouco chateado comigo mesmo por não tirar sangue como ela fez comigo.

Minha boca se move para seu pescoço, chupando o mesmo local onde a marquei para cobrir o chupão de Jagger. Eu chupo forte, querendo mostrar a todos aqui que ela já é comprometida, que ela é minha.

Eu me delicio com outro grito de dor, misturado com prazer, e o som faz minhas bolas contraírem. Deslizando meu corpo para cima e para baixo, observo a forma como seus seios saltam. Meu rosto se aninha entre eles e, quando viro a cabeça, mordo a lateral de seu seio.

Então murmuro com a boca grudada em seu esterno:

— Deixe-me viver dentro de você, Scar.

Minhas palavras provocam uma reação que eu não esperava, quando ela agarra minha cabeça e me obriga a olhar para ela. Scar não me beija nem nada, apenas me encara e diz:

— Observe-me enquanto eu gozo.

Como se ela já não me deixasse com um tesão da porra, sua linguagem de amor fez isso de novo. Estou à beira do orgasmo, querendo enchê-la, mas ciente de que não posso. Scar abre a boca e geme. Sua respiração se torna instável, e meu peito arfa em sincronia com o dela.

Logo antes de gozar, ergo o torso, puxo para fora e me masturbo acima de sua barriga plana e de pele leitosa. Mesmo quando estamos nos recuperando do clímax intenso, nossos olhares não se desviam em momento algum.

Deposito um beijo suave em seus lábios, ainda perdido em seu olhar. Há palavras significativas na ponta da minha língua, mas eu as guardo para mim – por enquanto.

CAPÍTULO VINTE E OITO

SCARLETT

Crew pega sua camisa e me limpa, então desliza seu corpo nu para cima do meu. Este momento é tudo o que eu queria por tanto tempo, até que não queria mais. Agora que está acontecendo de novo, quero que dure para sempre.

Passo o dedo sobre uma tatuagem em sua clavícula. São algumas palavras em um idioma diferente que não entendo e estão escritas sobre uma cicatriz.

— O que essa tatuagem significa?

Crew inclina o pescoço para ver a qual delas estou me referindo. Há várias diferentes que fluem juntas, então aponto para a que chamou minha atenção.

— Lembra quando tínhamos doze anos e andávamos de bicicleta no beco atrás do Salão Aima, daí eu bati naquela cerca, capotei e tive um corte feio? — Concordo com um aceno e ele continua: — Todo mundo riu, mas você entrou correndo, pegou um kit de primeiros socorros e me ajudou a limpá-lo. Quando sarou, fiquei com uma cicatriz feia ali. No ano passado, eu a cobri.

Meus dedos flutuam sobre as letras, traçando cada uma delas.

— O que ela diz?

— É latim para: *com você, eu sou eu.*

Meu coração dobra de tamanho e, em uma reação instintiva, puxo sua boca para a minha.

— O que vou fazer com você, Crew Vance?

Ele levanta a cabeça, os dedos acariciando meu braço.

— Deixe-me ser eu, porque você é a única com quem posso ser eu mesmo.

— Então seja você mesmo. Pare de tentar agradar Neo porque, no final, ele nunca será feliz, não importa quais escolhas você faça.

— Eu preciso que você seja honesta comigo sobre uma coisa — diz, e eu endireito as costas, pronta para uma conversa séria.

— Okaaay — arrasto a palavra —, vou tentar o meu melhor.

— O que há entre você e Jagger? E não diga que não é da minha conta. Eu preciso saber o que esperar, já que você se mudará para a casa.

Solto um suspiro pesado e ele arregala os olhos.

— É uma pergunta tão difícil?

Quando desvio meu olhar, ele pressiona ainda mais:

— Vamos, Scar. Apenas me responda.

— Bem — digo, ciente de que não há uma maneira fácil de responder a isso, porque, sinceramente, não sei a resposta —, Jagger me pegou de surpresa. — Dou de ombros contra os lençóis amarrotados. — Ele não é nada do que pensei que fosse, tipo... muito parecido com você. Percebi que vocês dois sofreram lavagem cerebral por Neo, e não posso culpá-los por serem manipulados por aquele idiota. Cacete, Neo manipula todo mundo.

— Você está evitando a pergunta.

— Acho que é porque não sei. Estou atraída por ele? Um pouco. Vou pular na cama com ele, como estamos aqui? Não.

Posso dizer que não era isso que ele queria ouvir. Saber que eu poderia estar sentindo algo por outra pessoa, quando ele deixou claro que só de pensar em mim com outra pessoa já é uma tortura.

— Olha, Scar. Você sabe em que pé estou com você. Estou aqui, se e quando, você estiver pronta. Apenas tenha cuidado. Mesmo morando na casa, você não pode baixar a guarda. Okay?

— Eu sei.

Ficamos ali por um tempo, deixando o tempo passar. O telefone de Crew tocou pelo menos uma dúzia de vezes, mas ele ignorou. Eu sei que, assim que sairmos desta cama, a realidade – na forma de Neo – estará à nossa espera.

Por mais que eu tente ignorar a sensação de vertigem no estômago, não consigo.

Estou realmente me apaixonando por ele de novo?

Acho que sim.

É como se Crew tivesse se transformado neste monstro temporariamente, e desde que cheguei, nós nos atacamos como animais famintos, mas

254   RACHEL LEIGH

agora, o monstro se foi e ele está de volta. Ele é doce, atencioso e gentil, e, meu Deus, ele é gostoso pra caralho.

Nos últimos dias, comecei a vê-lo sob aquela luz novamente, mas foi no alto da montanha que realmente o vi.

No entanto, vejo Jagger também. Meu coração e meu corpo estão divididos entre dois homens. Crew é confortável. Ele é o que já conheço. Jagger é novo e excitante, e o jeito que ele olha para mim envia calor a cada centímetro do meu corpo. Não sei o que vou fazer, mas não estou em posição de tomar nenhuma decisão agora.

Mas ainda há algo que não entendo.

— Ei, Crew… — eu o chamo, ainda nua e emaranhada em seus braços. — Como vocês conseguiram pegar meu *snowboard* que estava no meu quarto em casa? É uma longa viagem para algo tão banal.

Os músculos de seu braço se contraem quando ele se afasta para olhar para mim.

— Não trouxemos sua prancha de *snowboard* aqui.

— Hmm… Sim, vocês trouxeram. Minha mãe levou para casa com ela e guardou no meu armário. — Eu me calo rapidamente, antes de deixar escapar: — Não me pergunte como sei disso. — *Eu e minha maldita língua solta.*

— Não, senhora. Eu vi a bolsa debaixo da sua cama no primeiro dia em que você chegou aqui, quando entrei no seu quarto para bisbilhotar.

— Foi você! — Bato em seu peito. — Eu sabia.

— Não peguei nada. Apenas olhei um pouco. De qualquer forma, já estava lá. Alguns dias atrás, enviamos um Novato para buscar.

— Se meu pai não deixou minha prancha, e minha mãe a levou para casa, como diabos isso veio parar aqui?

— Tem certeza de que ela levou sua bolsa para casa?

— Foi o que ela me disse.

— Se estava aqui no primeiro dia, isso significa que, provavelmente, veio com suas outras malas. Quem trouxe suas malas?

— Elias. Foi a primeira vez que o encontrei.

— Eliiiaaaas? — Ele arrasta seu nome como se estivesse se referindo ao próprio Satanás. — Foi assim que você conheceu aquele idiota?

— Ele não é um idiota. Ele é um cara muito legal e Riley gosta muito dele, então pega leve.

— Não tenha tanta certeza. As pessoas nem sempre são o que parecem. Quero dizer, olhando para você, acho que é uma garota meiga.

JOGOS SELVAGENS

No fundo, você é uma coisinha mal-humorada com uma boca proferindo muitas reclamações.

Eu rio de sua descrição de mim.

— Muito engraçado. Mas sério. Deixe Elias em paz.

— Vou deixar. Por agora. Mas vou ficar de olho nele.

Não discuto sobre isso. Daqui pra frente, não tenho dúvidas de que Crew manterá os olhos em qualquer pessoa com quem me relaciono.

Quando o telefone de Crew começa a tocar novamente, ele decide atender, então aproveito esse momento para me vestir.

Enquanto pego minhas roupas para ir ao banheiro, olho por cima do ombro para ter certeza de que ele não está olhando.

— Não, vá se foder. Já é hora de fazermos as coisas do meu jeito e, se você não gostar, pode recuar e deixar que eu e Jagger comandemos o show.

Inclino a cabeça para trás, caindo na risada. Ele é tão sexy quando se impõe.

Ao vê-lo ocupado, enfio a mão no bolso interno do meu nécessaire de maquiagem onde está meu celular. Quando não o sinto, fico tensa. Abrindo o bolso um pouco mais, vejo um pedaço de papel junto com os três itens de maquiagem que possuo.

Eu o pego – é o mesmo papel usado para as instruções do jogo, mas sem um envelope dessa vez.

— O que é isso? — Crew pergunta, por cima do meu ombro, me dando um susto.

— Não sei. — Desdobro o bilhete e o leio em voz alta:

— *Os jogos acabaram de começar.* Você sabe alguma coisa sobre isso? — Com o bilhete preso entre meus dedos, gesticulo e encaro Crew, que parece tão atordoado quanto eu.

Ele me lança um olhar confuso, então pega o bilhete da minha mão.

— Não. Isso não é obra dos Ilegais.

Engulo em seco, voltando a entrar neste pesadelo. Meu lábio inferior treme.

— Pensei que os jogos tinham acabado.

Crew enlaça meu corpo por trás, com seus braços fortes.

— Parece que com essa pessoa… eles apenas começaram. — Pressiona os lábios contra a parte de trás da minha cabeça. — Não se preocupe, querida. Nós vamos encontrá-los e quando o fizermos, vamos destruí-los.

EPÍLOGO

CREW

Uma semana depois...
— Tem certeza de que foi esse caminho? — Jagger pergunta, com sua lanterna apontada adiante.
— Positivo.
Quando passei algum tempo nos túneis depois que algum idiota me deixou inconsciente, deparei com uma porta diferente das outras; era mais nova. Nada como as originais, que foram construídas sob medida a partir de tábuas de madeira de lei. Mesmo se eu tivesse uma chave-mestra comigo na época, não teria adiantado nada. A porta estava equipada com uma fechadura de combinação, ao contrário de um buraco de fechadura padrão.
— Isso é idiotice. E daí se a porta era diferente? Alguns alunos bêbados provavelmente enfiaram a cara na porta, a quebraram, então a substituíram.
Estamos no fundo dos túneis e, embora os caras e eu os tenhamos explorado muitas vezes, só me aventurei tão longe naquela noite.
— Não — digo a ele —, quem instalou aquela porta fez isso com a intenção de manter as pessoas do lado de fora. — Ergo o queixo, encarando a dita porta à frente. — Aí está.
Jagger se aproxima, apontando a lanterna e iluminando a porta moderna. É de aço inoxidável e se assemelha a uma porta de uma caixa-forte ou a um cofre.
— Droga. Isso é diferente.
— Não é? Tenho a sensação de que este não é o trabalho de nenhum funcionário da manutenção.
Ele olha para mim, as sobrancelhas erguidas.
— Os Anciãos?
Dou de ombros.
— Talvez. Mas por quê?

Nós dois nos aproximamos, centímetro a centímetro, como se estivéssemos nos aproximando de uma bomba detonada.

— Acho que minha picareta não vai fazer efeito nenhum nessa porra — Jagger comenta, e eu concordo com a cabeça. — Ligue para o Neo e diga a ele para trazer Evan Marshall aqui. O pai dele é serralheiro. E não me refiro apenas a típico serralheiro. Ele pode arrombar praticamente qualquer fechadura e Evan já trabalhou com ele no passado.

Franzo o cenho.

— Como você sabe disso?

— Evan quem fez ligação direta no carro Scar para conduzi-lo até a casa do diretor durante o incêndio.

Ah, certo. Outro plano do qual me deixaram de fora. Só muito tempo depois é que fiquei sabendo o que caras estavam fazendo naquela noite. Scar não sabe disso, no entanto.

Pego meu celular do bolso e o levanto acima da minha cabeça, para testar se tem sinal de telefonia.

— Vou tentar, mas o serviço é ruim aqui. Por isso fiquei preso por horas da última vez.

— Use meu telefone — ele joga para mim, e eu o pego no ar —, tenho sinal praticamente em qualquer lugar.

Eu clico no botão lateral, ligando o aparelho, e, com certeza, lá estão os quatro tracinhos de sinal.

— Poderia ter usado isso na semana passada — murmuro, tocando no nome de Neo na tela.

Ele atende no segundo toque, do jeito escroto de sempre.

— O que você quer? Estou no meio de uma coisa.

— Fico feliz em saber que você não mudou nada nas últimas três horas.

— Você parece ter perdido a parte em que eu disse que estou no meio de uma coisa.

— Certo. Precisamos que você pegue Eli Marsh…

— Evan. Que merda — Jagger sibila quando se atrapalha com a combinação.

— Desculpe. Evan Marshall. Traga-o para os túneis. Nós temos uma pequena situação.

— Que tipo de situação? — ele rosna, irritado.

— Lembra daquela porta que te falei na semana passada? Bem, Jagger e eu viemos aqui e ele pensou que poderia arrombar a fechadura, mas não pode. Então precisamos de Evan, já que ele trabalhou com seu pai nessas coisas. Estamos bem ao fundo dos túneis. Passe pela porta do Poleiro dos Urubus. Vire à esquerda. No final, você virará outra à esquerda, e estaremos mais à frente. Estou falando de um bom quilômetro e meio.

— Você está brincando comigo? Vocês dois tinham que fazer isso hoje à noite?

— Sabe, gostaríamos de sair daqui em algum momento esta noite, para que possamos nos divertir um pouco. Então, você vem ou não?

Neo deve ter afastado o telefone da boca, porque sua voz soa abafada.

— Curve-se. Precisamos fazer isso rápido. — Ele volta e diz: — Me dá cinco minutos e vou pegá-lo e descer aí. — Em seguida, ele encerra a ligação.

— Bem — digo, entregando o telefone a Jagger —, ele está vindo.

— Fique à vontade. Vai levar pelo menos uma hora para ele pegar Evan e vir aqui.

Escorrego pela parede e me sento no chão, com os joelhos dobrados à frente.

— O que você acha que é isso?

— Se eu tivesse que adivinhar — ele diz, chutando a porta de frustração —, diria que é uma sala secreta para os Anciões. Tenho certeza de que não somos os primeiros a encontrá-la, mas, provavelmente, somos os primeiros a tentar entrar.

— Sim. Você deve estar certo. De qualquer forma, a curiosidade tomou conta de mim e não vou sair daqui até saber.

Passa mais de uma hora até Neo dar as caras.

— Já estava na hora — resmungo, me levantando do piso de concreto e espanando a sujeira da calça.

— Você tem sorte de eu ter vindo. — Neo dá um empurrão em Evan em nossa direção. — Aqui está o que você pediu. Agora, se não se importa, tenho mais duas garotas esperando por mim em casa. Se elas tiverem ido embora quando eu voltar, porque vocês, idiotas, me arrastaram até aqui, vou colocar Scar no lugar delas.

Minhas veias incham em meus antebraços enquanto cerro os punhos ao lado.

— Deixa ela em paz.

— Ahhh… — zomba —, esbarrei em um ponto sensível? Alguém está, finalmente, admitindo seus sentimentos?

— Não enche, porra.

Neo sabe muito bem que Scar e eu estamos nos aproximando. Não nos demos um rótulo, mas estamos no caminho certo. Eu disse a Neo e a

JOGOS SELVAGENS

Jagger que, se tivesse que escolher, escolheria ela. Jagger deu de ombros e então me entregou uma cerveja, enquanto Neo perguntou se eu planejava compartilhar – não com ele, mas com Jagger. Parece que deixei passar muita coisa despercebida e ela e Jagger ficaram mais próximos do que eu pensava. Não tenho certeza de como me sinto sobre isso, mas o tempo dirá. Deixando as tretas de lado, todos nós temos uma missão agora: proteger nossa garota. Neo ainda está agindo como um babaca, mas espero que, com o tempo, ele mude.

Jagger e Evan estão trabalhando na fechadura enquanto observo atentamente. Neo ainda está aqui por qualquer motivo, e fico satisfeito com isso. Ele também precisa ver o que há do outro lado da porta. Seja o que for, envolve todos nós. Somos uma família aos olhos da Sociedade. Todos por um e um por todos.

Assim que a porta se abre, todos comemoramos e suspiramos de alívio. Não demorou tanto quanto imaginei.

Neo agarra Evan pelo colarinho e o puxa para trás.

— Você. Dê o fora.

— Mas não sei como...

— Tenho cara de que dou a mínima? — Ele o empurra e Evan sai com o rabo entre as pernas.

Tenho certeza de que vamos alcançá-lo na saída e, nesse caso, vamos silenciá-lo com ameaças que cumpriremos, se necessário. Ninguém pode saber sobre esta porta até sabermos o que está por trás dela.

— Vocês estão prontos? — Jagger pergunta, com a mão na alça de metal em forma de U.

— Não — Neo diz, sarcasmo escorrendo de sua boca —, pensei que talvez pudéssemos contar algumas piadas. Talvez uma ou duas histórias de fantasmas primeiro. — Sua voz se eleva em algumas oitavas: — Sim, estamos prontos, porra.

Jagger ergue a lanterna e eu faço o mesmo, então, ele abre a porta.

Meu coração está disparado como um louco. Não sei por quê. É apenas uma porta – apenas um quarto. Meu instinto diz que é muito mais do que isso, no entanto.

— Porra! — Jagger rosna, ao mesmo tempo em que vejo o motivo. — Outra maldita porta.

Eu passo por ele, indo direto até ela. Quando giro a maçaneta, dou um sorriso por cima do ombro.

— Não está trancada.

— Bem, abra essa merda — Neo ralha, entediado com toda a situação. Eu a abro, e nada poderia me preparar para o que se encontra à frente.

— Que porra é essa? — Arrasto cada sílaba, enquanto meus olhos examinam a sala.

— Cara — Jagger diz —, isso é surreal.

— Isso, definitivamente, não é um Sangue Azul — Neo entra na conversa, pegando artigo após artigo, imagem após imagem.

Apontando a lanterna à frente, observo a colagem de fotos, recortes de jornais e anotações que cobrem duas paredes inteiras. Eles datam do início de 1900, pendurados em ordem sequencial, até...

Pego um bilhete datado da semana passada e leio em voz alta:

Eles promoveram Scarlett Sunder a Ás por causa de sua ligação íntima com os Ilegais. Ela não merece isso. Tudo o que ela merece é um buraco a sete palmos do chão, e isso é até generoso para uma Sangue Azul nojenta.

— Puta merda — Neo diz, chamando minha atenção. Dobro o bilhete e o enfio no bolso, depois sigo o som de sua voz. — Vocês têm que ver isso, porra.

Com a luz apontada adiante, sigo sua linha de visão para dentro do grande armário ou pequeno quarto em que ele entrou.

Arfo assim que vejo o que tem dentro. Cada osso do meu corpo estala, com a intenção de quebrar o de outra pessoa. Meu coração bate forte. Minha mandíbula trava.

— Filho da puta!

Jagger e Neo vasculham a sala enquanto arranco mais de uma dúzia de fotos de Scar, uma por uma.

— Quem quer que seja, eles estão obcecados por nossa garota — Jagger diz, passando pelas paredes e assimilando tudo.

— Obsessão nem começa a descrever este santuário. Esse canalha a observa há anos. Dois, talvez três? — Neo para diante de uma foto de Scar e Maddie; ele a arranca da parede e eu viro a cabeça para o outro lado, mas com minha visão periférica vejo que enfiou rapidamente no bolso de sua jaqueta BCA.

— Quem diabos faria isso? — Jagger pergunta, balançando a cabeça no mesmo estado de descrença em que me encontro.

— Não sei. Mas, porra, nós vamos descobrir — digo a ele. — E quando isso acontecer, ele terá sua própria cova a dois metros do chão, se decidirmos fazer esse serviço a ele.

JOGOS SELVAGENS

AGRADECIMENTOS

Obrigada por ler Jogos Selvagens. Espero que tenham gostado do início da série. Quero agradecer imensamente a todos que me ajudaram ao longo do caminho.

Minha leitora alfa, Amanda, e minhas leitoras beta, Erica e Brittni.

Candi Kane PR, obrigada por tudo que você fez para me ajudar a promover e divulgar.

Minha incrível assistente, Carolina, sou grata por tudo que você faz.

Obrigada à Rebecca, da Rebecca's Fairest Reviews and Editing, por mais uma preparação e revisão incrível, bem como à Rumi, pela leitura final.

À minha galera, os Leitores Rebeldes, amo muito todos vocês e sou muito grata por tudo que fazem.

Obrigada à The Pretty Little Design Co. pela capa da edição americana! E a todos os meus Ramblers, obrigada por estarem nesta jornada comigo.

Beijos, Rachel

SOBRE A AUTORA

Rachel Leigh é uma autora best-seller do USA Today, que escreve romances New Adult e contemporâneos com reviravoltas. Você pode esperar bad boys, protagonistas fortes e finais felizes.

Rachel vive de *legging*, abusa de emojis e sobrevive à base de livros e café. Escrever é sua paixão. Seu objetivo é levar os leitores a uma aventura com suas palavras, mostrando-lhes que, mesmo nos dias mais sombrios, o amor vence tudo.

www.rachelleighauthor.com
Grupo de Leitura Ramblers da Rachel

A The Gift Box é uma editora brasileira, com publicações de autores nacionais e estrangeiros, que surgiu no mercado em janeiro de 2018. Nossos livros estão sempre entre os mais vendidos da Amazon e já receberam diversos destaques em blogs literários e na própria Amazon.

Somos uma empresa jovem, cheia de energia e paixão pela literatura de romance e queremos incentivar cada vez mais a leitura e o crescimento de nossos autores e parceiros.

Acompanhe a The Gift Box nas redes sociais para ficar por dentro de todas as novidades.

 www.thegiftboxbr.com

 /thegiftboxbr.com

 @thegiftboxbr

 @GiftBoxEditora